致青春 016

隔壁那個飯桶

（下）

酒小七　著

高寶書版集團

目錄
CONTENTS

第五十一章

吊完點滴之後，喬風的精神很好，兩人從醫院走出來，一看時間還早，他們無所事事，乾脆去附近的商場逛了一會兒。

逛街是一種能讓女人的能量條瞬間補滿的健康活動，藍衫買了一雙鞋、一條裙子、一條手鍊，怕喬風覺得無聊，她又帶著他逛男裝區，幫他挑了一件印花休閒襯衫和一條皮帶。那襯衫是白底印著火紅的楓葉，非常風騷，姿色稍微差一點的男人穿上它，只能穿出鄉村歌王的氣質，因此賣得並不好。

當然，以喬風的美貌值，他無須顧慮這些。

結帳的時候，藍衫拿出自己的卡遞給收銀員，向喬風一笑，「今天姊請你。」

喬風很高興，這是藍衫買給他的衣服，雖然那個襯衫醜醜的，但他依然很喜歡。

收銀的小女孩接過信用卡，膜拜地看藍衫一眼。她心想，以後我也要像這位美女一樣，賺大錢，包養帥氣的小白臉，然後買各種漂亮的衣服打扮我的小白臉！就這樣子，加油！Fighting！

兩人拎著大包小包下樓閒晃，藍衫停在一家飲料店前，盯著牆上大幅宣傳海報上的冰淇淋，兩眼放光，久久不肯離去。

好想吃冰淇淋啊！她吞了吞口水，突然發覺腦袋微微一沉，竟然是喬風把手掌蓋在了她的頭頂上。

他按著她的頭，輕輕發力，使她的脖子轉了九十度，臉扭到一邊，被迫看著走廊上的行人。

「不准吃。」他說道。

藍衫歪著脖子抱怨，「看看都不行嗎？」

喬風胡亂揉了揉她的頭髮，含笑答，「不行。」

呿，德性！藍衫翻了個白眼，看在他剛打了三天點滴的份上懶得跟他計較。

兩人離開飲料店，路過一個飾品店時，藍衫走進去挑挑揀揀，拿著髮箍和髮夾在頭上比較，一邊詢問喬風的意見。問了幾次，她終於確定，這小子的審美還停留在改革開放以前的水準，完全不能拿來作為參考。她放下髮夾一扭頭，看到靠牆的桌子上放著許多貓耳朵形狀的髮箍。

嗷嗷嗷，好可愛！藍衫撲過去挑挑揀揀。髮箍不僅有女款也有男款的，主要區別在於大小，造型各異，有鏤空的、有豹紋的，也有模擬花草樹木的。藍衫幫自己挑了一個土豪金的，又幫喬風挑了個純黑色的，兩個都是模擬的。她向喬風招手，「過來試試！」

喬風捣著腦袋，「這是女人戴的。」

服務員走過來，「先生，這一個是男款的哦。」

雖然如此，喬風依然打死也不肯戴，把腦袋護得十分嚴密。

藍衫只好先把東西買走，過幾天再慢慢想辦法逼他戴。不知道為什麼，一想到喬風戴著貓耳朵的畫面她就隱隱有一種狼血沸騰的興奮感，媽蛋為什麼這麼喜歡貓，難道她上輩子是狗？

回家時路過寵物店，兩人又幫薛丁格買了點東西。回去之後，藍衫趴在喬風家的地毯上逗薛丁格，雖然昨天薛丁格給了她一點好臉色，但很快就跟失憶了一樣，今天又對她愛理不理了。偏偏藍衫就喜歡賊兮兮地鬧牠，氣得牠喵喵亂叫。

喬風端著兩個白色帶水藍花紋的細瓷碗走進來，碗中放著不銹鋼小湯匙。他問道，「藍衫，妳要不要吃冰糖雪梨？」

「要！」

就知道。喬風遞給她一個碗，兩人一起坐在地毯上吃冰糖雪梨。冰糖雪梨是早上燉好的，喬風吃是為了潤肺止咳敗火，藍衫吃則只是為了吃。

薛丁格眼巴巴地看著他們，希望他們能良心發現，然而兩人誰也沒打算分給牠一點，牠失望地低頭，不滿地喵了一聲。

牠的主人不愛牠了，牠早就發現了。

牠賭氣地走開，坐在落地窗前看夕陽，胖乎乎、毛茸茸的背影被夕陽的光輝染上了幾分寥落。

吃完冰糖雪梨，藍衫問喬風，「喬風，你對監控系統好像很有研究？」

喬風謙虛道，「還行。」

「那你說，監控裡的東西是不是可以同時轉到別的地方，比如某個大螢幕？」

「可以，只要兩者之間建立連結。」

藍衫一拍大腿，「原來是這樣，我還納悶呢。我跟你說，我第一次見到你的那天，在展覽中心的時候，你記不記得？」

怎麼可能不記得呢……

藍衫見他點頭，又說，「那天我跟小油菜玩的時候被監控拍到，然後就被轉到大螢幕上去了，整個大廳裡的人都看到我們了。我當時覺得這件事特別邪門，你說會不會是有人故意把我們的影像轉到大螢幕上？」

這是終於要算帳了？喬風有點心虛，「會吧。」

「你說是哪個神經病這麼無聊啊，他圖什麼呀？」

「……」

由於慣性思維的阻礙，藍衫這時候還沒往喬風身上聯想，她只是問道，「你水準這麼高超，能幫我查到這是哪個壞蛋幹的嗎？」

「……」

「能吧……」喬風抿了抿嘴，問道，「查出來之後妳打算怎麼對付他？」

藍衫陰森森一笑，滿嘴幹話，「老子要把他圈圈叉叉，先姦後殺！哼哼哼哼哼！」

「是我幹的。」

「……」

喬風怕她不信，信誓旦旦地解釋，「真的是我幹的，我當時是為了報復你們。」

接下來沒有出現傳說中充滿屏蔽語詞的流程，藍衫只是把他按在地毯上胖揍了一頓。

揍完之後她的氣沒消，丟開他跑回去了。

喬風躺在藍衫最愛的地毯上愣神，他不自覺地摸了摸心口。有些事情是科學無法解釋的，比如現在，明明一個人在平躺時心跳會稍慢一些，為什麼他的心跳反而加速了？

他深吸一口氣，問不遠處的薛丁格，「薛丁格，你說我是怎麼了？」

薛丁格的背影固執而決絕，牠一聲不吭，像是一尊雕像。

——本王才懶得理你。

喬風在地毯上躺了一會兒，然後起身思考怎麼讓藍衫消氣。如果圈圈叉叉能讓她消氣的話，他倒也不介意奉獻自己，但很顯然的這個方法並無作用。

還能幹什麼呢？給她做好吃的？用薛丁格博取同情？

他的視線最終落在沙發上那一堆購物袋上。那是他們一起逛街買回來的，藍衫忘記拿走了。他走過去拿起它們，想以此為藉口去敲她的門。

那個粉紅色的塑膠袋是飾品店的，裡面裝著藍衫買的髮夾和髮箍。

喬風低頭，看到袋子裡純黑的貓耳朵髮箍，他目光微動。

……拚了。

藍衫的脾氣來得快去得也快，她理解喬風當時迫切需要報仇的心情，這件事本來就是她和小油菜錯在先，因此她回到家待了一會兒，氣就消得差不多了。

其實揍人的時候她也沒下狠手，畢竟那小子不是病剛剛好嘛。

咚咚咚，有人敲門，藍衫知道是喬風，她走到門口突然把門拉開。

然後她就呆住了。

門口是喬風沒錯，但但但是……他把那個貓耳朵戴上了！本來這傢伙就長得眉目如畫，俊美無雙，現在頭上再冒出兩個小小的、尖尖的、毛茸茸的耳朵……簡直超級可愛好不好！那兩個耳朵直立著，配上他些許緊張的眼神，那感覺，太像是一隻受驚嚇的貓了。

藍衫有一種心口被人射上一箭的感覺，正中紅心！

因為太激動，她甚至有些慌亂，傻傻地看著他，嘴唇微抖。

喬風不太能判別她的反應算是怎麼回事，他試探性地上前一步，「藍衫？」

「你別過來！」藍衫猛地後退一大步。

喬風有點失望，「妳不喜歡嗎？」虧他對著鏡子戴了好久。

「我喜……不是，」藍衫敲敲腦袋，瞪他，「你知不知道，賣萌是一種很可恥的行為！」

「啊？」喬風有些疑惑，他只關心一個問題，「那妳還生氣嗎？」

「不氣、不氣，不過你不要把它摘下來，一摘下來我就生氣了！」

「哦、好。」雖然那個髮箍卡得他的腦袋有點不舒服，但是為了讓藍衫消氣他也是拚了，只不過動了一下頭，沒有伸手去摘它。

他動腦袋的動作更像貓了，藍衫發現在她這裡，喬風已經PK掉薛丁格成為這世界上最可愛的貓。

她捏了捏拳頭，媽蛋心中那股蠢蠢欲動的力量是怎麼回事？為什麼好想撲上去把他按在地上好好疼愛？

她可是有節操的人好不好……

藍衫不生氣了，喬風如釋重負。他把她帶回去，想要做飯給她吃，但是藍衫覺得喬風病了幾天，現在該多休息，不宜勞累，堅持訂了外送。藍衫內心澎湃，這次豁出去了，選了附近一家最貴的餐廳。外送送過來時，兩個人高興地坐在餐桌旁吃飯。喬風的貓耳朵一直沒摘，藍衫就看著他的美色，愣是多吃了一碗飯。

薛丁格獨自在落地窗前看了兩個小時的夕陽，直到夕陽都躲了牠。

那兩個愚蠢的人類忘記來哄牠了，牠的心好疲憊，感覺不會再愛了。

當晚，藍衫又做了脫人衣服的夢了。

這次那個倒楣男人依然看不清面目，但是他長了一雙純黑的貓耳朵。

第五十二章

藍衫接到一通來自謝風生的電話。

這位牛逼的理財顧問和喬風一樣有著金光閃閃的學歷背景，美國賓州大學華頓商學院畢業，在華爾街混得風生水起，後來回國創業，現在事業蒸蒸日上。

也因此，小打小鬧的理財人家根本就不屑於接。

所以藍衫很好奇，他明明已經拒絕過她，為什麼這次又打電話，主動提出接她的單子？

兩人約在一家咖啡廳見面談。謝風生知道藍衫心中疑惑，因此不等她問，他就告訴她，「妳不要以為是我願意接，是喬風讓我接的，他說可以把妳的錢當作他財產的零頭對待。」

零頭……藍衫哭笑不得，她的財產不算多，但是也有將近人民幣三十萬哪，辛辛苦苦存了好幾年，到別人眼裡只能算零頭，情何以堪！

謝風生忙又補充道，「我聽說你們是朋友，所以說話比較直接，妳不要介意。」

藍衫搖搖頭，「沒事，我們確實是朋友，既然這樣就拜託你了。」改天再謝喬風，小天才嘴巴還挺嚴，都沒跟她說過這些事。

接著謝風生跟她聊了一些詳細條款，然後告訴她，這些條款都是大宗客戶才有資格享受的，由於她現在是最大的那一個客戶的「零頭」，所以當然要等同待之。

藍衫發現自己好像不小心抱上了一條非常粗壯的大腿。

謝風生是帶著合約過來的，由於喬風的關係，藍衫聽他解釋了一遍，就把合約簽了。謝風生奇怪地看她一眼，「我剛才說的妳確定都瞭解了？」

「我確定都不瞭解，」藍衫簽完字，蓋上筆帽，把簽字筆還給他，「不過你是專業和可信賴的人，所以我相信你。」

才見面兩次就對別人如此信任，謝風生明顯不認同她這種草率。

藍衫又解釋，「最重要的是，我相信喬風。」

謝風生收起合約笑道，「我現在相信你們確實是朋友了。說實話一開始我有點懷疑，畢竟喬風這個人妳也瞭解，他朋友不多。」

「為什麼？他挺好相處的。」

「他覺得沒必要，朋友的數量能夠滿足基本的社交需求就好，太多了，反而需要精力去維護關係。」

嗯，好像有點道理？藍衫發現她的腦迴路竟然能跟喬風接上軌了，這真是一件可怕的事情。

謝風生又道，「而且他這個人對自己、對別人的要求都很高，一般人很難入他法眼，更別提成為他的朋友。所以我非常好奇，妳是依靠什麼成為他的朋友的？恕我直言，從我見妳的兩次面和我們剛才的交談來看，妳除了美貌，並無別的長處。」

喂喂喂你說話也太直接了吧……藍衫無言，摸了摸鼻子答道，「我也不知道，大概是緣分吧。」

「緣分？」謝風生搖頭輕笑，「喬風可不相信這些，他只相信資料，相信科學的分析。『緣分』不在科學的範疇之內，不過我相信這個。人和人之間的聯繫確實講點緣分，有時候早一刻、晚一刻，都不是那個人。但是相遇之後，妳既然能和他共處而沒有受到他的排斥和驅逐，可見妳身上有讓他認可的地方。」

藍衫搖頭，「其實他經常說我笨，每天至少鄙視我一次。」

「這是他的老毛病了，正常人裡十個有八個半是笨的，妳不要理他。」

藍衫反問，「他也說你笨嗎？」

謝風生沒有回答，而是從鼻子裡發出一聲輕哼。

藍衫有點平衡了。連華頓商學院畢業的都算「笨」了，所以她平方一下也沒什麼吧？

但是喬風的「大腦整容論」依然讓她心裡覺得皺皺的，怎麼撫都撫不平。她問謝風生，「你會介意嗎？他說你笨？」

「我為什麼要介意？我看重的是他的錢又不是他的人。」

……好吧。

一聊到喬風，藍衫突然冒出好多問題，「你跟他在國外認識的？」

「對。」

「那你們是怎麼認識的啊？他那時候是什麼樣子的？」

「他那時候才不到十九歲，隻身一人獨闖大西洋彼岸，人傻錢多、條順盤靚，可以說是一頭誰見誰想咬的肥嫩小羊羔。」

「啊？」藍衫窘了，「有那麼誇張嗎……他會不會被騙呀？」

「他？被騙？」謝風生呵呵了，他指了指自己的腦袋，「任何謊言都是存在bug的，喬風天生長了一顆搜索bug的大腦，除非邏輯思維比他還強悍，否則他怎麼可能被騙？最多就是不小心戳破騙子的謊言，導致對方惱羞成怒而已。」

呃、想想那畫面，還挺喜感的……藍衫噗嗤一樂。

謝風生又道，「不過他很快就學聰明了，知道一個人在外不能露白。所以他在他們學校還挺低調的，除了我之外，沒什麼人知道他其實非常有錢。」

還好還好，藍衫點點頭，想了想，八卦地問他，「那他交過女朋友嗎？」

一聽到這個問題，謝風生的笑容突然變得詭異起來。

藍衫摸了摸鼻子，「我，我就隨便問問。」

「我知道，」他笑答，「喬風的追求者很多，不論在國內還是國外，不論是黃種人、黑種人還是白種人。」

「真的？可是國外的女孩不都喜歡那種肌肉男嗎？」她覺得不可思議。

「我也無法理解，我聽他同校的一個美國妹子說過一句話，」他說著，舌頭打了彎，開始變換語言，「『Every girl wants to have sex with Joe』。」

他語速太快，藍衫沒聽明白，「什麼、什麼？」

謝風生只好翻譯，「每個女孩都想上喬風。」

「……」不愧是美國妹子，夠直接。

謝風生問藍衫，「妳知道為什麼嗎？為什麼每個女人都想上喬風？」

藍衫突然想起昨天喬風戴著貓耳朵找他道歉，她當時內心那點小衝動。現在想來終於可以坦然了，原來每個女人都想上他……

她搖了搖頭，問道，「那後來呢？追喬風的人那麼多，他總得選一個吧？」

「是啊、總得選一個，至少為了防止追求者隊伍繼續壯大，他也得選一個。」

「那他選了誰？」話問出口，藍衫才發覺她竟然有點緊張。

謝風生像是突然回憶到什麼好玩的事情，他挑了一下眉毛，「不知道妳有沒有興趣知道他是如何做選擇的？說實話，我從來沒見識過那種奇葩的選擇方式。」

藍衫好奇死了，「他是怎麼選的？說來聽聽。」

「考試。」

「考試？」藍衫傻掉。

謝風生點點頭，「對、把所有人聚在一個考場裡，發考卷然後限時作答，擇優錄取。當然詳細情形麻煩很多，首先要先篩選一遍，剔除掉智商太低和男扮女裝的，另外還有初試、複試、終試，初試答他親自出的題目，複試是性格測試，終試就是面試了。層層淘汰，最後的錄取人數小於等於一。」

如此選女朋友的方式，簡直聞所未聞。藍衫嘆道，「這麼多考試，真的有人去嗎？」

「有啊，場面火爆得很。啊、對了，我這裡還有他當時初試的考卷。現在但凡有女孩跑來問我喬風是否有女朋友，我都讓她們先做做考題，低於六十分的想都不要想了。」

藍衫搓著手，舔了舔乾澀的嘴唇，「我我我我可以看看嗎？」

「可以啊，就在我的 iPad 裡，等等我調給妳看。」

考卷被他做成了軟體的形式，安裝在平板電腦裡，打開之後先有語言選擇提示，藍衫選擇了簡體中文。

她突然有點不好意思，「不然你把軟體 copy 給我，我裝在自己的 iPad 上回去玩？」

謝風生知道她是怕耽誤他時間，他搖搖頭，「沒關係，妳可以先做著玩，我看個資料。」

「謝謝你哦。」藍衫於是捧著 iPad 做起來。

第一道題懂……呃、看不懂。

「那個……」她艱難地開口。

謝風生抬眼看她，「怎麼了？」

「能幫忙翻譯一下嗎？」

他有些奇怪，「妳選的不是中文版？雖然選擇非母語版的可以獲得加分，不過不容易答吧？」

「我選的就是中文，然後，看不懂。」

謝風生有點無語，「我就算幫妳翻譯了，妳能順利作答嗎？」

藍衫無力搖頭，「不能。」

「所以妳就隨便寫吧，發揮想像力。」

好吧，她現在能用的也只有想像力了。於是她手指動得飛快，把選擇題都寫完了，後面的根本無從下手，拖到最後一頁，她在答題欄寫上：喬風是個大變態！

標準時間兩個小時的一張考卷，她只用了十分鐘，然後送出了。

提交之後，需要謝風生輸入自己的指令對答案進行判定。選擇題是自動判定的，謝風生看著得分結果笑道，「我非常佩服妳。」

「是嗎？」藍衫心情有點雀躍，「我矇對多少？」

「妳完美地避開了所有正確答案，零分！」他又翻了一下考卷，「後面的題目也是零分。所以總分……嗯，離及格的差距很大哦。」

藍衫沮喪地垮下肩膀，「我現在終於能深刻體會到他為什麼總是那麼鄙視我了。」

謝風生安慰她，「不用難過，妳跟我都是正常人，只有他才是異類。」

話是這麼說，但藍衫的心情實在陽光不起來，她抱著一絲絲的僥倖心理問道，「這個考卷這麼變態，有人及格過嗎？」

「有啊，還有人拿過滿分呢。」

人比人氣死人，藍衫閉嘴了。

她不再追問，反使謝風生感覺好奇，他說道，「妳怎麼不問我，喬風最後錄取了誰？」

藍衫撇了一下嘴角，「我知道是誰。」

第五十三章

蘇落從瑜伽館走出來，接到宋子誠的電話時，她有點意外。

此時她剛練完瑜伽沖了澡，身體感覺無比舒暢，像是每個毛孔都在慵懶地呼吸。她的臉蛋透著運動過後浮現的淡淡薄紅，這是十分健康的氣色。

五官精緻、身材窈窕的女孩站在樹蔭下打電話，這樣的存在感略強，許多走過路過的人都要忍不住看一眼。

蘇落接電話時神情帶著幾分緊張和雀躍，但是掛斷電話後，她的眉毛攏了起來。

如果前男友在工作日的下午三點半打電話給妳，以公事公辦的態度問妳是否有時間坐下來聊一聊……那麼他的目的可能有很多，但絕不包括敘舊情。

心底的雀躍煙消雲散，她平靜下來，自嘲地笑了笑。男人都是一副德性，喜新厭舊，宋子誠現在有了新的獵物，怎麼可能還記得她呢。

兩人選了離蘇落比較近的一家咖啡廳，蘇落故意拖拖拉拉，估計宋子誠已經到了，她才過去。

宋子誠看到她走進來，娉娉婷婷的，眼角發紅，像是春雨過後留戀花枝卻不得不委地的薔薇花瓣，那神態深情得恰到好處。

看著她坐在他面前，他搖頭一笑說道，「我特別佩服妳這點，明明也沒那麼喜歡我，還一定要裝出一副念念不忘的模樣，只要是像鏪子那樣傻的人，早就乖乖地又被妳降服了吧？妳說妳憑著這一招騙過多少男人？我很好奇，妳有多少備胎？」

蘇落被這一番話氣得臉色發白，「你什麼意思？」

「別生氣，其實我跟妳是同一類型的人，但是我比妳稍微有節操一點。」他沒解釋他到底哪裡更有節操，今天是來談判的，又不是吵架的。

服務生端上來一壺玫瑰花茶，宋子誠幫蘇落倒了一杯，放到她面前。他又幫自己倒了一杯，放下茶壺後說道，「我今天約妳來是想問問妳，妳是不是在追喬風？」

蘇落冷漠回道，「宋子誠，你是不是忘了，我和你已經分手了。我在追誰、誰在追我，這都和你無關。」

「嗯，是和我無關，」宋子誠點頭，「我也不想插手妳的事情，但是如果妳真的在追他，妳就應該清楚，最近喬風跟藍衫走得有點近。」

蘇落突然笑了，呵呵呵，因為故意笑得誇張，所以聲音顯得尖細，很像女鬼叫門。

宋子誠聽得直皺眉頭，他真的很想一巴掌搧得她閉嘴。

笑過之後，蘇落說道，「說來說去，還是為了藍衫。宋子誠，你不過如此。」

宋子誠神態輕鬆，「我怎麼樣不勞妳操心，所以現在妳知道我的目的了。」

「藍衫、藍衫，」蘇落喃喃念著這個名字，嘆了口氣，「這個女人很厲害，我不如她。」

「別這樣說，她跟妳完全不是一路人，沒有比較性。」

「那為什麼你們男人一個、兩個，都被藍衫哄得團團轉？」

「很簡單，」他向前傾身，用手臂撐著潔白的桌面看著她，一派真誠地說，「因為她不裝逼。」

蘇落又生氣了，「你什麼意思！」

宋子誠平靜答道，「我的意思是，我們可以合作，喬風歸妳、藍衫歸我，妳看怎麼樣？」

「你怎麼就那麼確定我想要追回喬風？」

「我在網路上看過一段影片，是妳在妳朋友婚禮上發生的事。」宋子誠說著，看到蘇落的面容變得扭曲，他很識趣地沒繼續說。這個女人，寧願被男人羞辱，也不願自己的外在形象有半絲破壞。

蘇落咬牙說道，「我和喬風怎樣不關你的事，你和藍衫怎樣也不關我的事，我們以後井水不犯河水，再見！」

宋子誠倒也沒攔她，只是低頭淡淡說道，「喬風可能會接受一個劈過腿的女朋友，但絕對不會接受一個考試作弊的女朋友。」

蘇落渾身一震，低頭看他，「胡說八道什麼！」

「尤其是，」他緩緩抬起頭，看著她，「一個在他的考試中作弊的，女朋友。」

「不可理喻！」蘇落這樣說著，卻終究是沒挪動腳步。

宋子誠知道這是她的妥協，他說道，「我的要求很簡單，妳能幫到我最好，就算幫不到，也不要在自己成了好事之後來拆我的橋，或者說拆藍衫的橋，我知道這種事妳幹得出來。」

蘇落冷冷一哼，抓起包轉身走了。

告別了謝風生之後，藍衫心情沮喪地回家。

她真的很沮喪，比丟錢、丟手機都還要沮喪。她終於意識到，她在喬風的世界裡是笨到塵埃裡的那種存在，零分啊、零分！她連點拿考卷的分數都沒拿到！

心情不好，本打算直接回家的，走上樓時，她卻下意識地腳步一拐彎，停在喬風家門口。

想一想，她好像確實已經養成習慣了，沒事的時候就去找喬風玩。她挺佩服自己的，他明明是個書呆子，她在他家也玩得還挺開心。

藍衫在喬風家門口遲疑了一下，終於還是敲響了他的門。

喬風開門時，她看到他穿著純白色練功服，絲質的衣料光滑柔亮，對襟盤扣扣得一絲不苟，練功服很寬鬆，穿在他身上平添了幾分飄逸之感，像是神祕的世外高人，或是天外飛仙。

藍衫摸了摸後腦勺，「你這是……Cosplay？」

「不是，我在練太極。嗯、妳可以先跟薛丁格玩。」

藍衫沒找薛丁格，她跟著喬風去了他的活動房，看到薛丁格在自己的樂園裡睡大覺，她一把撈起牠來，接著一屁股坐在薛丁格的小床墊上。

薛丁格睜開惺忪的睡眼，看到是藍衫，牠又懶洋洋地睡著了。

藍衫對喬風說，「你繼續，我想看看……我能看吧？」

喬風點了點頭。剛才他一套太極沒練完，被敲門聲打斷，現在只好從頭開始。

室內播放著舒緩的伴奏音樂，琴音叮咚如泉，間雜一二鳥鳴和潺潺水聲，閉上眼睛，使人彷彿置身在遠離喧囂的深林之間，看高山流水，聞松風萬壑。

喬風在這樣的樂聲之中開始了動作。起手，攬雀尾，龍回頭……

他的動作很慢，像是電影的慢鏡頭，每一個動作都調動起全身的關節和肌肉來配合，這使得他整個人彷彿是一臺精密的儀器，行動緩慢而精微，各零件之間協調配合，天衣無縫。

但他的行動又顯得那麼有力，出手雖慢，卻挾著力撥千鈞的氣勢。與此同時，有力卻不笨重，步伐挪動之間，輕盈又從容，像是一片乾淨的羽毛。

陽光從窗外透進來，在他周身鍍了一層神祕的光暈，這使得他整個人像是會發光一般。

藍衫捧著臉，迎著陽光看他，一臉癡漢相。

真好看，怎麼可以這麼好看呢……

琴聲還在繼續，不緊不慢的，喬風的動作卻開始有一絲絲的紊亂。

太極拳是一種修身養性的運動，剛柔相濟，靜中有動，練的時候一定要心平氣和，不能急躁，這是基本要求，而現在他的心是平靜不下來了。

一切都和平常沒什麼兩樣，安靜的房間、舒緩的伴奏，唯一不同的可能就是……她。

她眼睛一眨也不眨地盯著他看，使他突然就亂了陣腳。他的精神不復集中，而是飄飄悠悠地到了她身上，然後集中在她身上了。

他甚至能聽到自己的心跳聲。

怦、怦、怦……

喬風突然一個收手式停下來，接著走過去把音樂關掉。

藍衫問道，「你練完啦？」

喬風的回答有些模糊，「不練了，」他怕藍衫問為什麼，連忙走出去，邊走邊問，「妳今晚想吃什麼？」

藍衫看著他挺拔如松的背影，張口問道，「有吃了能增加智商的東西嗎？」

「沒有，」他搖了搖頭，轉頭同情地看她一眼，「妳現在補，太晚了。」

「哦。」藍衫身體一鬆，抱著肥貓縮在地上不動彈。

喬風看到她撅著嘴巴，秀眉低垂著，像是一朵盛放的玫瑰花突然失水過多，花瓣萎靡下去的模樣。這樣的情形，正常人都能看出來她心情不佳。

他走到她面前，蹲下身看她說道，「妳心情不好？」

藍衫低著頭，輕輕扯著薛丁格的小耳朵，被這樣一鬧牠就醒了，氣得用爪子拍她的手。她一邊躲著貓爪一邊小聲道，「沒有啊。」

「撒謊，妳明明心情不好。到底怎麼了？」

藍衫嘟囔著，「你是不是覺得我特別笨呀？」

「是。」

「……」

她哭喪著臉，「你到底會不會安慰人呀！」說著推了他一下。

喬風穩如泰山，被推一下也不挪動分毫。他很少見到這樣的她，像是在外頭好勇鬥狠吃了敗仗的貓，暴躁又無助。

喬風突然心軟了，忍不住抬手揉了揉她的腦袋瓜，輕輕一牽嘴角，「乖。」

藍衫翻了個白眼，「乖你個頭！」

喬風抿了抿嘴，試圖安慰她，「妳雖然笨，但是妳挺好的。」

「哼！」

「真的。」

「我哪裡好呀？」

他微微一笑，眸光溫柔，「妳哪裡都好。」

第五十四章

喬風做飯時，藍衫主動幫他洗菜。她一邊洗菜一邊狀似漫不經心地問喬風，「喬風，你覺得我是一個什麼樣的人？不要說我笨，我知道我笨，你說點別的。」

喬風此刻正運刀如風，把絲瓜切成厚度均勻的薄片，聽到此話，他停下來，認真看著她緩緩答道，「妳是一個很矛盾的人。時而真誠，時而狡詐；時而熱情，時而冷漠；看似臉皮厚，其實自尊心很強；看似心胸寬廣，其實也會斤斤計較。妳很有上進心，但是經常偷懶不思進取；妳把事業規劃得井井有條，但是生活一團糟；妳的交際能力很強，但妳其實很內向；妳……」

藍衫拿了一根洗好的黃瓜，喀擦咬了一口，打斷他，「你直接說我是精分就好了。」

喬風點點頭，「精分得恰到好處。」

藍衫不洗菜了，開始吃黃瓜，邊吃邊問，「其他的我都能理解，但你為什麼說我內向呢？我長得很內向？」

「內向與否並不看長相，當然也不看妳的交際能力。有一種心理學觀點，劃分內向、外向主要基於一個人恢復精力的方式。對妳來說，可能獨處比和別人打交道更容易恢復精神，如非必要，妳更偏好一種沉默面向自己內心的生活方式。妳的工作能帶給妳金錢和成就感，但這並不是妳發自內心喜歡從事的事物，妳經常為此感到厭倦和疲憊，妳所有的動力都來自於它的回報，而非其中樂趣。」

藍衫精神有點恍惚了，她喃喃嘆道，「我好像要被你洗腦了。」

喬風低頭繼續切菜。

藍衫又問，「那你呢，你是內向還是外向？」

「我？」他怔了一怔，「我以前是內向型人格，現在……現在好像有點外向了。」

否則他無法解釋，為什麼只要藍衫在，他的精力就恢復得特別快，甚至比獨處時都要快？

「嗯，洗腦失敗。」她寧願相信他是外星的，也不會相信他是外向的。

藍衫便繼續洗菜。沒吃完的黃瓜沾著口水，放在別處她怕喬風嫌棄，於是直接叼在嘴裡。她也不知道自己是腦殘還是怎麼了，反正就是沒往別處想。

喬風切完絲瓜，抬頭想要和藍衫說話，入眼便看到她含著半根黃瓜，黃瓜插進她嘴裡，露在外面的那一節有十公分出頭，形狀甚似……

他雖然比較純潔，但是他有一個十分不純潔的哥哥，他被哥哥帶著也看過一些十分不純潔的電影。所以看到眼前這畫面，喬風作為一個男人，一下子就想歪了。

他的心跳又亂了，面紅耳赤，喉嚨發乾，連呼吸都有些急促和紊亂。他定定地看著她，一雙眼睛黑亮得要命。

藍衫洗完菜，拿下黃瓜，「好了！」說著看一眼喬風，然後她嚇一跳。

他正舉著燦亮的菜刀，目光炯炯死死地盯著她，像是下一步就會撲上來把她砍個稀巴爛。

「我操你什麼意思，你別過來！」藍衫後退幾步，扶著門框兩腿打顫。危急時刻她竟然還抓著那個倒楣黃瓜，她舉著黃瓜對準他，念念有詞，「阿彌陀佛，邪祟退散！急急如律令！」

在她的咒語之下，喬風乖乖地轉過身。他把她剛才洗乾淨的豇豆拿過來瀝掉水分，一邊做這些，他一邊小聲抱怨，「流氓！」聲音竟有些乾澀，不復溫潤。

藍衫看到他耳根子紅似滴血，再聽到這兩個字，她一下就開悟了。啊啊啊，她剛才做了什麼！

無話可說，無地自容，藍衫默默地離開廚房回到客廳，黃瓜是再也吃不下了，她把它扔進垃圾筒。

直到吃晚飯時，氣氛依然有那麼點尷尬。兩人都很明智地對剛才的烏龍隻字未提，藍衫化尷尬為食欲，吃得豪放不羈，喬風看得直搖頭，接著又低頭笑，笑過之後，他把他盤中的菜撥一些給她。

今天是週二，藍衫要陪喬風一起去上課。在出發之前，他照例要整理一下儀容。經過藍衫的悉心調教，喬風現在的穿衣搭配小有長進，至少不會出現極度雷人的錯誤。

而且，他還喜歡上了那種把褲腳挽成收口九分褲或八分褲的穿法，但是他自己又學不會，每次都要藍衫幫忙挽，這次也不例外。

藍衫蹲下身，一邊幫他挽著褲腳一邊說道，「我都教你這麼多次了，你自己怎麼就學不會呢！」

喬風端坐在椅子上，答得理直氣壯，「嗯，不會。」

藍衫趁機開嘲諷，「笨死了！」

喬風繼續平靜從容，「嗯。」

藍衫翻了個白眼，扣著他的腳踝，「別亂動。」

「哦。」

藍衫看著他褲腳下白皙的皮膚和勻稱而不失力量感的骨骼，突然說道，「我今天見到謝風生了。」

喬風淡淡答，「我知道。」

「他答應幫我理財了，你幫了我不少忙，謝謝你啊！」

「跟我客氣什麼。」

「嗯，不跟你客氣，」藍衫說著，嘿嘿一笑，「我還聽他說……每個女人都想上你，哈哈。」

喬風沉默。

藍衫知道他害羞了，她故意惡趣味地逗他，「到底是不是呀，每個女人都想上你？」

「這要問妳了。」

「啊？」

他緩緩答道，「如果每個女人都想上我，那麼妳呢？」

「……」被反將了一軍，藍衫埋著頭不吭聲，小心肝忽上忽下的，像蕩鞦韆一樣。

喬風卻不依不饒地追問，「藍衫，妳想不想上我？」聲音故意壓低，帶著那麼點撩人和誘哄。

「想——」幾乎是下意識地脫口而出，還好她及時反應過來連忙改口，「得美！」

想得美。

她埋著頭，沒有看到他明亮的神色因為這三個字而黯淡下去。

藍衫又做夢了，這次的夢境相當精彩。她夢到她把喬風給……嗯，那個什麼了……

如此香豔的夢境最終被掐斷了，因為即使在夢裡，她也是一個十分有道德的人，自己竟然強迫一個男人，這使夢中的她愧疚無比，然後她就憂傷地醒了。

醒來之後，發現自己出了一頭汗。

藍衫下床，喝了杯溫水壓驚。她坐在燈光慘白的客廳中發呆，腦子亂亂的全無頭緒，然後她就打了個電話給小油菜。

小油菜有個非常好的習慣，她睡覺總是忘了關機。

凌晨兩點半，小油菜接到了來自好友的問候。她接了電話，聲音裡透著疲憊和惺忪，「藍衫，妳最好告訴我出大事了，否則我宰了妳。」

藍衫問道，「小油菜，喜歡一個人是什麼感覺？」

「……」

「妳知道嗎？」

小油菜答，「我不知道，我只知道恨一個人是什麼感覺，就是現在我對妳的感覺。」

「那妳喜歡吳文是什麼感覺？」

「藍衫，明天一起吃飯吧。妳請客，姊幫妳上堂課。」

「好。」

藍衫沒想到小油菜還有幫她上課的時候，她有一種「我家二貨初長成」的感慨。

兩人相約去吃烤肉，小油菜看到藍衫時，一拍腦袋，「我們兩個要聊什麼事來著？」

那一瞬間，藍衫決定不對她抱什麼希望了，她只是說道，「妳跟我形容一下，喜歡一個人是什麼感覺？」

小油菜更奇怪了，「妳又不是沒談過戀愛，還比我有經驗，妳會不知道喜歡是什麼感覺？」

藍衫有點為難，她是真的不太知道。

她活到這麼大，談過兩次戀愛，大學時談過一次，畢業之後就分了。然後跟楊小秀談過一次，結果也就那樣子。兩次戀愛都談得不怎麼上心，就像是在玩似的，確切地說還不如玩呢。玩的時候她可以全神貫注，談戀愛就未必了。

所以兩次分手她都像是沒事，一點也不痛苦，完全不需要刻意去振作。她自己也經常納悶，怎麼別人談戀愛就是死去活來，放在她這裡就是沒心沒肺？後來看到一個詞叫「愛無能」，她當時就覺得非常符合自己的症狀，再之後就覺得談戀愛沒意思了，也就一直沒找男朋友。

想到這裡，藍衫搖搖頭，「我真的不知道。」

「那妳為什麼要和錢良在一起？為什麼要和楊小秀在一起？」錢良就是藍衫在大學時的男朋友。

藍衫答道，「他們對我好啊。」

小油菜點頭，她還蠻理解藍衫的，這女孩從來不缺人追，那麼多人追她，自然誰對她好她就青睞於誰。

小油菜摸著下巴，「藍衫啊，妳跟錢良、跟楊小秀在一起的時候有沒有想過這個，喜歡是什麼？」

藍衫搖搖頭，沒有。

小油菜拍拍她的肩，語重心長，「孩子，當妳認真考慮這個問題時，就說明妳已經動心了。」

「啊？」

小油菜笑嘻嘻的，「別裝傻，說吧，妳看上誰了？」

藍衫扭過臉去喝茶水，「妳想多啦！」

「喲喲喲，還跟我裝！妳不說我也知道，是喬大神對不對呀？」

藍衫扭過頭看她，神祕兮兮的，「我吧，我覺得我可能真的有點喜歡他。那種感覺，怎麼說呢，就是吧，總是有一點點牽掛，老是惦記著他……妳懂嗎？」

小油菜不可一世地輕笑，「我當然懂，我有十多年的暗戀經驗、謝謝，在這方面我可是權威。」

藍衫用手撐著臉，突然有些頹喪。

小油菜推她一把，「怎麼了？喜歡他妳就搞定他嘛，我們姊們的魅力值可是MAX＋，什麼男人拿不下來？」

藍衫嘟囔著，「什麼男人都可以，就他不可以。」

「為什麼？」

「他不喜歡我。」

「那就想辦法讓他喜歡妳。」

藍衫搖搖頭，無奈地嘆一口氣，「人家可是不跟智商一百四以下的女孩談戀愛。」

小油菜不信，「神經病吧？他自己都那麼聰明了，再找一個絕頂聰明的女孩，之後兩個人再生一隻妖怪出來。」

「是真的。」藍衫說著，跟小油菜講了喬風那張蛋疼的考卷，順便說了自己那更蛋疼的分數。

小油菜嘖嘖稱奇，「連妳都得零分，我要是答了難道要負分？人呢，變態也要有個限度，變態成這樣就不可愛了嘛。」

藍衫悲催地發現，即使喬風出了那種考卷，她依然覺得他大部分時候都是可愛的。媽蛋，她的審美觀急需要拯救……

小油菜問道，「那妳現在打算怎麼辦？」

「不知道，我覺得我需要先冷靜一下。」

小油菜追問道，「妳要不要追求他呢？說實話哎，這麼極品的一個男人，別說打著燈籠了，妳就算打著聚光燈、打著紅外線掃描器，手裡再牽一條訓練有素的警犬……都未必能找到。」

藍衫有點糾結，「我也得追得上呀！你說人家挑長相、挑身材，我還可以勝任。挑談吐、挑氣質，我可以鍛鍊。挑錢吧，我也可以努力奮鬥……但智商這個東西現在真的已經來不及了，而且他又那麼死腦筋。再說，妳說他要是跟我們同類型的人，我追也就追了，大不了追不到，大家一拍兩散，往後橋歸橋、路歸路。可是吧，喬風又是個挺難得的一個人，我不想最後鬧得和他連朋友都沒得做，妳明白嗎？」

小油菜拍拍她的肩，「理解。不過呢，其實喜歡這東西沒什麼大不了的，多數時候妳可以無視它。」

藍衫沉默地點了點頭。

第五十五章

藍衫下午回公司時，老王把她叫進了辦公室。

「藍衫，原計畫呢，我明天要出差去杭州參加一個汽車行銷高峰會。」

藍衫點頭，「王總我知道啊，您放心地去吧，我們保證安安分分的，不給你惹是生非。」

所謂「高峰會」，聽著挺高大上，其實就是一幫賣汽車的人士們湊在一起交流怎麼樣更多、更好地賣汽車，交流結果由記者朋友們記錄。因為是「高峰」會，所以來參加的都是在業內小有成就的人。藍衫她們4S店一直經營得不錯，這次接到兩份邀請函，總經理決定帶著銷售部頭頭親自去。當然了，牛逼的人很多，他們兩個去了也就是參觀一下而已。

不過前兩天總經理突然生病去不了，宋老闆閒得蛋疼，頂上去了，決定帶著銷售部老王去杭州三日遊。

老王聽藍衫如此說，搖頭道，「不是這個意思……現在我去不成了。」

「啊？」

「嗯、家裡有點急事，」老王也沒解釋到底是什麼事，只是說道，「所以明天妳去吧。」

「我？」藍衫有點激動，「我我我我能去嗎？」

那裡再怎麼說也是各業界精英匯集的地方，而且杭州又是全國著名的旅遊城市，這次去了就算取不到經，吃喝玩樂一番也不錯呀，嘿嘿嘿嘿……

老王嚴肅地看著她，「妳怎麼不能去？銷售部除了我，不就只有妳能去？」

「市場部的呢？」如果只是談行銷，似乎市場部的更適合。

老王一攤手，「啊，這樣啊？好、妳要是不願意，我把名額給市場部。」說著拿起電話就要打。

「別別別……」藍衫諂笑地攔住他，「別這樣，我不是這個意思。王總您這麼看得起我，那我就一定得去呀，捨我其誰！」

這件事就這麼定了，老王打了個電話給行政部，讓他們幫藍衫訂機票。

由於藍衫臨時決定出差，老王准許她早一個小時下班，回去準備準備。

藍衫回到家時喬風還沒回去，她想快點把這個好消息和喬風分享，於是打了電話給他。

「喂，喬風。」

「嗯，藍衫。」

喬風講話的背景亂哄哄的，有人的交談聲，也有滴滴滴的聲音，不知道是什麼儀器。藍衫好奇道，「你在哪裡？」

「在超市。」

所以那滴滴滴的東西並不是什麼黑科技，而只是收銀臺的掃描器？

他話音剛落，電話裡突然擠進一個女人的聲音，柔柔的，「喬風，你要不要吃糖呀？」最後那個語氣詞說出來時像是打著彎，既調皮又嫵媚。

喬風回了一句，「我不吃，謝謝。」

藍衫把他們的對話聽得清清楚楚，她的心突然沉了一下，問道，「你跟誰在一起呢？」

喬風沉默不答。

那個女孩笑了笑，聲音像是突然抬高了一些，「為什麼不吃，我記得你很愛吃糖的！」

這話說得，聽在藍衫耳朵裡怎麼就那麼刺耳呢。藍衫的語氣也就不自覺地帶了那麼股酸溜溜的味道，她哼道，「這麼神祕？是誰呀，跟我都不能說？聖母瑪利亞還是王母娘娘呀？」

「是蘇落。」

藍衫突然不說話了。

喬風問道，「藍衫，妳找我有什麼事？」

藍衫腮幫子一鼓，硬梆梆地對著手機喊，「我已經回家了，你趕快回來給我做飯！」

「好。」

喬風掛斷電話時，蘇落正好結完帳。她拎著超市裡五毛錢一個的大塑膠袋，袋子鼓鼓地塞了好多東西，出於禮貌，喬風主動接了過來幫她拎著。

「謝謝哦。」蘇落笑道。

校園超市的空調壞了，裡面很熱，兩人都出了汗。蘇落一邊走一邊拆開一包衛生紙，取出一張來擦汗。看到喬風額頭上有汗，她笑著抽出一張新的，抬起手要幫他擦。

喬風偏頭躲開她，他的眼眸瞇了一下，良好的涵養使他面上並無任何惱怒，但蘇落清楚地看到他眼底一閃而過的不悅。

她很識趣地收回手，乾笑，「剛才是你女朋友呀？」

「女朋友」三個字讓喬風的心情有些異樣。明知道那是假的，但他還是被取悅到了。他勾了一下唇角，並未否認。

蘇落背著手，低頭看著自己的腳尖。天氣太熱，她今天穿了白色及膝雪紡裙，配一雙裸色漆皮高跟魚嘴鞋，長髮飄飄，一身女神氣息。路過的許多男生都在看她，但是喬風卻看也不看她一眼。

蘇落又笑道，「嗯、今天真是太謝謝你了，要是沒有你，我真不知道該怎麼辦才好。」

「不會的，妳又不是腦殘。」

蘇落的面部肌肉狠狠地抽了一下，她咬了咬牙，「總之今天謝謝你啦！」

「不客氣。」

「那我可以請你吃飯嗎？當作是對你的感謝。」

「恐怕不行，」喬風抬腕，看了看他心愛的光動能電波錶答道，「我要回去做飯給藍衫了。」

他這一副老婆奴的樣子在蘇落眼中十分不舒服——這個男人，對別的女人就那麼言聽計從。

但是蘇落不會把這些心情表現在臉上，她只是溫柔地笑了笑，「可以叫她一起來嘛，人多熱鬧。」

這倒也是一個建議。喬風想了想，認為需要先徵求一下當事人的意見，於是他打了個電話給藍衫。

藍衫還在自己跟自己生悶氣，東西也沒收拾。接到喬風電話，她的聲音依然硬梆梆的，「喂？」

喬風問道，「藍衫，妳想吃什麼？」

藍衫哼哼唧唧的，故意刁難他，「我要吃澳洲龍蝦！」

「稍等、我問一下，」喬風說著，扭臉看蘇落，「澳洲龍蝦可以嗎？」

蘇落抽著嘴角點了點頭，心想那女人真不把自己當外人。

喬風便對藍衫道，「是這樣的，今天的晚飯蘇落請，請妳和我吃澳洲龍蝦，妳要不要過來？」

「呸！」

「……」

藍衫深吸一口氣，她從來不是一個會委屈自己的人，遇到不順心的事必定要先折騰別人。此刻她發洩完了，對喬風解釋道，「那個，不是呸你的。」

「我知道。」喬風莫名覺得有些好笑，然後他就笑了笑。

隔著手機，他的笑聲低低的，溫柔而動人，像是暖春的湖水。藍衫聽在耳中，心裡起了一陣毛躁，她只好故意用怒氣遮掩心虛，「笑什麼笑！」

「沒有，就是覺得妳挺可愛的。」

雖然這話是隔著手機說出來的，但藍衫依然不爭氣地臉紅了一紅。她彆扭地摩挲著微微發熱的臉蛋說道，「總之你告訴那個女人，我討厭她，所以不會吃她的飯。」

「好，我會如實轉告。」

藍衫總算順過一些氣來，她得意地翹了一下嘴角，「好了、你去吧。小心點，別吃太多，如果有龍蝦可以幫薛丁格帶半隻回來。」吃不死那個女人，哼哼哼哼！

喬風倒是被她說得一愣，「我去哪裡？」

「你不是要和美女共進晚餐嘛？」說到這裡，藍衫的酸水又要往外冒了。如果可以的話她真的很想阻止他，但她又不是他什麼人，手實在伸不了那麼長。

喬風搖頭，「我不去，妳不去我就不去了。」

「為什麼呀？」

喬風覺得她這話十分莫名其妙，「我去了誰幫妳做飯？」

一句話，使藍衫長了草的心情突然就春暖花開了。

蘇落站在一旁，安靜地聽著喬風跟另一個女人打情罵俏，她目光沉沉，嘴角往下掉，像是鬆弛的弓弦。因為牙關咬得太緊，她腮旁的肌肉繃得緊緊的，幾乎要鼓起來。

這個男人所有的溫柔和深情都本該屬於她，然而現在，卻被另一個女人拿走了。

這叫她如何甘心？

看到喬風掛斷電話時，蘇落目光一閃，臉上立刻綻開笑容。雖然笑得有些勉強，不過沒關係，反正喬風並不擅長解讀人的面部表情。

喬風對蘇落說，「我要回去了，請客吃飯就不必了，今天幫忙權當是我對妳的賠禮道歉。另外，藍衫讓我轉告妳，她很討厭妳。」

「……我知道。」蘇落說著，委屈地咬唇，眼神柔軟得讓人心疼。

喬風是沒工夫心疼她了，他現在比較擔心的是現在都這麼晚了，菜市場還能不能買到新鮮的澳龍。他把那一大袋子東西還給蘇落，告辭了。

在喬風看來，那堆東西並不沉，拿著不算吃力，所以也不擔心蘇落提不動它。

事實卻是，蘇落穿著細高跟，提著那一大袋東西相當吃力，累得直呲牙咧嘴，女神形象大打折扣。幸好路過一個熱心腸的男生，主動把美女護送到教職公寓。

澳龍這東西比較金貴也不好賣，一般的菜市場小販是從大的水產市場進貨，一次不會進太多。喬風去了離他家最近的那個菜市場碰運氣，事實證明他運氣還不錯，某個水產品賣家那裡剩了兩隻，看起來都挺新鮮的，一個大的、一個小的。小的有一斤半，大的二斤八兩，喬風怕買了大的把藍衫的肚子撐壞，最後選了那個小的。

提著龍蝦，喬風去敲藍衫的門。

藍衫看到他後很高興，隨即視線下滑，看到他手裡提著個袋子，袋子裡的東西一個勁地掙扎，她嚇一跳，「什麼東西呀？」

「不要怕，」喬風安慰她，「只是一隻小蝦米。」說著打開袋子給她看。

一斤半的火紅龍蝦正翹尾巴揚鉗子耀武揚威，這他媽的只是一個小、蝦、米？

藍衫拍了拍胸口，「好可怕的樣子……」她突然反應過來，「不對，你為什麼買龍蝦？」

喬風有點無辜，「是妳要吃龍蝦的。」

藍衫斯巴達了，「我、我說著玩的呀……」

喬風鬱悶了，他低頭看著那艱難掙扎的龍蝦，牠的鉗子被束縛住了，很不開心。喬風也有點不開心了，他小心翼翼地問道，「妳不喜歡嗎？」

「不不不、不是，我很喜歡，可是這個東西……牠很貴呀！一斤好幾百塊錢呢！」藍衫想著喬風嘩啦啦地往龍蝦的大腦袋上拍鈔票，她的心在哆嗦。

原來只是怕貴，喬風鬆了口氣，他拎著龍蝦轉身，小聲自言自語，「我養得起。」

「你說什麼？」

「沒什麼，過來，商量一下妳想怎麼吃牠。」

「哎！」

雖然肉疼，但是買都買回來了，為了錢也得好好地把牠吃掉。藍衫歡樂地跟過去，發現龍蝦被束縛住，她也不怕牠了，笑嘻嘻地把牠放在廚房的地面上逗牠。

薛丁格看到，也跟著逗，一人一貓玩得十分歡樂。

「藍衫，妳要吃龍蝦生魚片嗎？」

「我不想生吃。」

「好，不然清蒸？或者做起司焗龍蝦？」

「清蒸吧。」

確定了，喬風就立刻行動。他把龍蝦抓起來放在料理臺上，反轉菜刀，「砰」地一下，乾脆俐落地拍死了。

薛丁格用一種看偉人的目光看著喬風。

這一頓飯吃得十分過癮，蝦肉鮮嫩，配上喬風調製的蒜蓉蘸料，吃在嘴裡那個口感真真妙不可言。看到藍衫如此喜歡，喬風很高興，高興之餘又有些慶幸，看這吃貨那沒出息的傻樣，幸虧買的是小的。

第五十六章

吃過晚餐，藍衫幫喬風一起把被風捲殘雲的盤子和碗扔進洗碗機，收拾完畢，兩人一同出門散步。

外頭日隱西山，夜幕將落，世界變得晦暗起來。有時候這樣的天色反而會給人安全感，因為不必擔心尷尬或心虛的神色被人發現。

藍衫清清嗓子，狀似不經意地問喬風，「蘇落找你有什麼事啊？我還真想不出來。」

喬風坦然答道，「她來我們學校工作了，目前是助教。」

能進國內 Top2 的大學工作，就算只是助教，也十分了不起了。藍衫雖然不混學術圈，卻也知道助教一般只是個過渡，等混夠時間就可以當講師了。所以即使藍衫再討厭蘇落，聽到這裡，也忍不住嘆了一句，「還挺有本事。」

在世人看來，這樣的工作清高又體面，比她那汽車銷售不知道要高竿多少，藍衫多少是有點羨慕嫉妒恨的。

喬風搖頭道，「一般吧，其實她的學術水準不太好，留學這麼多年也沒發幾篇像樣的論文。至於科研成果，更是……」說到這裡，他發覺自己這樣在背地裡批評別人似乎有些不厚道，於是住了口。

好嘛，這樣的還被鄙視呢，那我這樣的……藍衫翻了個白眼，有些事情真不能細想。

喬風難得敏銳一次，察覺到藍衫似乎情緒不對。他問道，「妳不喜歡我跟她來往嗎？」話說出口，才發現自己對她的回答竟隱隱有些期待。喬風怔了怔，無法理解自己心中突然升起那纏綿又彆扭的情愫。

藍衫突然被戳中心事，心虛地低頭哼道，「關我什麼事？」

夜風吹過，捲走了他的期待，只留下一地的失落。

接下來喬風一直沉默，藍衫也不想說話，兩人安靜地並肩行走，各自都沒發現對方臉上的糾結。

散完步，回去的時候，藍衫對喬風說，「哦、對了，我明天要出差，預計去三天，所以這三天裡你不用幫我做飯啦。」

喬風有些意外，「為什麼突然要出差？妳要去哪裡出差？」

藍衫跟他解釋，喬風聽罷，聲音沉了沉，「也就是說妳要和妳老闆一同去杭州，在那度過三天？」

「呃，」藍衫被他說得愣住了，她撓了撓後腦勺，「是這樣沒錯，不過你不要這樣說啦，搞得好像我們要約會似的。」

「這難道不是約會嗎？」因為著急，他的語速加快，隱隱有些逼問的凌厲氣勢。

「不是約會，是高峰會、高峰會！」藍衫無言，「請注意你的措辭！」

在喬風看來，一個一線銷售員工去參加這種高峰會是完全沒必要的。他想阻止藍衫，但又怕掃她的興，忍了忍，只是問道，「妳很想去嗎？」

「當然啦。」

喬風只好不再說什麼。

藍衫問他，「你想要什麼好吃、好玩的，我幫你帶回來？」

喬風很不給面子，「我需要什麼可以直接購買，就算在本地買不到也可以網購，總之不用妳千里迢迢從一個城市運到另一個城市。」

藍衫一咧嘴，「呿，我偏要幫你帶！」

這個夜晚，喬風睡得不太安穩，一閉上眼睛就是藍衫跟宋子誠卿卿我我的畫面。兩人手拉著手遊西湖、去靈隱寺上香、去參觀中國濕地博物館……

他並非多慮，在他眼中，藍衫這個人的忠誠度較低，與薛丁格不相上下，誰給吃的就跟誰走。宋子誠又非正人君子，若是對藍衫有什麼企圖，誰知道會發生什麼呢。

三天，一千多公里之外……其中變數太大，要是真有點什麼，他鞭長莫及。

想到這裡，喬風徹底睡不著了。

藍衫和宋子誠在機場吃了頓午餐，然後兩人就登機了。她在飛機上一直呼呼大睡，宋子誠坐在她身邊，時不時地側頭看她的睡顏。從北京到杭州，兩個多小時，他竟然也沒看膩，自己都覺得神奇。

就在昨天，鏤子說誠哥你魔怔[1]了，宋子誠當時覺得鏤子在放屁，現在他自己也有點動搖了。他覺

1 魔怔：言行舉止異常，很像著魔。

得他可能真的有點著迷了，是那種無法控制和約束，自己心甘情願地沉溺的那種著迷。

好像真的有點魔怔了。

理智告訴他，這樣大費周章地去追一個女人，一而再再而三，這是一種紈褲行為，投入和回報完全不成正比，他該立刻停止。

理智還告訴她，動什麼也別動感情，那是世界上最危險的事。

玩，可以；玩真的，不可以，所以他應該立刻停止。

他知道這些，一直都知道。

但知道是一回事，辦得到是另外一回事。很多時候，兩者之間會產生背道而馳的差距，且距離會愈來愈大。

他就是忍不住，停不下來。

兩人下午三點多下飛機，叫了車去飯店，等一切收拾妥當時，也快傍晚了。他們的飯店位置不錯，離西湖很近，晚上推窗就能看到西湖的夜景，十分完美。

當然了，價格更「完美」。

不過反正是公司掏錢，藍衫又不用心疼。

宋子誠問藍衫晚上想吃什麼，關於杭州本地名吃，藍衫已經做足功課，所以現在聽到BOSS問，她想也不想就答，「樓外樓的西湖醋魚！」

宋子誠的回應簡潔有力，「好。」

兩人從飯店出來，肚子都不算太餓，所以並不急著去吃飯，只是緩慢地閒晃著。傍晚的暑氣退卻，城市白天的喧囂漸漸沉澱下來，暮氣藹藹，行人車輛沐浴在其中，都被鍍上了一身愜意又舒緩的昏黃，像是走進了泛黃的彩色老照片。

一路上綠樹蔭蔭，清風拂面，藍衫初到異地，心情雀躍，高興地捧著臉陶醉，「哎呀，這裡真好。」

宋子誠問她，「哪裡好？」

「不知道，就是覺得好。」

這樣的回答一點營養都沒有，宋子誠卻聽得心情跟著輕快，城市在他眼中也順眼了一些。

兩人走了一會兒便看到西湖，湖中生著許多荷花，碩大的碧葉高低錯落，層層疊疊地鋪在湖面上，粉紅的荷花如一粒粒明珠點綴其中，晚風吹過，把荷花的香氣送到岸邊，沁人心脾。

路邊開了一條小道，直通向湖面上的一座亭子。兩人覺得好玩，一同走上去。路面貼著湖面，高低差不到兩公分，人走在上面，乍看之下像是踏波而來的仙人。

這個亭子修在湖水東側，向西可以看到整個西湖。此時金烏西墜，暮色沉沉，湖對面的山背對著夕陽，顏色蒼翠如墨，連綿的山像是伏在湖邊安睡的巨獸。夕陽把天空潑染得一片赤紅，光線撒到湖面上，湖水把它掰成千萬片碎金，緩緩搖動。

「好美啊！」藍衫喃喃感嘆。

「是啊。」有人應道。

她的第一反應是那個人是宋子誠，但宋子誠的聲音絕對不是這樣的！

BOSS 總是冷冰冰的，連說話都帶著硬度，嗓音不可能像現在這樣，溫柔似湖水，清潤如荷香。

藍衫猛地轉身，看到一個人正舉著單眼相機喀擦、喀擦地拍照，似乎根本沒注意到她。她滿是無言地看著他的身影喊道，「喬、風！」

喬風放下相機轉頭看了藍衫一眼，他笑意盈盈，夕陽的光線在他臉上灑了一層紅暈。他笑道，「藍衫？好巧。」

……巧你大爺。

藍衫走過去，「囧囧有神」地看他，「你為什麼會出現在這裡？」

宋子誠也看著喬風，目光十分不友善。

喬風舉舉手中相機，「取個景而已。」怕藍衫不信，他拿著相機招呼她來看。

藍衫一開始還有點懷疑，看完照片之後就完全不信他的鬼話了。用神器拍照都能拍成這副德性，您對得起您那小鋼炮一樣的長鏡頭嗎？

宋子誠握了握拳。他現在非常想把喬風按在湖裡胖揍一頓，這個人太不上道了。我既然製造了機會和藍衫獨處，你這傢伙不就應該安安分分地待在北京應付蘇落嗎？為什麼要跑過來？為什麼不按照常規打法走？能要點臉嗎？

看到 BOSS 神色不對，藍衫連忙介紹兩人互相認識，雙方都很矜持，只是點了點頭，連手也沒握。

喬風無視掉宋子誠的怒氣，他把相機摘下來推到宋子誠手中，「來、宋老闆，幫忙拍個照。」

宋子誠抽了一下嘴角。藍衫稱呼他「老闆」他只覺得女孩可愛，但喬風叫他「宋老闆」時，他就覺得這稱呼充滿了青龍幫和城鄉結合的混搭氣質。

他抓著相機，真想直接把這玩意扔進湖裡。

藍衫斜了喬風一眼，「神經病！回去解釋清楚！」說著一推他肩膀，轉頭對宋子誠笑道，「老闆，麻煩你啦！」

兩人背對著荷花，迎著夕陽站好，宋子誠無力吐槽，只好把鏡頭對準他們，按了快門。

拍了幾張，藍衫一張一張看，覺得挺不錯，如果不是喬風的笑容太詭異，那麼應該會更好的。

她抬頭，正要跟宋子誠道謝，卻迎上BOSS不滿的目光。

宋子誠有點委屈，等半天藍衫也不主動提，他只好說道，「妳不打算跟我合照嗎？」

「啊、當然，應該的。」藍衫歉意地拍了拍腦門，她怎麼忘了這種諂媚BOSS的招數了呢。

藍衫和宋子誠肩並肩站好，喬風舉著相機指揮他們，「藍衫妳右邊一點，兩個人不要靠太近，影響光線……好、笑一個，宋老闆你不用笑了，太難看。哦，好……」他按了快門，之後驕矜地自誇，「Perfect！」

藍衫湊過來想看這照片有多麼Perfect，然後她就看到照片裡的她笑靨如花還不錯嘿嘿，可是一旁的宋子誠只拍到半張臉……

那照片像是被人從中剪了一刀，或者也可以說那個人被砍了一刀，剩一半身體，偏偏他還瞪著眼睛努力刷存在感，看起來相當可怕。

藍衫覺得她離被解僱的日子不遠了……

她摀著螢幕不讓宋子誠看，討好地笑，「老闆，我們再拍一張吧！」

事實上宋子誠已經看到了，看過之後才發覺他剛才太他媽厚道了……

宋子誠不可能容忍自己第二次被荼毒，於是搖了搖頭，「不了，藍衫、我們去吃飯。」說著看看喬風，咬牙道，「你、請、便。」

喬風把相機掛回脖子笑道，「好的，我要去樓外樓吃西湖醋魚。拜拜，回頭見。」

宋子誠：「……」

最後的最後，都這麼巧了，當然是三個人一起去吃了西湖醋魚。

西湖醋魚是淡水魚，刺很多。宋子誠很溫柔體貼地幫藍衫剔掉刺，把魚肉夾進她盤中。

雖然覺得有點怪，但藍衫依然很感動。可惜她還沒來得及動筷子，那魚肉就被喬風夾走了。

藍衫怒戳喬風的餐盤，「你你你，還我！」

「好。」

喬風又幫藍衫剃了很多魚肉，還給她。

宋子誠沒有以牙還牙搶這些魚肉，他真的做不到那麼不要臉……

吃完了這頓飯，宋子誠鬆了口氣。藍衫到最後也沒搞清楚喬風為什麼要突然跑過來，她心中隱隱有一個猜測，但那個猜測太自作多情、太玄幻，她也挺不好意思承認。

三人在飯店門口分別了，喬風說要回自己的飯店，藍衫也就沒多問，想著等出完這趟差，回去有空再說。

然後到飯店門口，她下計程車時，正好看到了喬風。

他依然一派雲淡風輕，「好巧啊。」

第五十七章

宋子誠自問涵養是極好的，這下也有些動怒了。沒見過這麼死皮賴臉的人，更可怕的是，對於他們的行程，這小白臉看起來瞭若指掌。他一向十分重視隱私，現在突然有一種被人看光的不適感。

藍衫走到喬風面前，輕輕拍了拍他的肩膀，「解釋。」

喬風一攤手，無辜地看她，「妳不要以為我在跟蹤妳。」

藍衫才不信，「你就是在跟蹤我。」

喬風反問，「那麼妳說，我是怎麼跟蹤妳的？」

「我……」能說上來才怪！

喬風掰著手指跟她解釋，「妳看，妳的手機軟體的定位功能已經關了，如果用儀器強行定位的話我倒是可以做到，但那是違法的，我不會對妳做違法亂紀的事情。所以，我真的沒有對妳進行定位。」

藍衫有點動搖了，「那你是怎麼遇到我的？」

喬風有些感慨，「他鄉遇故知，這是緣分，沒有辦法。」

「呿，你又不信緣分那一套。」

「我只是在用妳能夠理解的方式與妳交流。」

他們兩個說這話，宋子誠發現自己又被無視了。他輕咳一聲說道，「我們先進去吧。」

三人便走進去，藍衫還在和喬風鬥嘴，兩人並肩走向電梯時，宋子誠突然叫住她，「藍衫，先別上去，我們聊聊明天的事情。」

明天的事情是公事，喬風再無恥也不能攙和，所以只能獨自回客房了。走之前悻悻地回頭看一眼藍衫，藍衫正背對著他走向大廳的吧檯，並未看到他，倒是宋子誠回頭望他一眼，目光冰冷，隱含著鄙夷和挑釁。

某種程度上說，他確實有資格鄙視他的……

當然了，很多時候，喬風可以把來自別人的鄙夷和敵意完全無視掉，所以現在他完全不以為意，瀟灑地進了電梯。

宋子誠把藍衫叫到吧檯只是臨時起意，不過當慣了宋總，跟下屬談起話來倒也得心應手得很。但是很快他發現藍衫太入戲了，她完全用一種下屬的姿態跟他講話和討論，十分莊重嚴肅。

這並不是他想要的結果，他此行的目的在於模糊兩人之間上下級的距離，如果有重大進展那自然最好不過，然而現在這個距離被他親手加大了。

聊完了行業情況，又聊工作展望，宋子誠也是有耐心，把這些虛頭虛腦的東西說完，他又叫了壺茶，兩人開始說別的。

藍衫不是很在狀態上，一方面她分心想著樓上的喬風，另一方面她總覺得老闆今天的情緒有點古怪。由於分心，她不能認真觀察和思考，自然也得不出什麼明確結論。

宋子誠知道適可而止的道理，看到藍衫雖在極力忍耐，但隱隱已有些不耐，他微不可察地嘆一口氣，終於還是放她走了。

他有點失落又有點迷茫，又覺得自己在做無意義的事，並且為此感到無力。於是酷帥狂霸跩的BOSS一時間墜入文藝小清新的憂鬱之中。藍衫離開之後，他又獨自在大廳裡坐了一會兒。

藍衫上樓，在走廊裡又遇到了喬風。

他背靠著門坐在走廊裡鋪的地毯上，雙腿併攏屈膝，兩手環著膝蓋。每次看到他這種坐姿，藍衫都很有吐槽的欲望，太大家閨秀了，一點也不爺們好不好。

寬闊悠長的走廊裡空空的，也沒有清潔人員的人影，藍衫的視線裡只有那一個孤零零坐成一團的人，像是個無家可歸的小朋友。

「小朋友」聽到動靜，抬頭看了藍衫一眼。這次他沒說「好巧」。

藍衫走過去，好奇地蹲下來望他，「你為什麼坐在這裡？」

喬風無奈答道，「房卡不能用，我猜應該是電子鎖沒電了。」他只是想出門買個東西，順便偵查一下藍衫的情況，結果出了門發現忘記拿手機，想再回去，房卡卻沒有反應了。

在藍衫看來，這一招好眼熟的樣子，她忍不住用指尖戳了一下他的臉頰，「裝，繼續給我裝。」

喬風像是被惡霸調戲的小媳婦一般，他羞澀地扭臉躲了一下，然後解釋，「沒有裝，真的不能用了，客房部已經下去換卡了，但我覺得應該是電子鎖沒電。」

藍衫還是不信，故意說，「你不就是想來我房間嗎？」

喬風突然抬頭看她，但瑩潤的眸子平淡無波，卻又像是大有深意。

藍衫也愣住了，她摸了摸鼻子，垂下眼睛不看他。

喬風問道，「我為什麼想去妳房間？」

藍衫不知道該怎麼回答，她剛才內心一直在膨脹，雖然不斷否認，卻依然幻想喬風此行是為她而來。既然在飯店相遇，那麼玩玩遺失房卡啊、走錯房間之類的狗血戲碼，再順理成章也不為過吧？

她低著頭，心想自己應該只是在自作多情吧……

這時，客房部一個漂亮的服務員上來，她手裡拿著一張卡，一邊跟喬風道歉一邊幫他刷門。

電子鎖急促地「滴滴滴」了幾聲，然後就徹底沒動靜了，門也沒開。

服務員不甘心地轉著門把手，一邊說道，「抱歉、抱歉，這應該是電子鎖沒電了，我現在讓人拿鑰匙來開門，幫你們換電池。」

果真自作多情了嘛……藍衫有點低落。

不知道是什麼原因，兩人等了將近十分鐘，也沒等來鑰匙，服務員在拿對講機催了兩次之後就自己下去找了，走廊裡又剩下他們兩人。

藍衫鼓足勇氣邀請他，「算了，你先去我那裡坐一會兒吧。」

喬風欣然應允。

藍衫的房間在宋子誠隔壁，兩個房間都是朝向西湖的方向。她走進房間，插上房卡通電，然後把電燈打開、窗簾拉開。

這房間的窗戶很大，玻璃乾淨明亮，難得的是幾扇窗戶拼成一個微微向外凸的弧形設計，這使得視野更加寬闊，更顯個性和程度。

窗前的空間很大，稍稍墊高，類似於榻榻米的設計，上面擺了個實木矮几，矮几上有茶具。藍衫燒了熱水，沏了飯店提供的龍井茶，兩人面對面跪坐在矮几旁，守著一壺茶欣賞窗外的夜景。

跪了一會兒，藍衫就受不了了，改為盤腿坐著。然後她又有點慚愧，覺得自己在喜歡的人面前不夠秀氣。轉念一想，她又釋然了——喬風都那麼秀氣了，她要是再秀氣，那就陰陽不調和了……

喬風喝一口茶，然後側頭安靜地看著窗外。

藍衫便也向窗外望。夜幕已降，都市裡華燈璀璨。西湖的水映著五光十色的夜燈，光影綽綽，流光溢彩，像是水龍王瑰麗的寶庫。岸邊一條長長的繁華街道，街道上燈光尤其明亮，奪人眼目，遠遠望去彷彿一條發光的彩色長龍。湖邊山上也亮起了夜燈，星星點點，像是嵌在黑色幕布上的彩色寶石。

藍衫看呆了。

喬風站起身，打開一扇窗戶，晚風吹來，攜帶著獨屬於湖水的潮濕氣息。

藍衫吸了口氣，看著他走回來坐下。頂燈光線的亮度和顏色都類似燭光，他像是坐在了昏黃的燭影之下，精緻的面目柔和又生動，能讓人聯想到一切美好溫暖的東西，比如鮮花、比如水，比如甜蜜的詩篇。

藍衫的心裡怪癢癢的，她吞了一下口水，突然張口，「喬風——」

「別動。」他打斷了她，說完這兩個字，他突然跪直身體，傾身向前。

藍衫的心臟猛烈地跳動起來，眼看著他微笑著緩緩逼近，她緊張到呼吸困難，滿腦子就剩一個想法——他要吻我了他要吻我了他要吻我了……

她緩緩地閉上眼睛。

親吻沒有降落，她只覺眉角被輕輕按了一下，隨之是他溫潤的聲音，略帶些驚奇，「奇怪，原來只是一顆痣，我還以為是小蟲。」

藍衫：「……」

她睜開眼睛，氣呼呼地揉了揉發燙的臉。她真是腦殘了，怎麼會認為他要吻她呢！

喬風坐回去時，忍不住深吸了一口氣以平復自己不正常的心跳。真是奇怪，剛才他明明想要幫她捉蟲的，為什麼接近的時候，卻想要親她一下呢……

昏黃的燈光下，兩人各自尷尬，都沒注意到對方神色中的異樣。

藍衫低頭摩娑著茶碗問道，「喬風，你為什麼要來杭州？」

「啊、我表弟過生日，我來幫他慶生。」

藍衫詫異地看他，「你……表弟？」

他點點頭，「對、他是我小姨的兒子，我小姨是我媽媽的親妹妹。」這是他好不容易找的理由。那個表弟正在上大學，過生日什麼的其實不需要他這表哥來湊熱鬧。

藍衫點了點頭，「原來是這樣。」白竊喜一場，心酸。

又說了一會兒話，藍衫心情不佳，把喬風趕走了。

第二天，喬風要幫他表弟慶生，藍衫要去高峰會，雙方終於分頭行動，宋子誠很滿意。

高峰會其實沒什麼好看的，有幾個大佬們嘮嘮叨叨，大家一起探討各種高大上的話題，藍衫只能坐在下面當聽眾。愈是高大上愈是虛無縹緲不接地氣，藍衫自己的市場敏銳度不夠，又欠缺悟性，聽著不是很感興趣。宋子誠倒是認真聽了聽，但是看到藍衫無聊，他也就不聽了，問藍衫，「想去哪裡？」

「啊？」

「不喜歡這裡，妳想去哪裡？」

藍衫打了個哈哈，「不會啊，好不容易來一趟，這裡挺好的呀。」

「我覺得無聊，妳陪我出去逛逛吧。」

就這樣，兩人溜了出來。宋子誠不知道去哪裡好，藍衫建議去靈隱寺。來之前她做了很多攻略，當時其實並不抱希望，覺得最多是去西湖晃晃，畢竟是出差又不是旅遊。

去靈隱寺之前，他們先去飛來峰看了一會兒風景。飛來峰不高，老樹古藤，灰白的山體裸露在外，像是巨大的骨頭，倒也有些看頭。

到了靈隱寺，他們……又遇到了喬風。

藍衫頗為驚奇，「你不是去幫表弟慶生了嗎？」

「表弟中午要跟同學慶祝，我想晚上去，所以先來這裡看看。你們不是去高峰會了嗎？為什麼這麼巧又遇到？」

宋子誠現在已經不想聽到「巧」這個字了，他很不客氣地看著喬風，「你到底要跟蹤我們到什麼時候？」

喬風奇怪地看著他，「宋老闆，你誤會了。」

「不要叫我『宋老闆』。」

「小宋，你誤會了。」

「……滾。」這個字是從牙縫裡擠出來的。

喬風指了指附近一個監視攝影機，「不信你可以看監控，我比你們早半個多小時到這裡。」

宋子誠冷笑，「監控是你想看就能看的嗎？」

「是啊。」

「……」

藍衫覺得可能是她和喬風真的相處太久了，所以腦迴路同步了，也有可能是大部分遊客的思路都是這樣，來了杭州，先去西湖，再去靈隱寺，如果時間夠的話還有可能去千島湖或者烏鎮什麼的，反正景點就那麼多，又不是隨機模式。

三人只好一起遊靈隱寺。宋子誠的面色陰晴不定，藍衫倒是有些意外他為什麼這麼暴躁，就因為討厭喬風？話說這兩人之前似乎有很大過節呀……藍衫突然想到蘇落。

啊，她好像知道了什麼不該知道的……

寺廟嘛，就是上香啊、拜佛啊、許願啊之類的。幾人走進一個大殿，看到裡面掛著許多木質的小牌子，一旁擺著桌子，有小和尚在收費發牌子。遊客買了牌子，把自己的心願寫在牌子上，掛在殿中，等著佛祖顯靈助其實現願望之類的。寫的人也不一定信，反正寫了總比不寫好，信仰這種東西，總是能給人留點希望與盼望。

藍衫湊熱鬧地買了一塊，喬風和宋子誠也跟著買。三人在桌子旁寫字，遭到小和尚的驅趕，「幾位施主，請不要擋到其他施主。」

看來這小牌子還挺熱門的。

三人湊到佛像旁邊寫，藍衫扭頭看看喬風的，喬風也看她的。她就不好意思寫什麼太私密的願望了，只是在牌子上寫了「4S店」，賣汽車的，當然希望擁有一家自己的車行啦。

喬風在紅色小牌子上寫了「波函數塌縮」幾個字，藍衫表示每個字都能看懂，連在一起就不知道是什麼鬼了。

藍衫又扭頭偷看BOSS的，發現他只寫了「安好」兩個字。

他們跟大部分人一樣，來這裡只是玩樂的性質，並不當真，掛好了小牌子，又去看了其他佛殿，看夠了就離開了。

三人下山之後就分開了，喬風畢竟是要「幫表弟慶生」的人，他把藍衫和宋子誠送上一輛計程車，揮手和他們告別。

等那輛計程車離開之後，他沒有叫車，而是坐上了返回靈隱寺的遊覽車。

他又回到了掛小牌子的那座佛殿。

桌旁的小和尚在和兩位女施主熱烈討論，原來其中一位女施主之前在這裡許願求子，現在她懷孕了，高高興興地來還願。兩個女施主一個勁地誇獎靈隱寺果然有神靈，小和尚聽著非常高興，他們又討論什麼助孕激素檢查，他也聽著。

喬風走過來，掏錢遞給他，「給我一個木牌。」

小和尚收錢給了他。

喬風認認真真地在小木牌上寫了「藍衫」兩個字，這是剛才他就想寫的兩個字，當著她的面不好意思寫，現在終於寫出來，頓感心情舒暢。

他小心地把字跡吹乾，看著那端正有力的兩個字，他突然迷茫了。

知道自己想寫，但不確定為什麼想寫。

他傻乎乎地把小牌子拿給小和尚看，「你知道這是什麼意思嗎？」

小和尚正在聽女施主談論助孕激素檢查，他不耐煩地看一眼那兩個字，「藍色的衣服。」說著，心中冷哼，文盲！

喬風自言自語道，「我想我需要做個激素檢查。」

小和尚也是聽謎了，忍不住回了他一句，「這位施主看起來不像是懷孕了。」

「不是助孕激素，」喬風搖頭解釋道，「是多巴胺和苯乙胺，還有去甲基腎上腺素。」

小和尚指指門口，「隔壁有賣驅魔聖水的，施主你快去看看吧。」

喬風把小木牌子揣回自己的口袋裡，轉身離開了。

第五十八章

喬風坐在靈隱寺外的樹蔭下，點開了微信。

他微信習慣靜音群聊，只有一個群不靜音，那就是他們的家庭成員小組。這個微信群的名字是「大吳、小喬和他們的熊孩子」，群組成員只有四個，大吳是他爸、小喬是他媽，他和他哥都是爸媽眼中的「熊孩子」。

此刻群裡有訊息提示，是吳文在碎碎念：『老爸不在身邊，老媽不在身邊，現在連老弟都不在身邊了……』

吳文：『喬風你到底什麼時候回來！』

吳文：『老吳你不是說暑假回來嗎，現在馬上就暑假了！＝＝』

吳文：『親娘哎，民歌是採不完的，趕快回來休息吧……』

沒人理他。

如果不是有心事，喬風或許會關心一下哥哥，不過現在他腦子有點亂，總是想著藍衫，於是說道：『我好像喜歡上了一個女孩子。』

吳文：『不是男孩子就好。』

大吳：『不是男孩子就好。』

喬風：『……』

吳文：『老吳你終於肯冒泡了？我說這麼多你不理我，喬風說句話你就出來了，還複製我的話，其實我是撿來的對吧？說吧、你當初是從哪裡撿到我的，趕快把人還回去呀～』

大吳：『有本事你也喜歡上一個女孩子讓為父激動一下？』

大吳：『還有老子沒有複製你的話，那是我的心聲。』

喬風的心情有點微妙，原來爸爸和哥哥一直不相信他是異性戀嗎……

喬風：『你們說我到底該怎麼辦？』

小喬：『不是男孩子就好！』

大吳：『……』

吳文：『……』

喬風：『媽……』

小喬：『不好意思，網速有點慢。兒子哎！』

喬風：『嗯。』

吳文：『蹭～』

大吳：『老婆，抱～』

小喬：『蹭什麼蹭，抱什麼抱，滾一邊去！喬風，說說你的情況，女孩是誰家的孩子，有照片嗎？人品怎麼樣？你們發展到哪一步了？』

喬風：『我覺得我喜歡她。』

小喬：『然後呢？』

喬風：『沒了。』

小喬：『……』

小喬：『我早就說了吧，你高中時候我就說過，讓你不要光想著讀書，多談談戀愛，你不聽，這麼多年也沒像個樣交個女朋友，現在剛有個喜歡的人你就這麼得意了？看你那點出息，一點不像我的兒子。』

大吳：『老婆大人息怒，麼麼噠（づ￣3￣）づ╭❤～』

吳文：『母后，喬風能開這個竅已經是一大進步了，我覺得現在的關鍵是搞清楚他到底是不是真的在喜歡人家，以及女孩是不是喜歡他。對吧，喬風？』

喬風：『嗯。』

小喬：『好，現在為娘問你幾個問題，老實回答。第一，你是否總是想見到她？』

喬風：『是。』

小喬：『第二，見到她或者與她距離接近時是否會心跳加速，與此同時同樣的情況不會發生在別的異性身上？』

喬風：『是。』

小喬：『和她在一起會心情變好，就算之前狀態差一點，也能立刻精神飽滿有如吃了大力丸？』

喬風：『是。』

小喬：『可以無視她與你的智商差距，也不在乎她是否能在你的狗屁考卷上拿到六十分？』

喬風：『我想一下……雖然有點遺憾，但是，是。』

小喬：『願意做飯給她吃？如果她說想吃什麼，你會毫不猶豫地想辦法弄給她吃？』

喬風：『是，是。』

小喬：『恭喜你，兒子你要墜入愛河了！♪(^▽^*)』

大吳：『敲鑼打鼓放鞭炮～』

吳文：『撒花鼓掌扭秧歌～』

喬風：『為什麼你們看起來比我還激動？』

小喬：『廢話少說，我現在要看看是何方神聖能摘取我兒芳心。等一下……不會是個機器人吧？』

喬風被雷到了，一時沒回覆。

小喬：『為什麼我愈想愈覺得有可能啊……Σ(。▷。ⅲ)~~』

吳文：『我一開始覺得是藍衫，但是母后你這麼一說……喬風！到底是不是機器人，快說！』

大吳：『老婆我恨你，我一開始也以為是藍衫，現在……喬風，說話！』

喬風：『不是機器人，就是藍衫。』

大吳：『敲鑼打鼓放鞭炮～』

吳文：『撒花鼓掌扭秧歌～』

小喬：『藍衫是哪位，你們都認識她？我是不是錯過了什麼？』

喬風：『這些事說來話長，以後再跟妳解釋。我現在只想知道我該怎樣追求她，爸、媽、哥，請你們給我一些建議。』

接下來，群組陷入了沉默，喬風以為他們在認真思考，但是等了兩分鐘，也沒見有人說話。他奇怪地問：『你們三個一起斷線了？』

小喬：『我跟你說實話你不要生氣。』

喬風：『不生氣，媽你想說什麼？』

小喬：『我非常、非常、非常想看看，在沒有我們地球人的幫助下，你這種外星人是怎麼追女孩子的。』

大吳：『樓上＋1』

吳文：『＋2』

喬風：『別這樣……』

小喬：『加油吧，兒子！放心，我們是你堅強的後盾，在必要的時候會幫助你的。』

大吳：『一切聽老婆的！』

吳文：『母后說得對！』

喬風：『可是如果我搞砸了怎麼辦？』

小喬：『不會搞砸，放心吧。記得每天要和我們報信，報告進展，在搞砸之前我們會提早一步幫你解決掉麻煩。』

喬風：『好吧。』

接下來，吳爸和吳哥一起向喬媽介紹藍衫的事蹟了，喬風看著不斷刷訊息的那個名字，他的心臟一陣陣悸動。

他收好手機站起身，踱向寺外。下午陽光熱烈，千年古刹裡濃蔭蔽日，空氣清涼濕潤，時而聞得低沉的撞鐘聲，清遠悠揚，滌塵蕩俗。

他緩步走在佛家清淨地，想的卻是紅塵煩惱事。

原來喜歡一個人是如此神奇的體驗，心口像是開了一道閘，連日來積累的焦躁和疑惑傾瀉而下，終於水落石出般的清明。那感覺有些纏綿，並不像公式或者函數那樣清楚明確，模模糊糊的又揮之不去，彷彿蠶絲一樣把人緊緊包裹，想要掙開，或者心死，或者化蝶。

喬風從口袋裡摸出那個刷著紅漆的劣質小牌子，他握在手中，用指尖輕輕摩娑著藍衫的名字，然後他把她的名字貼在心口上，仰頭，瞇眼望著從樹葉間漏下來的斑駁日光。

光線有些刺目，他眼前出現了一些色塊。他像是跌入了奇妙的環境，嘴角噙著笑，喃喃自語道，「該怎麼追到妳呢……」

離開靈隱寺之後，藍衫跟宋子誠吃了頓飯，又在市區內逛了一會，看了幾個具有代表性的建築，然後回飯店。

大半天都沒再「巧遇」喬風，藍衫很意外地有點不適應，總覺得他會突然在她身邊蹦出來。

但是喬風一直沒出現，想必跟小姨一家過得很開心吧。

第二天她和宋子誠又去了高峰會，雖然是公費旅遊，該裝的樣子總是要裝的，兩人覺得無聊，中午就出來了，下午去西湖玩，那裡有不少景點。

在西湖再次看到喬風時，藍衫竟然悄悄鬆了口氣。

三人一起在西湖遊玩一番，之後收拾行李去了機場。喬風買了跟藍衫他們同一航班的機票，但位置不在附近。登機之後，宋子誠看著身邊的藍衫，再看看後面喬風，終於感覺稍微找回了一點點場子。

「藍衫、藍衫。」喬風在後邊叫她。

「怎麼了？」

「藍衫，我想跟妳一起坐。」

要是別人說這一句話，藍衫估計又要多想了，但是喬風說的……算了，經過前兩天的打擊，她也沒力氣多想了。

她也想跟喬風坐在一起呀。現在他開口了，藍衫便問宋子誠，「老闆，可以嗎？」

宋子誠安坐在寬敞的座椅上，巍然不動，像是什麼都沒聽到。

藍衫有些失望，朝喬風搖頭。

喬風指指自己身旁坐的一個四十歲上下眉目柔和的女人，「這位小姐願意跟妳換位置。」

藍衫便高興地和她換了座位。

她是一坐飛機就睡的體質，等飛機起飛之後，她又睡著了。

藍衫睡著之後，喬風從包裡掏出一疊A4紙複印的資料，這些都是論文。喬風喜歡搜集論文，除了大量閱讀本科專業的論文外，他也經常翻看其他專科研究論文，發現不錯的論文後他就複印出來分類收藏，無聊的時候慢慢看，打發時間。

漂亮的空姊路過，看到這位小帥哥手捧著一堆全英文的東西看得津津有味，忍不住在心中默默幫他按個讚。

看了一下子論文，喬風抬頭放鬆眼睛。他看向窗外，飛機已經升到雲層之上，天空透藍，純潔乾淨的白雲厚厚地堆積，形成一望無垠的雲海，乍看像是在天空下平鋪了永遠吃不完的棉花糖。

他收回目光，看看身旁的藍衫。她睡得很熟，神色安詳，呼吸均勻，大概是因為機艙內氧氣含量較低，她的臉蛋紅紅的。

他像是被什麼東西蠱惑了，情不自禁地傾身湊過去。

近距離看著她動人的睡顏，他只覺怦然心動。

心動不如行動。

喬風低頭，在她臉上輕輕親了一下，親完之後舔舔嘴唇，覺得不過癮，他又低頭，小心翼翼地吻在她的唇角。

他閉著眼睛，睫毛微微顫動，既心虛又刺激，他的心臟要跳出來了。

睡夢中的藍衫突然動了一下身體。

喬風閃電般坐回去，他緊靠著椅背，扶著扶手急促地喘息，臉頰微微發著熱。

藍衫並未醒來。

喬風拍拍胸口，突然發現前面的宋子誠已經轉過頭來，不知看了多久。宋子誠眼中精光大漲，像看殺父仇人一樣死死盯著他。

喬風挑釁地挑挑眉，微一勾唇角，無聲地對他說：『Loser！』

口型太標準了，宋子誠想裝糊塗都難，他憤然扭回頭去，在自己座位上慢慢磨牙。

宋子誠以前不覺得自己是個好人，但是現在跟喬風一比，他覺得他堪稱道德模範。

第五十九章

藍衫醒來之後，看到喬風一直嘴角彎彎的，心情不錯的樣子。

這個人他不能笑，一笑就跟要開花似的，恨不得把狂蜂浪蝶都招來。

藍衫心裡一悸，故意撇一下嘴角說，「笑得這麼開心，看到大美女了？」

「是啊。」

她一挑眉，「呿，有我漂亮嗎？」

「差不多吧。」

「哼哼哼哼。」

下飛機之後，三個人不順路，宋子誠有人來接，藍衫和喬風自己叫車回去了。他們兩個回去後沒有直接回家，而是先去了寵物店接薛丁格。

薛丁格儼然已經成了寵物店的一霸，牠不喜歡陌生的環境，來到寵物店之後情緒就一直有些狂躁，看誰都不順眼，逮到誰就瞪誰，別說貓了，連小狗狗們都怕牠。

心情雖不好，卻吃得很多，簡直是個飯桶，幸好牠主人在寵物店放了許多貓糧才沒把人家吃垮。

貓糧是紐西蘭的一個牌子，比人的口糧貴多了，有時候店員會看著那袋貓糧兩眼放光——這年頭人不如貓啊、不如貓，真想嚐嚐那是什麼味道啊……

薛丁格看到喬風之後，還在跟他賭氣，拒絕被他抱，牠記得是他把牠送過來的。

藍衫反倒成了好人，抱薛丁格時牠也沒躲，還在她懷裡東蹭西蹭地撒嬌，叫聲也是細細軟軟的，嗲得不像話。

最後藍衫抱著薛丁格，喬風拖著兩人的行李離開寵物店。路上薛丁格對藍衫各種親密，簡直到了討好的地步。

牠靠在藍衫懷裡向後仰著脖子，在她軟綿綿的胸口上蹭，喬風在一旁看得甚是羨慕嫉妒恨。

晚上睡覺前，喬風的手機像是突然羊癲瘋一樣不停地又響又震，那是接連不斷的微信訊息提示音。他捧著溫熱的牛奶瓶坐在餐桌旁，一邊喝牛奶一邊查看訊息。

他的家人在召喚他，他們熱烈地討論今天喬風採取了什麼行動，並且強烈要求喬風兌現承諾，馬上現身進行彙報。

喬風把訊息查看完畢，最後回覆了一句。

喬風：『今天我們接吻了。』

吳文：『！！！！！！！！』

大吳：『！！！！！！！！』

小喬：『！！！！！！！！』

喬風：『媽，少打了一個驚嘆號。』

小喬：『！』

吳文：『到底行不行啊，這樣有意思嗎？耍我們玩是吧？還沒開始就直接放結局了，還讓不讓人看熱鬧了？有點操守好不好，說！到底誰先親的誰？』
大吳：『老實交代！』
小喬：『嗯！』
喬風：『我先親她。』
吳文：『嗷嗷嗷！』
大吳：『嗷嗷嗷！』
小喬：『嗷嗷！』
小喬：『嗷！』
喬風：『不過她還不知道。』
吳文：『……樓下來。』
小喬：『身為一個知性女子，我現在好想爆粗口這是怎麼回事……』
大吳：『老婆，爆吧！記得不要罵娘……』
吳文：『那你現在打算怎麼辦？明天有行動嗎？』
喬風：『我有一個方案，但是要保密。』
大吳：『說來聽聽？放心吧、我們絕對不會洩露出去的，指天發誓！』
吳文：『對對對！』
小喬：『是是是！』

喬風：『保密是一個原則，我不能因為任何人的承諾而放棄這個原則，否則它就不是保密了。』

這個晚上，三個人感覺自己像老鼠一樣被喬風逗來逗去，關鍵是這臭小子還不是故意的……這大概就是看熱鬧需要付出的代價吧。

第二天一早，藍衫照例一早就被喬風吵起來了。她以前習慣不到最後一刻不起床，閃電一般洗漱收拾，然後匆忙跑出去上班，早餐就在路上隨便買。喬風認為這種生活方式極其愚蠢且危害性很大，非常友善地表示要幫她糾正，然後他就每天早上跑去敲藍衫的門了。

喬風跟鬧鐘的共通點是兩個都非常準時，不同的點是一個伸手就能按掉，另一個需要開門之後才能按掉……

藍衫拒絕了幾次，他依舊我行我素，並且很準確地找到自己的定位——諍友。

再後來藍衫就慢慢忍了下來，每天準時被喬風叫起來，洗漱之後跑去他家吃早餐。

今天的早餐是小籠包、茶葉蛋和豆漿。前兩者是樓下早餐店買的，豆漿是喬風自己榨的，加了一點白糖，很香濃。藍衫吃早餐時，喬風還在廚房裡忙，她因為剛睡醒，有些惺忪，也懶得去看他在做什麼。

過了一會兒，喬風自己從廚房走出來，手裡捧著一個透明的長方形飯盒，飯盒密封著，裡面鋪了一層米飯，剩下的全是菜，藍衫看到了番茄和豇豆。

她有些奇怪，「你今天要出門？要去哪裡沒地方吃飯呀，還帶個便當盒。」

「不是我的，是妳的，」喬風說著，把飯盒放在她面前，「拿去，中午吃。我已經做好殺菌處理，妳不用擔心天氣熱變質。」

藍衫訝異，伸手去摸那飯盒，光滑透明的鋼化玻璃熱熱的，顯然這裡面的東西是今天早上做好的，這是喬風專門做了讓她帶著上班吃的便當。

她心內一陣感動，低頭看那飯盒，低聲問道，「幹嘛對我這麼好呀？」

喬風張了張嘴，反問，「我不能對妳好嗎？」

「……可以，不要停。」

這一天，藍衫美滋滋地自帶飯菜上班了。中午她和部門同事一起去了員工餐廳，用微波爐把飯菜熱了一下，然後開吃。飯盒裡的菜有兩種，番茄炒蛋和乾煸四季豆，藍衫用筷子攪動了一下，想把下面的米飯挖出來一些，然後筷子取出來時，她發現上面穿著一塊午餐肉。

這不是重點，重點是那個午餐肉的形狀。

小小的，跟核桃一樣大小的……心形。

她心口驀地一滯，呆呆地看著那片午餐肉，旁邊的同事也看到了，都停下筷子笑嘻嘻地打趣。

「喲、藍姊，這誰幫妳做的愛心午餐呀？看這紅紅的小心臟，妳看到它跳了嗎？」

「藍姊、妳太低調了吧，有男朋友也不講一聲，我們公司裡，妳那些粉絲團可都還望眼欲穿哪！」

「藍姊呀，遇到幫妳做愛心午餐的男人就嫁了吧！」

「藍姊、藍姊，幫妳做飯的那個人有我們老闆帥嗎？」

「藍姊啊，妳這飯真香啊……」

「藍姊……」

銷售部的人嘴皮子都特別伶俐，就算藍衫臉皮再厚，這下子也被說得臉紅了。看到幾個人流著口水虎視眈眈地看著她的飯盒，她哭笑不得地用手護著它，笑罵，「去去去，添什麼亂呀！」

她把那塊午餐肉吃掉，用餐具翻看餐盒翻出幾塊肉來，依然是核桃大小的心形。

這些午餐肉都是鋪在米飯底部的，如果藍衫的觀察力強，出門的時候應該就能看到，不過沒有。

現在，她一口一個地吃著這些小心心，一邊陷入沉思。

喬風做這種午餐是什麼意思呢？不會是在向她告白吧？

光是想想這個可能性，藍衫就有些激動，彷彿血液裡混入了奇妙的氣泡，現在正不停地往外冒。

她咬著筷子嘿嘿直笑，笑容明媚裡透著炫耀意味，風騷中夾帶著猥瑣，把眾人都看呆了。

意識到自己不正常，藍衫止住笑容，繼續吃飯。

然後她又有些憂愁了。

雖然以正常人來看這種方式很有可能是告白，可是那是喬風啊！喬風渾身上下從頭頂到腳底，從髮絲到手指尖，他一點也不正常啊！

誰知道他是不是少女心突然發作所以弄這麼多小愛心呢？

想到這裡，藍衫無語，她竟然覺得這個可能性反而更大一些……

下午下了班，藍衫沒回去，又找小油菜會合了。

小油菜看到藍衫，問她，「在杭州玩得怎麼樣？」

「正要說這件事呢，」藍衫掩著嘴巴，神祕兮兮地對她說，「怎麼辦呀，我覺得喬風好像對我有意思！」

小油菜盯著她，「妳長智商了？」

「沒……」

「那就好，嚇我一跳。」

「喂！」

小油菜安撫性地拍拍她的肩膀，「姊啊，我理解那種感覺。妳喜歡一個人時，就非常希望他也喜歡妳。然後呢，總是在這樣的心理暗示之下，妳很有可能會產生幻覺。」

「是嗎……」藍衫失望地對手指，轉而又道，「可是他的行為還挺明顯的。」

然後就把喬風也去杭州玩以及愛心午餐的事情跟小油菜講了。

「這個，當妳產生這種心理暗示時，總是能找到各種證據佐證的，對吧？不過呢，」小油菜摸著下巴若有所思，「去杭州這件事可以說是巧合，但愛心午餐這個東西我就不瞭解了。身為凡人我怎麼可能讀懂大神的內心世界呢！」

藍衫垂著頭揪她的衣角，「想想辦法、想想辦法，用妳十年的暗戀經驗幫我想想辦法！」

「好哦，天靈靈、地靈靈……啊，我知道該怎麼辦了！」

第六十章

白天送了藍衫一份愛心午餐，然後他陷入了焦急的等待。喬風想像著她的各種反應，一會兒高興、一會兒憂傷。

等來等去，他只等到了藍衫的一通電話，她說要跟小油菜吃飯，晚餐不陪他吃了。

聯想到那些午餐肉，喬風難免想多了一點，晚上他自己一個人吃完晚餐，心緒難安，只好再次求助家人。

喬風：『好像有點麻煩了。』

吳文：『？？？』

大吳：『？？？』

小喬：『？？？』

喬風：『為什麼每次我說話你們都在，你們沒事做嗎？』

小喬：『廢話少說，什麼麻煩？』

喬風：『我今天送了她愛心午餐。』

吳文：『哈哈哈哈哈幼稚！』

小喬：『我覺得很浪漫呀，可是為什麼又有點彆扭呢？好像哪裡不對……』
大吳：『性別顛倒了吧？哪有男人做愛心午餐給女人的？』
小喬：『好吧。那麼她吃了你的愛心午餐之後，是否對你變得冷淡了？』
喬風：『好像是的，她下午就打電話給我，跟我說不回來吃飯了。』
大吳：『會不會她確實有別的事情？』
吳文：『太巧了吧？喬風，聽哥的，你在追求別人之前需要先弄清楚一個事實：她是否喜歡你？』
喬風：『我不知道。』
吳文：『喜歡有喜歡的追法，不喜歡有不喜歡的追法。假如她不喜歡你，你貿然往她的午餐裡塞一堆愛心，她會覺得驚訝，然後尷尬，之後就可能疏遠你，明白嗎？』
喬風：『那麼她今晚的態度是想告訴我她不喜歡我嗎？』
吳文：『呃……』
小喬：『也不一定，說不定她確實有別的事。你不用擔心，我兒子這麼貌美如花，又溫柔又賢慧，她早晚有一天會愛上你的！』
大吳：『老婆，這樣誇一個男人真的沒有問題嗎……』
小喬：『嗯？』
大吳：『老婆說的就是真理！』
喬風：『那麼我該怎麼確定她是不是喜歡我呢？需要做實驗嗎？』
小喬：『你能別提「實驗」這兩字嗎，看起來怪怪的。』

吳文：『其實差不多。你可以找個幫手測試一下。先欲擒故縱，適時對她冷淡一些，然後找個漂亮女人親近親近，看她是不是吃醋。』

喬風：『我不想跟別的女人親近。』

吳文：『只要造成親近的假象就行了，最重要的是看她的反應。如果她吃醋呢，就表示有戲，如果反應平平，你就是任重而道遠。』

小喬：『吳文，我真想把你的情商掰下一塊，捏在他身上。』

吳文：『母后大人您就留給我一點驕傲的本錢吧，這可能是我唯一的資本了。』

喬風最後把吳文的教導牢記在心，像是對待真理一樣虔誠。

今天藍衫沒來找他吃飯，晚上也沒找他玩，這讓他很不習慣。他本來在書房看書，時不時地就要走到客廳裡去，然後又像強迫症一樣走到門口，對著貓眼看，希望能夠恰巧看到她的身影。

看了幾次，他心想，明天乾脆在門口裝個監視器好了。

喬風在客廳裡喝了杯水，隱隱聽到外面有高跟鞋鞋跟撞擊地面的清脆聲響，他趕緊跑到門口，倏地打開門。

藍衫正在掏鑰匙，看到喬風，她放下手，背靠著門，挑眉看他。

喬風有些心虛，他垂著眼睛看地面，橘色的廊燈掠過濃長的睫毛，在臉頰上灑下陰影，掩蓋住他的視線。

他說道，「真巧，我正要下樓買點東西。」

這算什麼巧。藍衫食指穿過鑰匙圈，輕輕晃動，鑰匙在離心力的作用下圍著她的食指飛快地轉動起來。她問道，「喬風，你今天弄那些午餐肉是什麼意思？」

她問得太過坦蕩，彷彿把他的心事完全翻出來曝晒在光天化日之下。喬風牢記著他哥的建議，不要輕舉妄動，先以試探為主。他清了清嗓子答道，「我新買了一套廚房模具，覺得不錯，想試用一下，妳喜歡嗎？」

果然！藍衫有些沮喪，翻了個白眼，「一點也不喜歡，難看死了！」

果然！喬風微不可察地輕嘆，「那我下次不做了。」

目送著藍衫開門進屋之後，喬風關好自己的門下了樓，不是因為要買東西，只是吹吹風、散散心。

他不太確定藍衫的厭惡只是針對午餐肉，還是針對他的心意。如果是後者，他真的沒有試探的必要了，但是他又有些不甘心……

所以還是先試探一下吧，不管怎樣，結果一定要明確，他才能進行下一步行動。

第二天，喬風就開始物色試探的人選了。其實每天都有人跟他告白，不過這類人他不能選，否則以後說不清。他希望的是找個人幫忙，一開始就和對方坦白，不要有什麼誤會才好。

正發愁選誰，有人送上門來了——嗯，是蘇落。

蘇落要和喬風討教一個跨領域的問題，喬風連見面都不用見，只要在電話裡就能跟她解釋清楚了。蘇落一邊道謝，一邊抱怨她需要參照幾篇日語論文，但是她不懂日語。

喬風懂日語，於是主動說道，「我幫妳翻譯吧。」

蘇落驚訝於他的爽快。

隨即喬風道出了他的目的，「我幫妳翻譯論文，作為回報，也請妳幫我做一件事情，可以嗎？」

認真來講，蘇落並不是最適合的人選，因為藍衫不喜歡這個人。但事情緊急，他也找不到更適合的，而且說不定看到討厭的蘇落，藍衫更能激發鬥志呢？

喬風跟蘇落解釋了他需要的「幫忙」，蘇落聽完窩了一肚子火，皮笑肉不笑地答應了。但她轉而發現這其實是個好消息——原來之前喬風跟藍衫並沒有真的在一起。

這樣一來，她要下手就方便多了。

下午時分，喬風把蘇落帶到了他的社區門口，他本來只是想測試一下藍衫在看到他和蘇落談笑風生時的反應，可結果卻是，藍衫反而打了他一個措手不及。

她從宋子誠的車上走了下來。

她亭亭玉立，巧笑倩兮，一雙美目映著夕陽，像是煙花般燦爛漂亮。她走下來，看到他們，只愣了一下，就又笑起來，只不過這次笑得有些冷。

她抱胸站在車旁，冷冷地看著他們，一動不動，不發一言。

喬風只覺得自己像是被她的目光釘在原地。他張了張嘴，想說話，卻也不知道說些什麼。

蘇落朝藍衫搖了搖手，「嗨，你好。」

藍衫很不給面子地應道，「呵。」

蘇落訕訕地放下手，然後自然而然地去握喬風的手。

藍衫視線下滑，看到他們握在一起的手，她只掃了一眼便不再看，轉過身去。

喬風還在看藍衫，待反應過來自己的手被握住，他不自在地皺一下眉，抽回了手，藍衫卻已經背對著他們。

她敲敲車窗，很快那車窗便搖下，宋子誠的臉露出來，他朝那兩個人點了點頭，算是打了招呼。

藍衫笑道，「老闆，今天謝謝你啦。」

宋子誠一挑眉，半開玩笑地問，「打算怎麼謝我？」

藍衫歪著頭笑，「請你吃飯怎麼樣？」

宋子誠也笑了，「難得、難得，那我得好好選，先上車吧。」

藍衫便上了車，看也不看喬風一眼，她緩緩搖上車窗。

黑色的轎車像是一滴快速移動的墨，很快絕塵而去。

喬風立在原地，一臉的黯然。

蘇落叫了他一聲，「喬風？」

喬風自言自語道，「妳想吃什麼我可以做給妳吃啊。」

「啊？」蘇落一臉的驚喜，「真的嗎？」

喬風這才回過神來，「妳說什麼？」

「你說要做好吃的給我吃。」

他搖搖頭，「不是做給妳吃的。」

蘇落沒想到他拒絕得這麼乾脆，她也有些氣，提醒他，「喬風，藍衫根本就不喜歡你。」

喬風語氣不善，「不用妳提醒我。」

蘇落咬牙不說話，喬風又道，「好了，我需要幫的忙到此為止，妳的論文我今天晚上就會翻譯出來給妳。」

「喬風！你就不能請我上樓喝杯水嗎？」

「如果妳口渴的話我可以幫妳買水，但是我不能把妳帶回家裡去。萬一藍衫回來，她會更加誤會我們的關係。」

「藍衫不會回來的，她跟著她老闆走了！她眼裡根本沒有你！」

喬風氣得臉色發青，「再見。」說著轉身走了。

藍衫坐在宋子誠的車上，捧著手機手指移動飛快。她緊緊地靠在座位上，手機斜著，宋子誠根本看不到她在做什麼。

她在和小油菜聊天。

藍衫：『根本沒有用好嘛！我還沒出招呢，他先跟蘇落那小賤人走在一起了，還他媽的手牽手！我說要請老闆吃飯他一點反應都沒有！他一滴醋也沒吃！』

小油菜：『妳先冷靜一下。這個，還可以再觀察幾天，不能這麼快下定論。不過你們老闆到底怎麼回事，總感覺他跟妳之間也有問題。』

藍衫：『放心吧，我這幾天已經想清楚了。種種跡象表明，我們老闆確實想泡我，不過他應該只是想包養我。所以我就順著這個風先借用他幾天啦，等把喬風搞定再跟老闆說清楚。』

小油菜：『他該不會喜歡妳吧？』

藍衫：『屁，他什麼人沒見過？跟喬風這種小處男可不一樣。』

小油菜：『喬神是處男？妳怎麼知道的？』

藍衫：『我猜的。』

小油菜：『＝＝』

小油菜：『不然先把他睡了吧，小處男什麼的應該很容易用身體搞定吧？』

藍衫：『為什麼我覺得這個方法很可靠的樣子……妳不要敗壞我的節操。』

小油菜：『這樣吧，妳先繼續試探，我幫妳研究一下怎麼神不知鬼不覺地把他給強了，到時候我們兩個一起。』

藍衫：『不要！妳這個變態！』

小油菜：『o(╯□╰)o 妳誤會了，我的意思是你強喬神，我強吳文，分開強……』

藍衫：『這還差不多，那妳趕快研究，我要去吃飯啦，拜～』

小油菜：『88』

第六十一章

宋子誠比較厚道，沒選太貴的地方。吃飯嘛，重要的不是吃什麼，而是跟誰一起吃。

看著藍衫在飯桌上神情自然，笑意淺淺，宋子誠鮮少見到她這樣笑，一時間又有一種被晃了眼睛的感覺。

她實在太漂亮了，一顰一笑之間，既純情又嫵媚。難得的是不管純情還是嫵媚，都很純粹和自然，不含一點雜質，美人在骨不在皮，大概就是這樣。

宋子誠有些高興，今天藍衫願意讓他送她回家，還主動請他吃飯，這是很明顯的進展。難道她終於想通了？或是本身就對他有些意思，現在願意把這層關係明朗化？

想來也是。他這些天表現得已經夠明顯了，她又不少人追，若是再裝傻，就太矯情了。

宋子誠眉目舒展，臉上帶了些不易察覺的笑意，冷峻的面部線條因此而變得柔和，彷彿岩石上突然開出了花朵。

路過的服務員看到這位衣冠楚楚的大帥哥用那樣深情的目光盯著他的女朋友，一時間滿心臟冒粉紅泡泡，感動得要死，可惜的是女主角太不自覺，光顧著吃吃喝喝。

所以說好白菜都讓豬拱了，哼！

兩人共進晚餐之時，喬風一個人在家，連飯都懶得做了。薛丁格很不滿意，喵喵喵地跟他要吃的，他只好給了牠一些貓糧。

薛丁格不愛吃貓糧，但是現在肚子餓了，也沒辦法。牠低頭吃著，時不時地喵一下子，像是在責備他。

喬風一點食欲也沒有，想著藍衫和宋子誠的瀟灑絕塵，他的胸中就像是堵了一團棉花，連呼吸都不順暢。心臟彷彿泡進了不知名的溶液裡，酸酸漲漲的難以忍受，這無窮無盡的折磨也不知道何時才能解脫。

不想做飯，也不想叫外送，他無聊地打開電視，想藉此轉移一下注意力。

電視上正在播廣告，一個戴眼鏡有鬍子的胖臉大叔正在激動地喊：「這酸爽，不敢相信！」

……喬風狠狠地關掉電視。

他起身在各個房間遊蕩，像是一顆漫無目的的粒子。這時，敲門聲傳來，他的心臟猛地一縮，趕快跑去開門。

快遞小哥沒想到這家的主人這麼熱情，他才敲了兩下門就開了，對方還目光炯炯地望著他，那眼神……

一般情況下，一個男人對另一個男人的態度過分熱情，總難免讓人想多一點。

快遞小哥輕輕退了一步，微微拉了一下衣領，然後警惕地看著喬風，「您的快遞。」

喬風看清來人時，失望地垂下眼睛，迅速簽收了包裹。

快遞小哥有點糾結：自己的反應是不是太大了啊？是不是傷了人家的心……

喬風把筆遞還給他，然後抱著包裹回屋了。

包裹裡是他昨天下單買的小型監視攝影機，他現在無所事事，恨不得立刻找點事情打發時間，於是自己跑到門口安裝攝影機。攝影機安裝在門框上方，背靠在白色的牆壁之上，它的體積小，主體又是白色的，幾乎要和牆壁渾然一體，所以不太容易察覺。

攝影機連接電腦，監視著他家門口的那一塊地方，如果藍衫經過，他就能夠發現，這樣就不用一直看貓眼了。

好吧，一直盯著電腦看也沒強到哪裡去……

藍衫回來時，又遇到喬風突然開門要出去。她跟他打了個招呼，想到今天下午看到的蘇落，她又有些氣，鼻子裡哼一聲，很像一隻不可一世的公雞。

她跟喬風打了個招呼，態度有些敷衍。

這樣的態度使喬風心中悶悶的，看到藍衫轉身開門即將消失在門後時，他突然叫了一聲，「藍衫。」

藍衫扭頭看他，「有事？」

喬風也不知哪來那麼一肚子委屈，他抱怨道，「妳能不能看我一眼啊！」

「我看你幹嘛，又不是喪禮告別。」藍衫說著，翻了個白眼。

喬風低著頭，不知道該說些什麼。

突然發現喬風這句話說得像是有些深意，她眼珠轉了轉問道，「你……你說這話是什麼意思呀？很容易讓人想歪你知不知道？」

「那個，我就是想讓妳幫我看看這身搭配怎麼樣。」

這身衣服就是下午她在門口遇到他時他穿的衣服，也就是跟蘇落在一起時穿的衣服。藍衫撇撇嘴角，「如果你下次再跟女孩子約會呢，我建議你穿白色大背心，碎花五分褲，再來一雙阿迪王的運動鞋，配一雙紅襪子。」

「啊？會不會不太好？」

「不會，絕對perfect，聽我的沒錯，」藍衫說著，還興奮地打了個響指，然後她退回房間，「拜拜！」

宋子誠回家之後打開電腦，正想處理一些公事，這時他接到了蘇落的電話。兩人已經從破裂的情侶迅速轉變成親密的戰友，雖然依然不太看得上彼此，不過至少表面上過得去。

蘇落問了宋子誠和藍衫的情況，宋子誠胸有成竹地答道，「還不錯，一切盡在掌握。」

蘇落輕笑，「你可別看走了眼，說不定那女人是特意拿你當槍使呢。」

宋子誠的聲音沉了一沉，「我是不會被人當槍使的。」

蘇落也不多解釋，在喬風面前，宋子誠自然有絕對的自信。她只是笑笑說道，「總之你把藍衫栓牢就行了。」

「嗯，妳那邊呢？情況怎麼樣？」

「還能怎麼樣，喬風一直掛念她唄。今天讓我過去就是為了做給藍衫看的，所以我才擔心你。」

說起這種事，蘇落的語氣自然不會好到哪裡去。

宋子誠卻有點幸災樂禍了，「後悔了？」

蘇落的聲音冷冷的，「宋子誠，別讓我說出難聽的話來。」

宋子誠心情好，也願意讓著她，「好，當我什麼也沒說，妳繼續施展妳的魅力吧。以妳的手段，拿一個書呆子肯定是小菜一碟，對吧？」

兩人互相交換訊息，瞭解一下對方接下來的大致計畫，也好相互配合。聊完正事，他們也沒有閒聊的欲望，於是乾脆地掛斷電話。

放下手機，宋子誠一抬頭，突然就斯巴達了。

——他的電腦螢幕上竟然爬上去好多蟑螂。

「操！」宋子誠頭皮發麻，想也不想抓起手機砸過去，螢幕被砸得一陣咣噹響，液晶螢幕頓時花了一大塊。

宋子誠跑出書房，在家裡找了半天找到了殺蟲劑，回來一陣亂碰，噴得桌子都有些濕了，滿屋子都是殺蟲劑的怪味。

噴完之後，蟑螂就變多了……

他冷靜下來，忍著嘔吐的衝動仔細看，才發現這是電腦中毒了。

「操！」他又罵了一句。到目前為止似乎也只有這一個字可以精準地表達他那憤怒的心情。他關了電腦電源，忍啊忍，不知道該如何發洩。最終，他從上次的調查資料裡找到喬風的手機號碼，給他發了條訊息：『LOSER！』

喬風沒有回覆他。

對方不接招，宋子誠也不能像個女孩似的不依不饒地罵，他氣得把手機一扔，咬牙切齒地想著，等把藍衫弄到手再料理那個書呆子。

在藍衫憂愁的時候，小油菜終於弄來了一些神祕的藥丸，據說是行不軌之事的利器。藍衫捏著那粉紅色的小藥丸，放在鼻子底下聞了聞，然後她把藥丸扔進嘴裡。

小油菜嚇了一跳，「喂喂喂，這東西不能亂吃，趕快吐出來！」

「沒事，我就嘗嘗。」藍衫嘴裡含著東西，話說得含糊不清。她把那藥丸含化了之後，就吐了出來，用衛生紙接著，揉一揉扔進垃圾筒。

然後她又漱了口，看到小油菜震驚得口鼻歪斜，她擺擺手，「沒事，這就是普通的迷藥。」

「妳……好像很有經驗的樣子，」小油菜膜拜地看著她，「但妳也不能亂吃呀！」

「放心，我跟妳說，我對這些迷藥成分有抗藥性，從小就有。別人吃了這些東西會頭暈昏迷，我吃了頂多是頭疼。」

「啊？」小油菜覺得很不可思議，「姊妳該不會是吃迷藥長大的吧？」

「不是，我也不知道為什麼。妳知道嗎，我小時候長得特別可愛，然後有一次我媽一轉身沒看好我，我自己亂跑遇到一個人口販子。人口販子就給我吃迷藥，那個迷藥裡摻了糖，我就以為是糖果，人口販子給我呢、我就吃，吃了還跟他要。他給一顆我吃一顆，給一顆我吃一顆，後來我把他的藥吃光了，他就說讓我跟他走，他還有好多。我當時頭疼，疼得哇哇大哭，把人引來了，他就跑了。」

小油菜聽得下巴幾乎掉下來，「那後來呢？」

「後來我媽帶我去醫院，醫生查出來我身體裡好多致人昏迷的成分，把我媽給嚇死了。但我當時就是沒暈過去，醫生覺得這是個奇蹟，他還找了專家給我看診，又抽了我的血液樣本各種研究，最後也沒研究出什麼來，專家們認為可能是我的身體裡存在著特殊的抗藥性。」

小油菜一臉夢幻，「好神奇呀……等等，妳不會逗我玩吧？」

「我逗妳幹嘛呀？世界之大無奇不有，我還聽醫生說過病毒絕緣體質的人呢。那個人跟好幾個愛滋病人那啥過，後來一查，什麼屁事也沒有，據說是因為身體裡缺乏某種病毒需要的蛋白質。」

兩人八卦了一會兒這個神奇的世界，然後藍衫接到了來自宋子誠的電話。

宋子誠要約她去郊區騎馬，藍衫想也不想就答應了，之後趕快打電話給喬風，「喬風啊，這週四我要和我們老闆去馬場玩，不能陪你買菜做飯了。」

「騎馬嗎？」喬風一咬牙，厚著臉皮說，「我也想騎馬了，妳可以帶我去嗎？」

他問得這麼直接，反而讓藍衫有點吃不準，她定定心神，「我是很想帶你去，不過我們老闆可能不願意帶你吧……」

「哦、那算了，我找我哥吧，他有馬養在馬場。」

藍衫沒想到他這樣乾脆俐落，似乎完全把重點放在「騎馬」而非「她和宋子誠」之上，於是她悻悻地掛斷電話。

這一頭喬風掛了電話之後，立刻上網一通劈哩啪啦地搜查，接著掏出手機打電話給他哥吳文。

「喂，喬風？」

「哥，你能在某某馬術俱樂部買一匹馬嗎？」

「不是，喬風你腦子長包了嗎？現在不好好追求幸福，你怎麼又跑去玩馬了？還有你不是討厭騎馬嗎？」

喬風三言兩語把事情交代了。

吳文聽此，興奮大叫，「我也要去！」

喬風有些奇怪，「你去做什麼？」

「幫忙、助陣、熱場、冷場、出主意、搞破壞，我樣樣在行，」吳文有些得意，「就你這沒出息的德性，等你追到藍衫，得追幾輩子啊？還得我這親哥哥幫忙哪！」

喬風想想也對，於是答應了。

吳文又道，「把肖采薇那個神經病也帶上，她是藍衫的好朋友，也許用得到。實在不行我把她一棒子敲暈，不怕沒辦法把藍衫吸引過來。」

「……好。」

第六十二章

藍衫知道喬風也和吳文一起去騎馬，但她不知道小油菜竟然也要去。藍衫有些奇怪，「妳不是不喜歡騎馬嗎？嫌屁股疼。」

小油菜恨恨道，「吳文就是為了讓我屁股疼，才帶我去騎馬的。」

藍衫沉默了一會兒，「妳這句話說得非常猥瑣啊……」

「別提了。」小油菜說著，悲憤地吐槽了她的老闆，其中無非就是各種奴役和壓迫這類辦公室經常遇到的問題。

藍衫很同情小油菜，她覺得大概是吳文對上次的事件耿耿於懷，餘怒未消，所以想方設法折磨小油菜。

吐槽完畢，小油菜非常有骨氣地來了一句，「老子早晚辭職！」

「妳捨得嗎？」

「當然捨不得！」

藍衫只好閉嘴。

玩馬是一種比較燒錢的活動。藍衫也愛騎馬，不過她的興趣是在她的牧民爺爺家培養起來的，到了大城市，她完全沒有那個經濟能力去發展這項興趣愛好。別人花幾百萬買匹馬，她頂多花幾千塊買套騎術裝備。

現在市面上比較貴的馬大多都是賽事馬，一匹好馬比一輛好車只貴不便宜。不過藍衫對這些賽事馬的品種不甚瞭解，她從小到大騎過的馬都是本土產的蒙古馬，極少有機會一親那些豪門血統的芳澤。

宋子誠帶她去參觀馬術俱樂部裡的馬，藍衫一時看花了眼。這裡的馬一看就知道伙食好，一個個身形矯健，皮毛光滑，鬃毛油亮，精氣神十足，特別特別漂亮。

其中最漂亮的是宋子誠那匹阿拉伯馬。牠通體雪白，尾巴比一般的馬要高聳一些，大大的眼睛明亮潤和，像是溫柔的公主。看到宋子誠，牠很高興，宋子誠讓藍衫摸牠的頭，牠也不拒絕，很溫順。

「想騎嗎？」宋子誠問道。

藍衫有點糾結。她當然想騎馬，但這一匹是宋子誠的，她如果騎的話估計就得和他同乘一騎了，藍衫喜歡一個人騎馬。

於是她笑道，「老闆，隨便再幫我挑一匹就好啦。」

宋子誠還有一匹馬，他帶著她去看，那是一匹產自丹麥的戰馬，深灰色毛皮背上布著雪花一般星星點點的白色，看起來像是披了一件點紋毯子，很前衛的樣子。牠比剛才那匹阿拉伯馬矮一些，正好適合女孩子騎。

藍衫覺得這個不錯，剛想說「就牠了」，眼光一瞥突然看到外面有人牽著一匹高頭大馬走過，那匹馬太高了，威風凜凜的，很難讓她不去注意。

她忍不住跟出去看，出門一看到牽馬的那個人，她就有點斯巴達了。

……竟然是喬風。

喬風看到藍衫之後，愣了一下，「藍衫，妳怎麼在這裡？」

藍衫覺得這就算是巧合，那也一定是老天爺希望她跟喬風在一起，所以一而再、再而三地製造巧合。她很高興，走過去圍著他的馬轉圈，「這你的？」

那是一匹大黑馬，身材勁健，毛皮油亮健康，牠通身黑得一根雜色毛都沒有，只有四個蹄子是白的，像踏雪一樣。

喬風點了點頭，「是。」

藍衫就喜歡這種威風的馬，她一臉的豔羨，非常想摸牠，又不太敢。喬風說道，「牠的脾氣不太好，不過妳可以餵牠吃糖。」

藍衫自己帶著糖，她餵了牠一把，牠很給面子地吃了。藍衫眉梢輕輕一挑，掃了喬風一眼，似笑非笑，「跟你一樣。」

喬風低頭笑了笑，他抿著嘴，笑意淺淺，恍如春風滿面。藍衫看著他，一瞬間想起一首著名的詩：「最是那一低頭的溫柔，像一朵水蓮花不勝涼風的嬌羞。」

我了個去去！藍衫扶額，不能再想下去了！

宋子誠站在不遠處看著他們，喬風那匹馬的品種，藍衫未必能認得出來，但他可是一眼就看出來了。那是賽事馬最流行的一個品種——純血馬。若論血統高貴程度，純血馬其實並不如阿拉伯馬，可是藍衫很顯然對那匹純血馬更感興趣。

也或者，她是愛屋及烏？

宋子誠看著談笑風生的兩人，面色沉了一沉。

這邊藍衫指著喬風的大黑馬，問他，「你到底會不會騎呀？」

「會。」

「真的？」

「會騎著照相。」

藍衫大大地翻了個白眼，「暴殄天物！」

喬風見她如此喜歡，於是順水推舟道，「妳來騎吧？」說著把韁繩遞給她。

藍衫牽著馬，有點不好意思，「那不好吧，你呢？」

「我可以看著。」看著就心滿意足了。

他這樣一說，她更不好意思了。可是她又捨不得這麼棒的一匹馬，猶豫了一會兒，藍衫說道，「算了，姊帶你唄？」

「啊？」

「我帶你騎，願不願意？不願意拉倒。」

「願意、願意！」喬風說著，屁顛屁顛地跟上去。

藍衫走出去幾步，突然發覺不對勁——她可是跟宋子誠一起來的，現在怎麼能丟下老闆自己去玩要呢！

她轉身想走回去打個招呼，恰好看到宋子誠正站在馬廄門口看著他們，神色淡淡的。

藍衫有些心虛，招呼宋子誠，「老闆，我們跟他一起吧？人多熱鬧。」

宋子誠點了一下頭，並未拒絕，只道，「你們先去，我還有些別的事。」

藍衫趕快帶著喬風走了。

這個馬場建在京郊一片地勢平坦的草原上，除了一般的馬術訓練場地，也有更自由的跑馬場。藍衫對馬術沒什麼研究，於是和喬風一起去了跑馬場。

在這裡，她看到了並騎歸來的吳文和小油菜。小油菜坐在吳文前面，臉糾結成了包子褶，一看就是苦不堪言，儘管被男神摟著腰，她也實在高興不起來。

看到藍衫，小油菜總算找到救星了，「藍衫！」

吳文倒是有些意外。根據喬風的形容，藍衫並不喜歡他，可是現在喬風竟然這麼快就把女孩帶過來了，看樣子情況沒他說得那麼壞。

吳文恍然大悟：他為什麼要相信喬風說的話？那是個白癡！

藍衫看到可憐兮兮的小油菜也有點心疼，她對吳文說道，「吳總，您讓她休息一下吧？」

「嗯，」吳文應了一聲，「我們去河邊休息一會兒，你們先玩。」說著調轉馬頭，走的時候看了喬風一眼，送去一個心照不宣的眼神。

藍衫俐落地翻身上馬，身形矯健，像一隻敏捷的雀鷹，喬風眼中閃過一絲驚豔。

不過輪到他時，他有點緊張。他以前騎馬的次數很有限，上馬的次數自然同樣有限，加上現在這匹馬個頭比一般的馬高，他的動作就有些生疏。藍衫伸手拉他，他抓著她的手拖拖拉拉，像個大女孩一樣。

藍衫一著急，使勁往上拽他，喬風仗著自己腿長，踩著馬鐙就勢一翻，總算上去了。

藍衫哭笑不得，「笨成這樣，你好意思騎這麼好的馬？」

喬風不答，不等她囑咐就主動環住了她的腰肢，非常自覺。

藍衫的心怦怦亂跳，她鎮定心神問他，「幹嘛呀？」

「我怕。」

「……」千言萬語，最後只化作一陣感慨——我到底是怎麼喜歡上這傢伙的！

藍衫策馬奔馳在綠野之上，彷彿又到了那茫茫無際的大草原，頓時就覺得心胸開闊、意氣風發。由於擔心喬風「害怕」，她也不敢跑太快，不過這個速度似乎已經是他生命不能承受之重了。

喬風扣著她的腰，緊緊地貼過來，恨不得長在她身上。他的下巴墊在她肩頭，若不是兩人都戴著頭盔，他只怕要把臉也貼在她的臉上。

藍衫的心跳時快時慢，像是在玩高空彈跳，她也沒心思騎馬了，於是放慢速度，兩人緩慢地行走在草地上。大黑馬很聽話，一點也不像喬風說得那樣脾氣暴躁。

速度慢下來之後，喬風的動作並沒有改。他依然緊貼著她，夏天的馬術服比較薄，藍衫幾乎能感受到後背源源不斷傳來的熱源。這熱源把她的血液烘得熱起來，她的額上冒了一層細汗，風一吹，又很快蒸發了。

心還在噗通噗通地亂跳，像是突然離水的魚兒，不過神奇的是，藍衫的腦袋被草原上的小涼風一吹，突然神智清明了一些。她低頭看著自己腰間扣著的白皙雙手，莞爾輕笑。

「喜歡」這種東西其實挺難界定的，只怕喬風自己也不清楚他到底是不是喜歡她，她又怎麼會弄清楚呢？

但至少，他是不討厭她的。

藍衫發覺自己犯了一個策略性的錯誤。從小到大，她一直在被人追逐，她像個驕傲的孔雀一樣，在眾多追逐者之間挑挑揀揀。她總是以一種審視和等待的態度去迎接自己的感情，在把自己交付出去之前，必定要先確定對方的誠意。

問題是，她是如此，喬風又何嘗不是呢？這小子的條件甩她好幾條街，到哪裡都是群芳環繞，每一個人都顯得誠意十足，他自己又呆頭呆腦的，指望著他開竅、去喜歡誰、去主動追求？

太不可靠了……

說來說去，兩個人都是那種憑著自身條件不錯在感情上占盡先機的人，這樣兩個人在一起，總要有一個主動一些。

藍衫摸摸下巴，既然她比喬風先開這個竅，那就只好她先上了。

其實嘛，發展一段感情未必一定要等到對方動心時你才出手。趁著這小子懵懂的時候，一鼓作氣把他的身心占了，也未嘗不可？

再者說，就算追不到也沒關係，反正在喬風眼中，她的「色狼」形象早已根深蒂固，她差一點脫了他的褲子，他都沒排斥，還願意繼續跟她做朋友，可見此人心胸有多麼寬廣，所以他肯定不會小家子氣的以後不理她了。

愈想愈美妙，之前亂糟糟的情緒終於理清楚了，藍衫有一種撥開烏雲見明月的舒暢感。

她和喬風停在河邊，兩人下馬，坐在草地上看風景。

坐了一會兒，藍衫仰身躺倒在草地上，雙手枕著後腦，偶爾有馬匹經過，那些得得蹄響她聽得分外真切。

兩人都已經把頭盔脫下來放到一旁，此刻藍衫的頭髮散著，烏亮的頭髮鋪在草地上，配上雪白的面龐，五官明豔，笑意盈盈，直看得喬風心弦亂顫，也傻笑著看她。

「為什麼笑？」他低聲問她。

藍衫答，「高興啊。」

「為什麼高興？」

藍衫朝他勾了勾手指，「過來，我告訴你。」

喬風便附耳湊過去。

他一手撐在她髮絲旁，身體向下傾，動作緩慢，像是一朵乾淨的雲彩在緩緩迫近。

藍衫眼看著他聽話地把耳朵湊過來，他今天穿著經典的騎士裝，黑背心、白襯衫，乾乾淨淨，纖塵不染。脖頸如玉，耳朵輪廓漂亮，耳垂飽滿，讓人非常想捏一捏。

喬風等了一會兒，沒聽到藍衫說話，他奇怪地扭臉看她。

兩人一時臉對著臉，貼得很近，近到他只要輕輕一低頭，就能親到她的程度。

喬風抿了抿嘴，看進藍衫的眼睛裡，她卻一直目光含笑，他看不懂。

他鼓起勇氣，覺得自己貿然行動似乎不妥，於是微微嘆一口氣，仰頭要直起身。

藍衫卻突然扣住了他的肩膀。

喬風的心幾乎要從喉嚨裡跳出來了，他定定看著她低聲問道，「妳要做什麼？」

藍衫的視線緩緩向下滑，掠過他高挺的鼻梁，落在他的唇上。她剛要湊近，突然聽到一陣烈馬嘶鳴之聲。

兩人都驚了一下，藍衫的視線移開，看到不遠處一匹漂亮的白馬已然停住，馬上的男人冷峻逼人，此刻死死地盯著他們，眼中是無法壓抑的憤怒與妒惡。

藍衫心裡一顫，怎麼把他給忘了。

第六十三章

那天宋子誠自己離開了馬場，他看起來是真的生氣了。

藍衫覺得，他生氣應該不是因為吃醋什麼的，否則太搞笑了。他氣，多半是氣她三心二意，兩頭都想討好，不夠尊重酷帥狂霸跩的他。天地良心啊，藍衫才不想腳踏兩條船，不過如果讓宋子誠知道了她在拿他當幌子，估計他更氣。

所以還是老老實實地跟他道個歉吧。到時候什麼都別說，任打任罵，估計宋子誠也不會當作一回事。打定了這個主意，藍衫主動打了電話給宋子誠，希望能和他聊一聊。

宋子誠答得爽快，「我現在正在ＸＸ會所，妳過來吧。」

「現、現在？」藍衫有點懵，現在是下午四點多，她還沒下班呢。

「不來？」

「啊？去、去。」藍衫只好跟老王請了個假，在老王淒怨的目光中揮手離去。藍衫考慮的是，再怎麼說也是她理虧，所以現在順著宋子誠，他說怎樣就怎樣吧。

藍衫本來以為會在會所裡看到宋子誠那些狐朋狗友，但她沒想到的是，寬敞的包廂裡只有宋子誠一個人。

他坐在沙發上，雙腿交疊，兩手交叉放在腿上，面無表情，一副聽員工彙報工作的架勢。他面前的茶几上擺著一個金光閃閃的菸灰缸，裡頭有好多菸蒂。

藍衫覺得怪怪的，她走過去坐在他旁邊，也不敢離太近。

「老闆——」她張口欲說話。

宋子誠卻打斷了她，「拿我當炮灰？」

藍衫的嘴巴張著，神情變得驚訝。原來他早就發現了？也難怪，當局者迷，總覺得別人都不知道，其實宋子誠作為一個歡場老手，很容易看出來吧？

藍衫心虛地低頭，「對不起。」

宋子誠譏嘲地牽起嘴角，笑得無聲無息。他說道，「藍衫，妳是第一個。」

「啊？」

「妳是第一個這樣對待我的女人。把我當幌子、當炮灰，虛情假意，完了又一腳踢開去跟別的男人眉來眼去，」宋子誠一邊解釋著，語調愈來愈沉，說到最後，他竟然朝她一豎大拇指，「藍衫，妳牛逼！」

藍衫被他說得無地自容，只剩一遍遍道歉，「對不起……」

宋子誠深吸一口氣，「我不想聽這三個字。」

藍衫閉了嘴，不知道說什麼。

宋子誠突然問道，「我哪裡不如他？」

藍衫一時沒聽懂，「什麼？」

「我說，我哪裡不如喬風。」

藍衫安慰他道，「老闆你沒有不如他，只是我眼光不夠好，才喜歡上了他……」

宋子誠冷笑，又問她，「妳是不是覺得我一直是想玩妳呀？」

那肯定是啊……藍衫強忍著點頭的衝動，只是勉強地笑，「沒有啦，就是我自己太差勁，太矯情。」

宋子誠摸出一根菸點上，他突然轉頭，在一片煙霧繚繞中看她。他說道，「如果我說，我其實是認真的，妳信嗎？」

藍衫一怔，淡青色的煙霧中她也看不清楚他的表情，就是覺得這話挺搞笑，她更不知道說什麼好，「呵呵……」

宋子誠接著扭過頭不再看她，他不屑地哼一聲，「反正我自己是不信。」

「老闆您放心，我也沒信。」

宋子誠夾著菸的手指微微抖了一下，待他意識到時，已經有些煙灰掉在了地毯上。他彎腰把煙掐滅，按鈴點了一瓶紅酒。

藍衫小心翼翼地觀察他，看到他側臉冷峻依然，也沒什麼太大的表情變化，只是眉角微微低斂著，出現一些疲態，像是昨晚沒有休息充分的樣子。

她坐在沙發上，掰著自己的手指說道，「老闆，該說的我都說了，總之這件事是我不好，我跟您賠禮道歉。嗯，我還有事，不然我先走了？」

「急什麼。」宋子誠靠了靠沙發，這時服務生把紅酒端上來開了瓶，要幫他們倒，卻被宋子誠攔了下來。

宋子誠親自倒了滿滿一杯紅酒，遞到藍衫面前，「藍衫，這杯酒喝了，我們兩清。」

「好。」藍衫接過紅酒，仰頭喝了起來。紅酒酒精度數雖不算高，一口氣喝這麼一大杯也挺難受的，喝完之後她拍了拍胸口，把杯底朝宋子誠一亮，「老闆，可還滿意？」

宋子誠點了點頭。

藍衫又要走，宋子誠再次攔住她，「藍衫，能不能聽我唱首歌再走？」

反正話都說這麼多了，再聽首歌也無所謂。藍衫點點頭，再次坐回到沙發上。

宋子誠唱的這首歌是一首很老的粵語歌，叫《偏偏喜歡你》。他的聲音清冷有質感，其實不適合唱這類柔腸滿腹的歌。不過他的吐字很準確，拍子也抓得準，藍衫聽他唱得纏綿幽怨，莫名的她心中湧起一股惆悵。

一曲唱完，他像是來了興致，又唱了一遍。

藍衫卻發現了些許的不對勁——她突然頭疼了。按照道理說，宋子誠唱歌也不算難聽，怎麼會把她唱得頭疼呢？她最近也沒生病，昨天也睡得很好，就剛剛喝了一杯酒就……

等等，酒？

她喝酒不會頭疼，可是她吃藥會頭疼啊……

藍衫心口狂跳，緊張得幾乎要出汗了。如果她猜得沒錯，應該是剛才那杯酒裡被人下了藥，至於目的，看看眼前拖著不准她走的宋子誠，嗯，目的不言而喻。

宋子誠一邊唱著歌，突然回頭看了她一眼，他對她笑了笑。

藍衫報以微笑，她揉了揉太陽穴，假裝有些疲憊地點了一下頭。

宋子誠便扭過臉繼續唱歌。

藍衫偷偷摸出手機，撥通了喬風的電話，然後把電話扔在地上，用腳輕輕踢了一下，隱藏好。

她捣著頭，稍稍抬高聲音，說道，「喝了一點紅酒我感覺頭好暈，酒量愈來愈差了。」

宋子誠笑道，「睏了可以睡一下，嫌吵的話我關掉音樂。」說著果然關了。

關掉之後轉頭看藍衫，他發現她已經睡著了。他湊近一些，捏著她的下巴，晃了晃，見她皺著眉但是沒醒，他冷笑，「把我當傻逼耍，妳以為我會那麼容易善罷甘休？」

藍衫緊張得手心冒汗，她果然沒猜錯，宋子誠這是要迷姦她！

她不敢輕舉妄動，兩人體型相差那麼多，她反抗的機會可能只有一次，所以不能輕易浪費。

宋子誠把她放倒，雙腿抬到沙發上放平。他用手指摩娑著她的臉頰，低聲說道，「藍衫，妳不應該那樣對我。」

他突然有些難過。就算再不願意承認，他也知道，他對待她跟對待別的女人是不一樣的。他那樣小心翼翼地接近她，那樣心懷惴惴地討好她，他從來不用那些手段對付她，哪怕連偷吻都是一種褻瀆。

可是她是怎麼對待他的呢？

他有多認真，就有多可笑。

宋子誠嘆息一聲，忍著滿心的憋屈與疼痛，他說道，「不要以為想來就來、想走就走，妳在我這裡，總要留下些東西。」

他傾下身體，在她頸間緩緩親吻著，藍衫一陣反胃，強忍著噁心，根據肢體接觸的痕跡在腦中勾勒他的姿勢。他應該是兩腿分開跪在她的身體上方，手撐著身體，沒有直接對她造成壓迫感。

藍衫定定心神，緩緩睜開眼睛。宋子誠尚未發覺她的異樣，他的嘴唇已經向下移，落在她的鎖骨之間。藍衫悄悄屈膝蓄勢，突然猛地向斜上方一抬！

宋子誠一聲慘叫，跌在地上，身體碰到茶几，把茶几撞得移開了兩吋。

藍衫拍拍手，從地上撿起手機，看到她和喬風的通話還在繼續，她對著手機叫了一聲，「喬風。」

「藍衫，」喬風在手機那頭呼吸不穩，聲音隱隱有些顫抖，他問道，「藍衫，妳沒事吧？」

藍衫掃一眼地上面如死灰的宋子誠，他疼得連喊的力氣都沒有了，只剩下倒吸涼氣。藍衫笑道，「我沒事，還很好。喬風啊，我覺得跟你在一起待久了，我的智商也變高了。」

喬風鬆了一口氣，「我已經報警了，妳現在出來吧，我去接妳。」

「不用，我自己回去。」

「我已經在路上了，妳不要掛斷電話。」

藍衫便直接把手機放到口袋裡。她蹲下來，拍了拍宋子誠的臉，笑嘻嘻道，「嘴上說著想要，身體卻很誠實嘛！」

宋子誠：「……」

他喃喃地叫著她，聲音虛弱而含糊，「藍衫、藍衫……」

藍衫起身走開，他又在她身後叫她，「藍衫，別走。」語調有憤怒，有無奈，也有淡淡的悲傷。

藍衫頭也不回地走了。她大搖大擺地走出去，看到剛才送酒的那個服務生，他的眼神明顯有些閃躲，藍衫扯著他的脖領怒道，「找死！」

服務生被她的氣勢嚇壞了，「女俠饒饒饒命，是宋公子讓我這麼幹的。」

藍衫扔開他，送去一個警告的眼神，服務生也不知道悟出什麼來了，拚命點頭。

她走出會所等了一小會兒，就看到兩輛警車呼嘯而來。員警們走進會所，不一會兒把宋子誠解救出來了。藍衫隱在群眾裡面看熱鬧，感嘆警察的效率就是高。她哪會知道，喬風把她和宋子誠的位置定位得清清楚楚，恨不得連包廂號碼都報上去了，員警出巡自然效率奇高。

她猶豫著，不知道該不該上前。強姦未遂這樣的罪名屬於訴訟案件，到時候事情鬧大了很可能不好收場。其實藍衫也不是很想把人逼到那個地步，畢竟是她理虧在先，而且現在吃虧的是他，但如果就此放過他，她又有些不甘心。

她權衡再三，決定先暫時不跟著員警走，而是待在會所外等喬風。

喬風從一輛計程車上走下來時，一眼就看到了藍衫。他一陣風似的跑過來，一把將她拉入懷中緊緊摟著。

藍衫鼻子酸酸的，心口異常柔軟。她回抱他說著，「我沒事了。」

喬風聲音微顫，「嚇死我了。」

藍衫心想，他這樣擔心她，應該是有些喜歡她的吧？雖然他自己可能沒意識到……

聽說藍衫不打算追究宋子誠的犯罪行為，喬風雖有些鬱悶，倒也未加阻攔。不過他還是帶著她先去醫院做了個檢查，一來確保她的身體沒問題，二來血液裡的藥物檢測也可以作為證據，誰知道以後用不用得上呢。

回去之後，喬風給藍衫做了一頓大餐「壓驚」。藍衫吃得很感動，難得第一次，她沒有吃得那麼著急，而是細嚼慢嚥的，時不時地拋個媚眼給他。

她一邊吃飯一邊想，這個男人，我要定了。

吃過晚餐，兩個人坐在沙發上聊天，喬風問藍衫為什麼放過宋子誠。

藍衫嘆了口氣，「其實我是怕他報復我，你也知道，他來頭不小，我可惹不起。誰知道逼急了他會做出什麼事呢？」

喬風不服氣，「我來頭也不小呢。」

藍衫有些好笑，「嗯，你是天底下最厲害的天才，行了吧？」

喬風欲言又止。

藍衫搖搖手，又道，「而且這個案子他的犯罪證據不明顯，我身上又沒傷，對吧？反而是他……呵呵。還有雖然血液裡有致迷藥物成分，但我吃了又沒事，這個也不好定論。他有錢能使鬼推磨，再從中做點手腳，我花了好大的工夫得罪了他到最後也沒什麼好處，何必呢。」

「只要妳想，總有辦法的。」

「算了，」藍衫搖搖頭，看著他，「不過今天，謝謝你啊。」

「不要跟我客氣。」

「蘇落是你的前女友吧？」

她問得太過突然，喬風怔愣了一下，這才點頭答，「是。」

雖然早知道這個答案，但藍衫聽他親口承認時，還是有點小鬱悶。她追問道，「你們兩個在一起多久？後來怎麼分了呢？」

「我們在一起半年，其中有四個月她在和宋子誠劈腿，後來就分了。」

藍衫有點無語，頓了頓，只好說了一句，「真是個人才。」

喬風說道，「其實我們不應該在一起。」

「為什麼？她不是你千挑萬選的嗎？」

「妳知道？」喬風有些驚訝，「她確實是經過層層篩選最後被錄取的，但是妳是怎麼知道的？」

藍衫沒有回答，反而問道，「我一直有個問題特別好奇，為什麼你在國外還有那麼多追求者？」

「因為我們學校流傳著一個謠言，誰和我約會，就可以吃到我做的飯。如果成為我的女朋友，就可以天天吃我做的飯。許多貪吃的女孩為了吃到我做的飯，希望和我在一起。」

「就是個飯票，」藍衫理解了，她還舉一反三，「而且你這麼呆，他們跟你在一起之後還可以劈劈腿找別人，啊、就是這個意思，怪不得每個妹子都想上你。」

喬風有些害羞，扭過臉去，小聲說道，「妳不是一直在吃嗎。」

藍衫笑嘻嘻地湊過去，把他的臉掰過來面對著她。她問道，「你現在真的對蘇落一點感覺都沒有？」

喬風想了想，答道，「對當時的我來說，蘇落其實是一個完美的女孩，她的筆試是滿分，性格測試也跟我符合，她就像馬克士威方程組一樣完美。」

「賣……賣偉哥的？」

「馬克士威方程組，它是一組偏微分方程，由英國——」

藍衫嚇得連忙擺手，「停，我對這個不感興趣。嗯，你繼續說蘇落。」

「沒什麼好說的了，雖然她是馬克士威方程組，但一般只適合宏觀場，如果遇到我這樣的微觀世界，她需要——」

藍衫再次打斷他，「說人話。」

「我們兩個不適合。」

藍衫點點頭，早這樣說不就行了。接下來的問題她可以問得理直氣壯了：「那你為什麼還跟她在一起？」

「因為我希望妳能吃醋。」

「！！！」藍衫的心臟猛地一跳。她驚訝地張大嘴巴，接著又覺得自己這樣一點也不淑女，於是摀著嘴巴看他。

喬風注視著她，溫潤的眼眸中湧動著絲絲波瀾，「妳不信？」

「我……信！」藍衫點點頭，她的呼吸變得不太平穩，「你你你、你喜歡我？」

喬風低頭不敢看她了，他的聲音低了低，問道，「我可以喜歡妳嗎？」

當然可以啊！

藍衫太激動了，喬風竟然喜歡她！喜歡她！喜歡她！！！嗷嗷嗷！！！！！！

喬風低著頭，又問道，「那我可以追妳嗎？」

「當然可以。」藍衫摀著心口，心想媽蛋你這個小妖精能不能跳慢一點！我的血管都要爆掉了！

得到了藍衫肯定的答覆，喬風鬆了一口氣，「藍衫——」

藍衫卻第三次打斷他，「不好意思，我有點累，先回去休息了。」

她摀著心口站起身，腳步踉蹌地走了。

喬風有些不放心，「妳沒事吧？」

「沒事，你不要跟過來！」

藍衫走出去，剛關上門，便興奮地一蹦三尺高，「YES！」她太激動了，實在不知道如何表達，此刻面對著喬風家的門，她突然手舞足蹈，蹦蹦跳跳。

一邊跳一邊唱：「你是我的小呀、小蘋果，怎麼愛你都不嫌多，紅紅的小臉兒溫暖我的心窩，點亮我生命的火——火火火火！」

她對著喬風家的門把小蘋果跳了一整遍，頓覺心情舒暢、五體輕盈，大有飄飄淩仙之意。

一個字，爽！

正當她指著那扇門大秀愛意時，它突然開了。

喬風站在門裡，笑意盈盈地看著她。他這次笑得不再羞澀，而是開懷，燦爛又美好，像是開遍山野的杜鵑花。

我操！藍衫害羞得要死，來不及多想，轉身逃竄。

喬風快步追上去，一把將她抓回來，他從背後緊摟著她的腰，不准她開自己家的門。他的臉貼在她耳邊，低低地笑，笑聲彷彿喉中纏綿的美酒，聽得人耳朵都要醉了。

藍衫張牙舞爪地去搆自家門，一邊試圖狡辯，「喂喂喂、我就是跳個舞強身健體而已，你激動什麼啊！」

喬風反轉她的身體，將她推到牆上，不等她反抗，他扣住她的肩，親吻突然壓了下來。

他的嘴唇溫溫的、軟軟的、潤潤的，明明是很舒服的觸感，印在她的唇上卻像是火星一樣，點燃了她那一筐稻草般的情絲，藍衫覺得自己整個人都燒了起來。

她緊張得用手指去摳牆壁，整個人恨不得化成一張紙片貼在牆上。

喬風不比她平靜多少，他從來、從來沒有體驗過這種感覺，整個人像是煮沸水一般，心率瞬間飆升到可怕的程度，呼吸亂成了麻。他閉著眼睛，緊緊貼著她的嘴唇，大腦裡空白一片，像是一望無垠的雪原。

藍衫一動不敢動，一直到喬風鬆開她。

他的臉紅紅的，眸子亮晶晶的，低頭望進她的眼睛裡。

藍衫動了一下肩膀，喬風便鬆開了她，她一臉恍惚和夢幻，像個遊魂一樣摸回了自己家。

喬風在她身後淡淡笑道，「晚安。」

第六十四章

大半夜的，藍衫太興奮了，到了睡覺時間，她躺在床上嘿嘿嘿地笑個不停，笑了一會兒覺得好害羞，她扯過被子捣住臉，躲在被窩裡笑，總之一點睡意也沒有。

結果就是第二天頂著兩個黑眼圈被喬風叫了起來。

喬風的敲門聲雷打不動，只不過這一次他看她時的目光很溫柔，還帶著點纏綿的深意，像是在提醒她——妳現在已經是我女朋友了。

藍衫又有點害羞了。

他的眼下也有一圈烏暗，一看就是昨晚也失眠了。

早餐出現了水晶蝦餃，潔白的盤子裡鋪著翠綠的葉子，上面放著幾個飽滿的蝦餃。蝦餃皮又薄又透，真如水晶一般，餡料鼓鼓的，透過薄皮隱約可見。整個蝦餃晶白中透著餡料的淡橙色，像是一塊漂亮的芙蓉石，它們排在一起，散發著迷人的香氣。

藍衫深吸一口氣，吞了一下口水問道，「你做的？」

喬風看著她笑，「不是，買的，小米粥是我做的。」

她點點頭，就說嘛，這個東西不好做，一大早起來弄，也太閒得蛋疼了。她夾起一個咬了一口，觸之滑爽，入口鮮香，吃得讓人一下精神就來了。

「不錯，」藍衫一臉的贊許，「我們社區有賣蝦餃的了？我之前都沒看到過。」

「不在我們社區。」

「在哪裡？」

「五道口。」

藍停下筷子問，「你叫計程車去的？」

「嗯。」

她捏著筷子默默肉疼，媽蛋這就是有錢人！來回三十多塊的計程車費，就為了買份早餐。

吃過早飯，藍衫幫喬風收拾餐桌，喬風見她並不急著離開，便問道，「今天不打算上班了？」

「上什麼班，」藍衫吐了吐舌頭，「老闆都被我打進醫院了，估計我離被開除也不遠了。」

喬風點點頭，「也好。」

但藍衫其實有點遺憾，她努力了那麼久才混到現在這個位置，人脈也有了，還當了小頭頭——她手底下每個人做的業績她都能相應拿點分紅，多棒啊！

想到這裡，她鬱悶地說，「我要失業了。」

雖然不厚道，但喬風其實挺希望她立刻失業的……

藍衫看到喬風在笑，一點也不掩飾他的幸災樂禍，她有些無言，「我失業了你養我啊？」

喬風抬眼看她，眸光水亮柔和，他反問，「我不是一直在養妳嗎？」

藍衫覺得自己被調戲了，她丟開他，去了客廳。過了一會兒，喬風從廚房走出來，坐在她身旁，有些為難地問，「藍衫，妳能幫我一個忙嗎？」

「什麼？」

「是這樣，我的家人不相信我已經追到妳了，所以妳能跟我拍張合照給他們看嗎？」

「可以，」藍衫笑著點點頭，「你家人挺瞭解你的呀。」

喬風靠過來舉起手機，藍衫突然說道，「等一下，我得先化個妝。」黑眼圈一點也不漂亮好嘛。

她回去飛快地化了個淡妝，主要是遮一遮黑眼圈，這樣整個人顯得有精神一些。

回來之後，藍衫把薛丁格找出來抱在懷裡。兩個人的親密合照裡混入第三個生物，喬風不是很滿意，但藍衫認為有薛丁格做見證，這才更能使人信服。

薛丁格看到手機螢幕上晃動的影子，來了興趣，瞪著眼睛看手機螢幕。

喬風舉著手機靠近藍衫，「我們可以親密一些，那樣才像情侶。」他建議藍衫。

「好。」藍衫說著，側頭去親他的臉頰。

親密的結果就是喬風的小心肝噗通噗通地亂跳，按快門時忍不住手抖，照片糊了。一對俊男美女變成了兩團影子，鬼魅一般。

「再來一次。」他說道。

藍衫又伸脖子去親他，結果又模糊了。

如是再三，最後喬風光顧著湊臉等藍衫親他，連快門都懶得按了。

藍衫：「……」

她奪過手機，「沒用的傢伙，我來！」

喬風閉上眼睛湊過去，小心地親她的臉，藍衫調整角度，對著鏡頭燦爛一笑，快速地捕捉了這個畫面。

「好了。」她拿過手機來看。

喬風坐回去，意猶未盡地舔了一下唇角，藍衫低頭看著照片，並未發覺。她把照片放大，看了看自己的皮膚和表情點頭，「還不錯哦。」說著抬頭看喬風，剛要和他說話，卻只覺眼前一花，他已然悄無聲息地湊到眼前，壓住了她的嘴唇。

藍衫驚訝地瞪大眼睛，他閉著眼，濃長的睫毛微微抖動，像是瑟瑟輕顫的蝶翅。

她覺得緊張又甜蜜，也緩緩閉上了眼睛。

喬風扶在她肩頭的一隻手輕輕滑動，最後捧住她的臉頰。他不再像昨天那樣只是貼近，而是搖擺頭部，輕輕摩擦著她的唇瓣，感受著唇與唇之間柔軟的壓迫。

這小小的摩擦與壓迫便使他激動無比，連呼吸都變得急促和炙熱，幾乎是本能地，他張口叼著她的上嘴唇，輕輕咬了一下。

堅硬的牙齒與柔軟的唇肉接觸時，兩人都激動得心口一顫，喬風感覺自己像是墜入了甜膩的湖水裡，再不願爬上岸。他捧著她的臉還欲繼續，卻感覺腹部有東西在拚命地掙扎蠕動。

隨之薛丁格淒慘的叫聲悶悶傳來，「喵！！！！！」

藍衫趕緊推開喬風，把被遺忘在兩人之間的薛丁格解救出來。她一臉歉意地摸薛丁格的頭，「乖哦、不生氣。」

薛丁格憤怒地偏頭躲開她的手，牠「嗖」地一下跳上茶几，用一種仇視的目光審視了這兩人一會兒，之後頭也不回地離開了，邊走邊又抱怨了兩聲。

藍衫好慚愧……

她收回目光，定定心神，責備地看一眼喬風，發現他正直勾勾地看著她，唇角帶笑，像是滿足又像是不太滿足。

藍衫的臉又熱了起來，她站起身，「我先回去睡個回籠覺。」

喬風在她身後叫住了她，「藍衫。」

藍衫停住，背對著他問道，「幹嘛？」

「我們今天……約會吧？」

「好哦。」

雖然要約會，但藍衫還是得先補個眠，兩人約定十點鐘見面，然後藍衫就走了。

喬風坐在沙發上，把剛才拍的親密照片發到他的家庭微信群組。自從得知他要追女孩，他的家庭成員們突然都成了閒人，隨時隨地守著手機，只要喬風冒泡，全部人齊刷刷地回應。

現在，看到「有圖有真相」，爸爸、媽媽和哥哥又開始用驚嘆號刷訊息了。

喬風很高興，炫耀神情無論如何也按捺不住。

刷完訊息，大家開始仔細品評這張照片。

小喬：『我發現藍衫比我年輕時還漂亮！兒子，幹得好！』

大吳：『老婆不要這樣說，我老婆最漂亮！』

吳文：『你們兩個這姿勢是不是反了？』

大吳：『不用懷疑，喬風他就是個小媳婦。』

喬風：『……』

小喬：『兒子，你為什麼有黑眼圈呀？』

此話一出，整個微信群組又沉默了。喬風沒說話是因為不好意思說實話，但另外兩個男人沒說話，就比較奇怪了。

接著，家庭成員們開始用單獨聊天的方式轟炸他。

吳文：『恭喜脫處！』

吳文：『從今天開始你再也不是魔法師了！』

吳文：『不過說實話，你的戰鬥力太渣了！鄙視！』

喬風還沒來得急回覆他，訊息提示音又響，是他爸。

大吳：『從今天起你是一個真正的男人了。』

大吳：『吾家有兒初長成啊。感慨～』

大吳：『不過你也要量力而為，雖然年輕，但不能過度，知道嗎？』

緊接著是他媽媽。

小喬：『喬風，補補身體吧……』

喬風終於明白家人在誤會什麼了，他的臉有些燒，立刻在家庭群組中回覆道：『不是你們想的那樣，我只是失眠而已。』

三人紛紛對他表達了鄙夷之情。

不過話說回來，如果剛談戀愛就那什麼，也確實有點快，顯得太輕浮，所以大家也就釋然了。至少喬風願意交女朋友並且交到了女朋友，這已經是一大突破了。

喬風有點好奇，他從來就沒有兩性之間的身體關係和家人交流過，為什麼他們都知道他還沒跟女孩子發生過關係呢？到底是怎麼知道的？

他好奇地問吳文。

吳文回他：『不用懷疑，你天生長了一張老處男的臉【大笑】【大笑】』

喬風不服氣，回道：『我有女朋友了。』

吳文：『==』

喬風：『你有嗎？』

吳文：『滾……』

第六十五章

藐視完自家哥哥，喬風的心情棒棒噠，他上網去了論壇，發帖詢問：「第一次和女孩子約會，做什麼比較好？」

很快有人秒回了。

小星星：『做、愛。』

眾人一邊和喬風問好，一邊鄙視小星星。過了有五分鐘，小星星又跑來回覆：『大神我錯了！跪求大神收了神通吧嗚嗚嗚~~~~(>_<)~~~~』

留言顯示他在用手機登陸論壇。

圍觀群眾紛紛表示震驚，才這麼一會兒小星星已經被大神蹂躪過了？到底是前者太渣呢，還是後者開掛呢……

小星星：『大神，那是我女朋友的電腦！』

眾：『呿，你怎麼可能有女朋友！』

眼看著這棟樓要歪了，喬風趕緊拉回來：『請告訴我，我和女朋友第一次約會還在哪裡比較好？』

眾人開始獻計獻策，有人說帶她吃好吃的，有人說和她逛街、看電影，有人說一起運動打球等等。

然後喬風回道：『這些我們已經做過了。』

眾：『＝＝』

眾：『都做過這些了還說是第一次約會！你分明就是來秀恩愛的！燒死燒死！』

小星星：『大神，剛剛我女朋友說要給你生猴子！心碎，我不活了！』

喬風：『請轉告你女朋友，我不喜歡猴子。』

小星星：『……』

喬風最終沒能從壇友那裡得到關於約會的答案，不過他們都說他和藍衫根本就是每天都在約會，這種說法讓喬風的心情又燦爛了一些。

離開論壇之後，他自己初步選定了幾個地方，想等一會兒問問藍衫的意見。

藍衫睡到九點半時，接到了老王的電話轟炸。她一直在逃避，想著自己肯定要丟工作了，所以乾脆破罐子破摔地睡一覺再說，因此她沒有主動找老王請假，當然最終還是沒躲過去。

老王的心情很差，藍衫這小妮子愈來愈膽兒肥了，竟然敢遲到半個小時，他把她訓了一頓，責令她立刻來公司。

藍衫和老王有幾年的交情，這會兒乾脆說道，「老王我跟你老實交代吧，我呀，把我們的大老闆得罪了，你別問怎麼得罪的，總之是得罪得很徹底，估計炒魷魚也就是這兩天的事。我現在不敢去上班，真的，你先幫我打個掩護，讓我在家裡養養精神、壯壯膽子，好不好？」

老王挺意外的，「到底怎麼回事？」

「這件事我沒辦法說……」

「好吧，那我給妳兩天假，需要幫忙再說。」

藍衫跟他道了謝。剛掛了老王的電話，喬風那邊又打過來了。隔著一道牆還打電話，不知道這小子又在想什麼，藍衫接起電話，「喂？」

「醒了？」

「嗯。」

因為剛醒沒多久，她的嗓音帶著淡淡的沙啞，聽來有些慵懶。喬風笑了笑問道，「妳想去哪裡玩？」

「不知道，你說呢？」

喬風跟她說了幾個備選的地方，什麼博物館、科博館、動物園、遊樂場、電影院、小吃街等等，藍衫非常好奇以喬風的奇葩程度會選什麼，於是說道，「你選一個。」

「那就去遊樂場吧。」

還好還好，藍衫以為他要選動物園，看來喬風在約會這方面還算正常。

很快她發現她實在太天真了。

她的男朋友穿著白色大背心、碎花五分褲、紅色中筒襪、黑色運動鞋出來迎接她了。運動鞋上的logo乍看之下像是愛迪達失散多年的親兄弟，其實人家是愛迪達他爹——阿迪王。

穿著這麼一身神級裝備，他還能笑出一副「我就是宇宙中心」的意氣風發，簡直土到掉渣、騷得邪性，看得人四肢發軟，渾身酥麻。

藍衫覺得自己一定是還沒睡醒。

喬風挺詫異的，藍衫那一臉驚豔的樣子，顯然是很喜歡他這一身搭配，但說實話，他真看不出這身衣服有什麼好。

唉，真是愈來愈 get 不到女朋友的口味了……他有點淡淡的憂傷。

看到藍衫呆立著一動不動，喬風走上前去，「藍衫——」

「你別過來！」藍衫驚叫，後退幾步背靠著自家門，「別過來！」

喬風察覺出不對勁，「怎麼了？」

「說實話，我真想立刻、馬上把你這身衣服脫光了！」然後把它們剪成碎布條！紮成大拖把！捐給基金會！

喬風愣了愣，他低下頭，臉微微熱起來，「妳想對我做什麼都可以。」說著過來牽她的手。

藍衫：-_-||| 喂喂喂我不是那個意思你聽我說啊……

喬風把她拖回家，藍衫一邊走一邊跟他解釋，聽說自己這身衣服其實一點也不 perfect 而是糟糕透頂時，喬風受傷地看著她，「妳騙我，妳說過它很好的。」

「我我我……我說著玩的！」

喬風還是有些鬱悶，當然了，更多的是沒有被脫光的遺憾……

藍衫捧著他的臉，踮腳在他唇上重重親了一下，這才使他心情好一些。

藍衫讓他又換了套衣服，普通的T恤、短褲、水手鞋，腕上一支手錶，肩上背著一個深藍色牛皮休閒單肩包，看起來自然又清爽。他故意換了和藍衫一樣顏色的T恤，乍看像是情侶裝。

喬風看到藍衫拿著一個小小的信封包，他讓她把信封包塞到他包裡，這樣她就不用拿著了。

對於這一點，藍衫還算滿意。

兩人出門叫車去了歡樂谷，驗票進入正門之後，一眼就看到一架高聳入雲的雲霄飛車軌道，紅色的軌道蜿蜒盤旋，像是一條細長的巨龍。

歡樂谷裡有好幾個雲霄飛車，這一個叫「極速飛車」，高五十多公尺、長八百多公尺，傲然矗立在入口處，看起來相當震撼。

軌道上有車體在飛速滑行，離得還很遠就能聽到車上乘客的尖叫。

藍衫有些激動，指指雲霄飛車，「喬風，我們坐這個吧？」

喬風有些為難，「太刺激了，我害怕。」

她拉著他的手晃悠，「坐嘛、坐嘛。」

喬風笑了笑，「好。」

於是兩人手牽手去極速飛車那邊排隊。藍衫其實以前也不敢坐雲霄飛車的，這次喬風在身邊，讓她膽子大了起來，一定要試著挑戰一下。

由於已經進入暑假期間，歡樂谷裡的客流量暴增，即使今天是工作日也依然有好多遊客。兩人排隊時擠在一群小朋友之間，有一種鶴立雞群的感覺。

隊伍比較長，藍衫無聊，捧著手機玩遊戲，喬風在她身後扶著她的肩膀，下巴墊在她肩頭看著她玩，時不時地指點兩句。

看著看著，喬風的目光開始滑向別處。他看著她因天氣太熱而染上淡淡粉紅的臉蛋，看看她白皙精緻的鎖骨，視線再往下，看到了她的V領T恤領口裡那一點點春光。

藍衫打完一關，很是得意，偏一下頭正想跟喬風要幾句誇獎，卻發現他竟然流鼻血了。

她急了，「怎麼回事，是不是天氣太熱？」說著在他包裡翻衛生紙，然後她發現喬風臉頰通紅，兩眼直勾勾地看著她，絲毫不在乎自己鼻子還在流血。

藍衫一瞬間明白了什麼，她掩了一下領口，把衛生紙扔進他懷裡紅著臉瞪他，「流氓！」

喬風接住衛生紙，低頭不敢看她了。他特別想問問她什麼時候才願意脫光他的衣服，不過現在周圍好多小朋友在看他們，這話也問不出口。

嗯，真想那一天快點到來……

兩人又排了一會兒隊，終於輪到他們了。藍衫坐下來之後心情有些忐忑，喬風雖然嘴上說害怕，實際上比她還要鎮定一些。不過她也沒忐忑太久，很快，他們這一車被彈了出去，順著軌道快速滑動。

接下來，藍衫經歷了她人生中最恐怖、最絕望、最不堪回首的三十秒鐘。

快速升降、身體倒掛、大幅起落、上天入地……藍衫覺得自己要死了，一定是要死了！

她嚇得閉上眼睛，拚命尖叫，「啊啊啊啊啊啊！！！！！！」

明明只是三十秒，卻像是一輩子那麼長。

當車體終於停下來時，她睜開眼睛，劫後餘生地大口喘氣。因為驚嚇，她的眼角泛出淚花。

喬風扭臉笑看著她，「不是不怕嗎？」

藍衫反問，「你不是怕嗎？你能不能怕得像一點……」

他伸手幫她擦眼角的淚水，「笨，明明是安全的。」

工作人員過來幫助乘客開安全鎖，看到這對小情侶的舉止，會心地笑了笑。

藍衫有點不好意思，趕快下車拿東西走人。喬風跟在她身旁，看到她因為驚嚇過度而走路踉蹌，他時不時地扶她一下。

出口處有個沖洗照片的螢幕，螢幕上展示了這一車人們表情的一瞬間。藍衫被拍到的瞬間，閉著眼睛咧著嘴，臉上的肌肉都抱團了，難看得要死；她身旁的喬風擰著眉頭、咬著牙，雖也是一臉便祕狀，卻比她鎮定多了。

工作人員問他們洗不洗照片，藍衫果斷搖頭，「不要！」

喬風卻道，「來一張吧，」他安慰性地拍拍她的頭，「放心，不會給別人看的。」說著掏出錢包。

藍衫終於發現控制錢包的好處了。

照片沖洗完畢，她那史上第一難看的表情永遠留存在了相片上。至此，除了跳小蘋果的影片，喬風掌握了第二件藍衫的黑歷史。

兩人離開極速飛車，外面太陽很燦爛，藍衫有一種重見天日的感覺。跟他們同一趟車上下來的小朋友結伴衝向小攤販，嘰嘰喳喳的買這買那。

藍衫看著冰淇淋眼饞，她指指那個小攤販，朝喬風拋媚眼。

喬風得到了她的暗示，帶著她去了那邊，他問她想吃什麼，藍衫說想吃冰淇淋。

喬風點點頭，掏錢給工作人員，「來一枝棉花糖。」

藍衫：「……」

他拿著棉花糖，對藍衫說道，「我說過多少次了，不能吃冰的。」

藍衫拉著他的手晃，「就一次，剛剛快嚇死我了，你讓我吃個冰淇淋壓壓驚好不好？」

他舉著棉花糖，殘酷地搖頭，「不行。」一邊說著，一邊摀緊了單肩包。

藍衫頂著大太陽，快要被冰淇淋饞死了，她拉著他的手不放，一著急，踮腳在他臉上親了一下。

大庭廣眾之下，她竟如此公然調戲他，喬風的臉紅了一紅，無奈地掏出錢包，「真是拿妳沒辦法，就這一次。」

藍衫高興地跳了跳，「就一次！」

旁邊有兩個繫紅領巾的男女小學生，正手拉著手挑零食，看到他們這樣，雙雙翻了個白眼。

小男孩霸氣地哼了一聲，「幼稚！」

第六十六章

藍衫從來沒想過會有一天，自己吃個冰淇淋就能滿足成這樣。她捨不得一下就吃光，慢慢地小口小口舔。喬風在一旁看著，看到她粉嫩靈活的舌尖探出來，在淺黃色的芒果口味奶油上面舔啊舔，他一陣口乾舌燥，最後只好移開眼睛不去看。

吃完冰淇淋，藍衫的能量條滿了，她站起身問喬風想去哪裡，喬風指了指4D電影院的方向，「去看電影吧。」

所謂4D電影，就是比3D電影多一些五官感受，比如會朝觀眾吹風、淋水滴等等，放映機裡的影片本身還是3D的。現在4D電影院正在放的是歡樂谷自己攝製的一個動畫片，叫《小蟻大廚》。

視覺效果比一般的3D電影還要逼真一些，藍衫總是不自覺地去躲視野裡襲擊來的東西，喬風便攬著她的肩膀，兩人的頭緊緊挨著，在一群小朋友中間笑成了傻逼。

看完一遍不過癮，藍衫又看了一遍，這才意猶未盡地離開。

走出4D電影院，他們在出口處遇到幾個結伴遊玩的年輕男生，都在二十歲上下，看樣子應該是在校大學生。

那幾個男生看到藍衫，眼睛都明顯往上亮了一個程度，還有人目光向下溜，盯著她的腿看。

天氣太熱，藍衫穿著熱褲和平底涼鞋，兩條腿筆直修長，白皙勻稱，很是惹眼。

身為男朋友，喬風敏銳地察覺到那幾個人的目光，他很鬱悶，推著藍衫快步走開，自己在她身後擋著，不准別人看。

藍衫還以為他跟她鬧著玩，但是他的力氣太大，她被推得幾乎跑起來，於是笑道，「慢點、慢點！你趕羊呢？」

等到走遠了，喬風才停下來，他自己也忍不住低頭看，看著看著就有一種伸手摸一把的衝動，當然他及時制止了自己這種猥瑣的想法。

藍衫有些奇怪，「怎麼了？」

他實話實說，「不喜歡別人看妳。」

身為美女，藍衫在這方面的覺悟還是挺高的，她一下子就懂了他在彆扭什麼，一時間心中甜滋滋的。她勾著他的脖子笑，「我還不喜歡別人看你呢。你不知道，剛才有一個女孩盯著你吞口水，說不定她在腦子裡把你怎麼樣了呢。這件事我們又不能阻止，也不能上去把人戳瞎吧？」

喬風順勢攬住她的腰，低頭看著她。

「所以呢，」她繼續說道，「大家既然都是俊男美女，那就一定要肩負起俊男美女的使命，被人看兩眼就看兩眼唄，又不會少塊肉。而且別人看完之後，還得羨慕你有我這樣的女朋友，對吧？」

「口才真好。」

「過獎過獎。」

「獎勵一下。」他說著，低頭在她唇上輕輕一啄。

藍衫被他突襲之後，臉紅紅的，被他牽著向前走。

兩人本來打算去玩激流勇進，不過排隊的人太多，他們只好作罷，離開那裡繼續閒逛，隨便玩了其他幾個設施，看了場實景演出，然後就到了鬼屋。

鬼屋被做成一個石窟，裡面陰森森的，暗藍色的光線下什麼都看不清；路很窄，到處冒著點點綠光，像是墳堆裡的鬼火，偶爾會看到地上散布的「人骨」；整個鬼屋裡回蕩著讓人毛骨悚然的音樂和怪響，以及人們驚嚇的尖叫聲。藍衫還能聽到小聲的抽泣，不知道是特製的音效還是被嚇壞的遊客。很多時候人就是這麼矛盾，明明知道是假的，依然被裡面的氣氛所感染，怕得要死。

藍衫自問是個膽子大的人也嚇到了幾次，喬風就把她拉進懷裡摟著，或者乾脆摀住她的眼睛。喬風他就在她耳邊低聲笑，她愈怕，他愈笑，笑完之後還誇她，「妳真可愛。」

可愛你大爺……藍衫氣得在他腰上擰一把。

「哎喲，」喬風疼得倒吸一口涼氣，完了之後又笑，「妳不心疼啊？」

藍衫掙開他，哼哼唧唧地往前走，他又追上去，然後她被嚇到，再躲，他再摟……如是反覆。

從鬼屋裡出來，藍衫摸了摸手臂上的雞皮疙瘩，這倒不是嚇出來的，而是因為裡面太冷。她搓著手臂，看到喬風在看她，他並沒有笑，表情很一本正經。

「做什麼？」她問道。

「我會保護妳的。」

「呿！」

「真的，不管什麼時候，我都會保護妳。」

「呿呿呿！」藍衫跑開了，她跑到太陽底下，陽光灑在她身上，烤得她從身到心都是暖洋洋的。

喬風笑著追了上去。

後來兩人去玩了飛鏢遊戲，藍衫毫無意外地一通狂虐，贏了三個毛絨玩具——一個超級大狗熊跟兩個小貓咪。大狗熊送給喬風，兩個小貓咪拿回去給薛丁格當小夥伴。

這些是藍衫贏的，喬風沒有處置權，收到了來自女朋友的禮物，喬風當然高興，但與此同時他什麼都沒贏到，空手而返，沒有東西送給女朋友……想想還是有點小鬱悶。

再後來，兩人玩累了，坐在雪域金翅附近的椅子上休息。「雪域金翅」也是雲霄飛車，不過是倒掛型的，乘客的椅子掛在車體上，類似於吊車那種。雲霄飛車在軌道上飛奔時，乘客們懸在空中的腿便隨之甩起來，遠看像是一串小蝗蟲。

藍衫和喬風靠在一起，笑呵呵地聽著那些乘客的尖叫。

喬風覺得挺神奇的，他以前來過歡樂谷，當時覺得比較一般，沒什麼稀奇，大部分設施都挺無聊的。但是今天和藍衫來時，覺得這裡處處都好玩，這是為什麼呢？

藍衫後腦勺枕在喬風肩上，正舉著手機玩自拍，自己玩不過癮還喊喬風，「來、帥哥，笑一個。」

喬風便扭過臉，看著鏡頭笑了一下，他還傻兮兮地比了一個V形手勢。

然後他就明白了，藍衫是他的女朋友啊，和喜歡的人在一起，做再無聊的事也不會覺得無聊。

藍衫拍完一張，又道，「把熊熊抱起來，快。嗯，你晚上可以抱著它睡覺。」

喬風小聲道，「我只想抱著女朋友睡覺。」

才第一次約會，就對女朋友提這樣的要求，藍衫算是發現了，不管一個男人表面上多麼的小白兔，在某些實際性的問題上，他們一律都是大灰狼。

藍衫沒有休完假，第二天就去上班了。俗話說長痛不如短痛，某些問題她一直不願意去面對，但總該有個了結。

此前她之所以糾結來、糾結去，多半還是因為她即將丟掉一個很不錯的工作。說實話，她真的很捨不得。

可惜無論多捨不得，也得放下。與其被老闆炒魷魚，不如直接炒掉老闆的魷魚，於是她底氣十足地去上班了，目的只有一個——辭職。

看到藍衫的辭呈，老王顯得挺震驚的，「藍衫，事情一定得到這個地步嗎？」

「王總，事情確實很嚴重，我也沒辦法。謝謝你這些年的栽培，我特別慶幸自己一進來就有你帶著我，說實話，我們全公司我最捨不得的就是你了，真心的。」

「行了，收起妳那一套，」老王滿臉的遺憾，搖著頭道，「妳拍拍屁股走了，我這一攤子誰幫我做事呢。」

藍衫笑道，「我們部門人才濟濟，我空出一個缺來，自然有能幹的人上來，這個你就不用操心啦。」

老王想了想說道，「這樣吧、藍衫，多餘的我不說，但是妳也知道，妳這一走，對妳、對公司都是損失。不然我們先看看老闆的意思？正好他今天過來了，我先試探試探他的態度。」

藍衫正想攔著他，誰知他已經拿起話筒撥電話了。

說了幾句話，他把電話掛了，看著藍衫，「老闆讓妳現在到會議室去。」

去就去，大白天的在會議室，料他也不敢怎樣。

宋子誠穿著黑襯衫、黑西裝，繫一條騷包的暗紅色領帶，整個人打理得一絲不苟，神采熠熠，和前天那個捣著小兄弟在地上哀叫的狼狽男人判若兩人。

藍衫看著人模狗樣的他，內心升起一陣厭惡。除非是抖M，否則任何一個女人都不會對曾經向她用強的男人心存任何好感。藍衫之前一直被別的心情占據，忽略了自己對他的反感，現在見到他了，怎麼看都不順眼。

他媽的真的好想再打他一頓啊！

宋子誠叫了她一聲，「藍衫。」聲音清冷，聽不出什麼溫度。

藍衫走過去，「老闆，你的傷怎麼樣了？」

「沒什麼大礙。」

「太好了。」

宋子誠心裡一熱。他對她做了那樣的事，她還在關心他，這讓他莫名的有些感動。

然而接下來事情的發展出乎他的意料，藍衫捏著拳頭走上前，把他揍了一頓。

藍衫現在也是想開了。工作她不打算要了，也不能把宋子誠繩之以法，現在不如再揍他一頓，夠本了再走。

乓乓乒乒一頓胖揍，宋子誠也沒躲。

揍完人之後，藍衫拍拍手，「拜拜哪！」說著轉身離開會議室。

宋子誠扶著桌子，從地上爬起來，他的髮絲凌亂，嘴角青了一塊，黑色的西裝上印著一個腳印。他來不及整理儀容，只是怔怔地看著她的背影消失。

宋子誠覺得自己大概是個抖M，她打了他，他竟然很高興。打他一頓，就願意原諒他了吧？

藍衫回了銷售部找到老王，告訴他，她還是要辭職。

老王知道事情已成定局，只好答應了她，不過他說道，「我不管妳多想走，妳也得留一、兩天，至少辦辦交接，把事情交接完了再走。」

藍衫點頭，「那是當然，不會給你留爛攤子的。」

銷售部的其他員工得知藍衫要離職都很震驚，有人悲傷，也有人暗暗高興。不過總體來說，藍衫的人緣一直都很不錯，許多人捨不得她。藍衫安慰他們，答應請大家吃飯，然後她就像個陀螺一樣跑前跑後地忙，誓要在一天之內辦完交接。

這個時候她才發現，如果不去考慮經濟因素，她其實一點也不留戀這份工作。

她忽然想到喬風曾經跟她安利的歪理邪說，他說她是一個內向的人，根本不愛和人打交道，也並不愛她的工作。

咦咦咦，怎麼又想到那小子。藍衫捧著臉，傻笑。

正陶醉在思念之中，突然一個清冷的聲音打斷了她：「藍衫。」

藍衫回神，看到是宋子誠。她拉下臉，「有事？」不會還想被揍一頓吧？

宋子誠已經把衣服和髮型整理乾淨了，嘴角的傷一時之間沒辦法處理，他一張口就疼。他忍著疼痛說道，「藍衫，對不起。」

「哦。」藍衫轉身就走。

宋子誠跑過來擋在她面前，「藍衫……」

藍衫有些不耐煩，「不用道歉，我原諒你了，借過。」

「那妳為什麼辭職？」

「我辭職是因為我性格比較內向，不願意繼續當銷售了，OK？」

宋子誠直勾勾地盯著她，「撒謊。」

藍衫的火氣又上來了，她對他是一點耐心也沒有。不過正在這時，她的手機響了，是喬風，她立刻接起電話，「喂，小風風？對啊，在辦離職手續，快辦完了。不過我今晚得請同事們吃個飯，你不要做我的飯啦。好了、好了，知道了，到時候再說，囉嗦！」說著掛了電話。

打電話的過程中，她的臉上一直掛著幸福的微笑，大概連她自己都沒意識到。

宋子誠覺得那笑容分外刺眼。

第六十七章

因為是吃告別飯，所以藍衫狠了心請大家吃了一頓好的。包括老王在內，銷售部的同事們都來了，但她比較不理解的是，為什麼宋子誠也非要來……

他在銷售部下班趕往餐廳的路上遇到他們，面無表情地來了一句，「既然是告別，不介意我也參加吧？」

當著那麼多人的面，藍衫能說什麼呢。

由於有大老闆的加入，飯桌上的氣氛不像以前那樣活潑，而是顯得拘謹。藍衫就要揮一揮衣袖不帶走一片雲彩了，她可以不在乎，但別人還得跟著宋子誠混呢。

而且今天老闆看起來心情不太美妙的樣子……

連老王都有些沉默，他主要是摸不準到底發生了什麼事。

藍衫假裝什麼都沒發覺，笑著跟同事們插科打諢，大家嘻嘻哈哈地應付過去，一頓飯吃得貌合神離，一點也不美妙。

吃完飯，幾乎所有人都有急事先一步離去了，留下藍衫和宋子誠。

對於做銷售的，察言觀色那是基本技能，整頓飯下來，大老闆的眼神一直往藍衫身上瞄，旁人再看不出來那就是瞎子了。幾個同事結伴去地鐵，一邊走一邊八卦——藍衫這次離職，再回來的時候會不會就是老闆娘了？

八卦的女主角現在在前檯結完帳走出來，手裡拿著刷卡的單據和餐廳發票。由於習慣，她剛才開發票時讓收銀員寫了她們車行的抬頭，拿到發票時才想起根本用不到了。

宋子誠在出口處等她，見她出門，他也跟了上來。

藍衫看到宋子誠，順手把發票遞過去，「喏、反正我也用不到，之後你再去公司時，不用管給誰，最後都能到會計手裡，這算是我為公司做的最後一點貢獻吧。」

宋子誠接過那張薄薄的發票，上面刮獎區的塗層已經被刮開了，露出底下「謝謝」兩個字。他捏著發票笑了笑，「這是妳給我的第二樣東西。」

藍衫歪著腦袋，莫名其妙地看他。

「第一樣是一個菸灰缸。」他提醒她。

「啊，你不說我都忘了。」藍衫有點彆扭，她覺得，她和他之間的關係還沒有深厚到見到一張發票都能想起什麼回憶。

「我記著呢。」宋子誠說了這樣一句似是而非的話，把發票折好放進了錢包裡。

藍衫非常不能理解，她跟宋子誠應該已經撕破臉了吧？他意圖迷姦她，她打了他兩次，這些恩怨無論如何都不會有緩和關係的效果。

那麼現在他厚著臉皮跟過來蹭飯吃，然後又厚著臉皮跟她搭話這是什麼意思？

不會是有什麼新的企圖吧……

藍衫愈想愈覺得可能，不自覺地神色戒備起來。

宋子誠見她神色，自然一下就猜到她心中所想。他只覺心臟像是被人掐了一下，又悶又疼。他本能地想要申辯，然而木已成舟，辯無可辯，張了幾下嘴巴，最後也只吐出一句千篇一律的道歉，「對不起。」

「行了，我們兩清了。」藍衫擺擺手，走開。

宋子誠突然一把扯住她的手腕，「藍衫，能不能再給我一次機會？」

藍衫有些驚訝，「你所謂的機會，不會是我理解的那種機會吧？」

他點了點頭。

藍衫連忙甩開他，「不好意思我已經有男朋友了。」

宋子誠愣住了，「妳……」

藍衫一邊揉著手腕，一邊奇怪地看他，「怎麼了？我不能有男朋友嗎？我男朋友馬上就過來接我了，他——」說到這裡，她突然停住。

宋子誠順著她的視線望去，看到喬風正站在不遠處，陰森森地看著他們。

她的男朋友是誰，不言而喻。

藍衫朝喬風招了一下手，「站那幹嘛？過來！」

雖然在生氣，但喬風還是很聽話地走到他們面前。

他拉了她一把，將她拉到自己身邊，無聲地宣示主權。

宋子誠目光幽深，像是黑夜裡沉入海水的礁石。他捏著拳頭，由於太用力，骨節發白。

藍衫覺得宋子誠今天說不出的怪異，她一點也不想看到他。她拉著喬風的手，「我們走吧。」

宋子誠卻繞過來擋在她面前，「藍衫，妳不能這樣對我。」

喬風本來就因為自己女朋友被別的男人糾纏而暴躁，現在看到這傢伙依然糾纏不休，他更加生氣，想也不想一拳揮過去直襲宋子誠門面。

宋子誠反應也夠快，偏頭一下躲開，喬風鬆開藍衫，上前跟他打了起來。

藍衫震驚得無以復加。在她的認知裡，喬風一直就是軟綿綿的，比大家閨秀還大家閨秀，不要說跟人動手，哪怕爆個粗口都很少見。可是現在，這小子竟然在打架……打架……架……

更加神奇的是，他好像身手挺敏捷的？可是宋子誠看起來也挺敏捷的……

宋子誠心裡憋悶，不敢朝藍衫發洩，看到喬風主動出手，他焉有不拚全力回擊的。一出手，宋子誠就發覺對手不可小覷，他自己練過散打，此刻見喬風目露兇光，下手穩準狠，一看就也是練過的。

藍衫驚訝了好一會兒才反應過來，試圖上前拉他們，「別別別打架！」

他們兩個早就已經掐成團了，藍衫不去拉喬風，就去拉宋子誠。喬風見狀，怒意更甚，力氣也變大了許多，扯著宋子誠的手一下子掰過去，與此同時踢腳絆他。宋子誠一頭被藍衫拉著，無法應付戰鬥力猛增的喬風，於是被後者按在了地上。

喬風將他的胳膊反扭扣著，半跪在地上，膝蓋猛壓著他的後背，眉目兇狠，勝利的意味十足。有路過的行人看熱鬧似的看他們，喬風兇惡地瞪過去，「看什麼看，抓壞人呢！」

行人急忙走了。

藍衫拍拍胸口，眼神複雜。她竟然覺得好勇鬥狠的喬風好帥……她一定是還沒睡醒！

「聽好了，藍衫是我的女朋友，你以後離她遠一點！」喬風丟下這一句話，便鬆開宋子誠，起身拉著藍衫走了。

藍衫被喬風拽著快步向前走，她想回頭看看，但是一想到喬風那黑沉沉的臉色，她只好作罷。

到這個時候藍衫已經察覺到不對了。喬風不管多生氣，都有他自己發脾氣的方式，絕不是眼前這樣，攻擊性十足，一言不合動手，說出來的話也充滿了尖銳的力道。

他該不會又被什麼東西附身了吧……

藍衫突然停住腳步，站著不動，喬風拽她，她也不走。

他回過頭，皺眉看她，「走。」

藍衫瞪大眼睛，小心觀察他，「喬風，你怎麼了？」

他沒有回答，而是低著頭，「妳看出來了？」

我能看不出來嗎……藍衫無言追問道，「到底怎麼了？有什麼事情還不能跟我說嗎？」她的心頭緊了緊，不知道會面臨怎樣的回答。

喬風抬眼看她，目光有些沮喪，「藍衫，我不小心喝了點酒精。」

「……」藍衫鬆了口氣，「嚇我一跳，還以為有人要拆開我們呢。喝酒精沒什麼啦，只要不是工業酒——」她說到這裡，像是突然想到了什麼，「啊、不對，你好像跟我說過，你一碰到酒精就脾氣暴躁？」

喬風點了點頭。

「難怪你剛才發那麼大火，」藍衫自言自語道，說著拍了拍他的手臂，「不過你剛剛挺帥的，嘻嘻。」

喬風並不說話，拉著她的手繼續前行。

藍衫跟在他身邊，問道，「是不是喝酒之後心情也不好呀？」

「也不是。」他搖搖頭。

她癟癟嘴巴，「那為什麼不理我？」

「不能跟妳發脾氣。」

藍衫明白了他的意思，他也知道自己情緒不好，說話太衝，所以極力忍著不和她說話，為的是不想把自己的情緒宣洩到她身上。

她有些感動，「不用和我客氣，我是你女朋友呀，這件事不找我找誰呢？不要憋著，憋壞了就不好了……」

兩人正路過一個報刊小攤販，報刊攤販的小老闆聽到女孩對小夥子說這樣的話，神情古怪地看他們一眼。

喬風卻像是肩上長了眼睛，一下子扭頭瞪過來，小老闆連忙低下頭假裝整理雜誌。

藍衫沒發現這些，她還在努力勸說喬風朝她發脾氣，她發覺自己相當有抖M的潛力。

喬風忍了一會兒沒忍住，終於拉長臉問道，「妳剛才為什麼不拉我，卻去拉宋子誠？」

「你傻呀，我拉誰、誰挨打好不好，拉他當然是方便你打啊！」

喬風愣住，沒料到她是這樣想的，他還以為……

藍衫抬手攔了一輛計程車，兩人很快回了家。藍衫還有些擔心喬風，跟著他去了他家，薛丁格跑到門口來迎接他們，乖得不得了。牠還低頭蹭喬風的褲腳，傲嬌小太監一秒變成暖心小萌物。

喬風一腳踢開了牠。

薛丁格：「……」

藍衫哭笑不得地抱起薛丁格，跟著喬風去了客廳。喬風一直鼓著腮幫子不發一言，他這狀態類似於被藥物控制，藍衫不知道該怎麼安慰他。她只好使出萬能手段，一手抱著薛丁格，一手捧著他的臉，踮腳親了他一下。

這一招顯然不能使他心情平靜，而更像是往滾熱的油鍋裡滴進一滴水，「唰」地一下炸了起來。

喬風突然按著她的後腦，不准她撤退。他的力道很大，唇與唇之間用力擠壓著，然後他張開嘴巴，咬了她一下。

藍衫手一抖，把薛丁格扔了下去。薛丁格跳回到地面，蹲坐在旁邊，好奇地看著這對人類。

喬風咬完了藍衫，突然伸出舌尖一捲，含著她的唇瓣用力吮噬。藍衫腦袋漲漲的，忍不住回抱住他，仰頭迎合他的吻。這樣的反應似乎取悅了他，他的動作變得輕柔了一些，然後他又用舌尖刮蹭她的齒齦、頂她的齒縫，像是輕輕的扣她的門扉。

藍衫忍不住張口，他的舌頭便快速滑進來，一陣攪動。他吻得毫無章法，只是循著本能用力掃動她的口腔，吸吮她的津液，遇到她的靈舌，他豈肯放過，勾著它好一頓纏綿。

藍衫被吻得兩腿發軟，又抱緊了一些，喬風便攬住她的腰，幫她站穩。

雖然這個吻毫無技巧可言，但兩人均已經意亂情迷。藍衫閉著眼睛，只覺得自己像是陷入了深暗的漩渦之中，無法反抗、無法思考，只有對本能的順從。

親著親著，她突然感覺到一個硬梆梆的東西抵在她的腰下。那東西似乎極不安分，在她身上不停地蹭啊蹭，隔著衣服，傳遞著勃勃的熱源。

喬風的手開始順著她的衣服向裡面滑。

藍衫猛地推開他，「我們這樣……太快了啊……」才約會第二天就上床，她其實不是那樣隨便的人……

喬風眸中帶火，又撲了過來，將她壓在沙發上。

他壓著她，一邊親吻，一邊緩緩挺動腰肢，在她身上亂蹭。藍衫掙扎無果，只好去推他的肩膀，偏頭躲開他的吻，「喬風，起來！再不起來我生氣了！」

喬風停下動作，不過並未從她身上起來。他盯著她，眼神滾燙得讓人不能直視，藍衫只好移開眼睛不和他對視。

他張口，嗓音帶著淡淡被情欲挑起時的沙啞，語氣卻是鬱悶又委屈，「我忍不住了。」

「你自己想辦法，」藍衫說著，又推他的肩膀，「我們不能這樣快就……」

「是妳讓我不要憋著的。」

「啊？」

「妳說的，妳是我女朋友，我有事不找妳找誰？妳還說讓我不要憋著，憋壞了就不好了。」

「我我我，」藍衫略窘，「兩碼事，你先起來。」

喬風卻像是長在了她身上，打死也不起來。他緊緊摟著她，下巴輕輕蹭她的側頸，低聲說道，「藍衫，幫我。」

「不——」

「幫幫我，好不好？」他放軟了聲音，軟得甚至有些甜膩，「幫我。」一邊說著，還一邊輕輕搖晃她的身體。

他在撒嬌，在撒嬌！藍衫簡直不敢相信，她的精神甚至有些恍惚，雖然覺得應該再堅持和強硬一些，但是喬風撒嬌了！她怎麼拒絕啊！

喬風看出了藍衫的動搖。他也知道不該逼她太緊，一面有些愧疚，一面又是箭在弦上無法忍受。忍啊忍，終於身體的本能占了上風，他拉著她的手往自己那裡按。

正在這時，薛丁格跳到茶几上，蹲坐著，八風不動，目光炯炯地看著這兩個人類。

藍衫羞得要死，「不行、不行，薛丁格還在呢！」

喬風橫了一眼薛丁格，「走開。」

薛丁格也不知道是聽懂了還是覺得這裡好沒意思，總之牠轉身跳下去，走了。

藍衫：「……」

喬風低頭輕吻她的臉頰，他一手解開腰帶，然後拉著她的手伸進去。

藍衫的臉騰騰燒起來，羞得無以復加。雖然經常跟小油菜開玩笑要把誰誰強了，但那也只是說說大話，她還沒有真正摸過男人的那地方呢……

喬風輕啄她的唇角，低聲說著胡言亂語，藍衫就按照他的胡言亂語行事，他挺腰配合她的動作，粗粗重重的喘息全部噴到她本來就熱燙的臉頰上。

完事之後，藍衫扭過頭不敢看他。

他餘喘未穩，臉貼在她臉旁，溫柔地一下一下親吻她。藍衫只覺指間濕熱黏膩，想抽回手，他卻按住她。

這樣僵持了一會兒，喬風突然「咦」了一聲。

藍衫奇怪道，「怎麼了？」

「我好了。」

她翻個白眼，「我知道你好了，趕快放開我的手。」

「不是說這個，」他解釋，「酒精的效用沒有了。」

第六十八章

喬風鬆開藍衫，使得她能夠奪回自己的手。但是手上沾了奇怪的東西，她覺得好彆扭，只好在他衣角上亂蹭。

他坐起身，彎腰伸手，從茶几上的紙抽盒裡抽出衛生紙，仔仔細細地幫她擦拭。

藍衫也坐起來了。她的頭埋得低低的，臉上熱意未褪，反而愈來愈誇張，血液不停地往頭頂上衝，衝得她都快耳鳴了。

喬風擦得很認真，因為太認真，動作極其緩慢，像是對待珍貴的古董一般。藍衫羞得要死，偷偷看他一眼，發現他的臉也紅紅的，一直紅到了耳根。

她撇撇嘴，心想，要流氓的是你，害羞的也是你，裝什麼小白兔啊！

擦完之後，他抬起她的手，低頭在她細膩柔腴的手背上親了一下。漂亮的眼睛半闔，濃密的睫毛低垂，像兩道玄絲織就的細密簾影，掩住了眼底炙熱的柔光。

藍衫猛地抽回手，她站起身，另一隻手抓起包，「我我我我先走了！」說著噔噔噔跑到門口。

因為某些不可能說的原因，喬風坐在沙發上未起身，只是轉了一下身體，望著她高挑秀致的背影，他說道，「謝謝妳。」

這個時候說什麼謝謝啊！難道她還要回一句「不客氣」嗎？藍衫愈想愈詭異，低頭不理會他。她的右手因為剛才做了那樣的事，雖然被喬風擦乾了，但她還是覺得彆扭，便一直空著它不用，開門的時候用的都是左手。

剛一打開門，薛丁格像一道小閃電一樣，眨眼之間衝到她腳下。牠擋在她面前，仰著頭看她，喵喵喵地叫，聲音嗲嗲的。

藍衫詫異，看了喬風一眼。

喬風解釋道，「牠想跟妳回家了。」

薛丁格：「喵！」

藍衫有點理解薛丁格的心情了。今晚小傢伙連續兩次被主人傷到心，現在估計是絕望了，想離家出走。她有些好笑，看著薛丁格惹人憐愛的小眼神，問喬風，「不然今晚讓牠去我那裡？」

喬風意外地看她，「可以嗎？」

「當然可以。」

喬風小聲說道，「妳能不能連人帶貓一起收留啊……」

兩人離得太遠，藍衫沒聽清楚，「你說什麼？」

「沒什麼，妳帶牠走吧。等一下我把貓砂和貓糧送過去妳家。」

她點點頭，走出喬風家，薛丁格果然像個小尾巴一樣跟在她身後。

藍衫走後，喬風洗了個澡。清理身體時他忍不住把剛才的經歷拿出來仔仔細細地回味。她柔弱無骨的手指好像還未離去，那觸感永遠留在了他的大腦皮層裡。

想著想著血液又熱起來，小兄弟隱隱有些不安分，他趕緊掐斷思緒。

洗完了澡，換身睡衣，他如約去把貓砂和貓糧送給藍衫。薛丁格在藍衫家玩得很開心，並沒有因為環境變化而感到任何不適。喬風跟藍衫說完話，視線越過她，看向屋子裡的薛丁格，他晶潤的眼睛裡全是羨慕嫉妒恨。

藍衫第二天醒得很早，她是被薛丁格叫起來的。小太監跳到她的床上，肉呼呼的小爪子不停地踩她的臉，把她給鬧醒了。

她揉著眼睛，有點明白為什麼喬風每天都起那麼早了。

然後薛丁格就包袱款款被藍衫送回去了。

喬風早餐做了培根炒飯和蛋花湯，除了早餐之外，還有一盤水果。他把一個紅蘋果切片，做成鳧水小天鵝的造型，周圍擺著幾瓣柳丁，像是漂在水面上的小船。

看來這小子的少女心又發作了，藍衫心想，把水果盤做得這麼漂亮，還讓人怎麼吃啊……

吃過早飯，藍衫不用急著上班了，從今天開始她正式成為失業大軍中的一員。之前工作忙得要死要活的時候她非常希望能閒一閒，現在閒下來了，反而又覺得無所適從。

她算了一下自己的資產，然後炫耀地說，「姊還有三十多萬哪！」

喬風正在看報紙，聞言扭頭看她一眼問道，「很多嗎？」

真是太欠抽了……藍衫自知她在他面前是個絕對赤貧，只好說道，「我的意思是我暫時不會挨餓。」

這話就更沒道理了，喬風搖搖頭，「有我在，怎麼可能讓妳挨餓。」

「德性！」藍衫笑了笑，心頭卻是暖暖的。過了一會兒，她又說道，「不過我還是要找工作。」

喬風收好報紙，認真地看著她，「妳為什麼一定要找工作？」

「這話說得真稀奇，不工作我坐吃山空嗎？」

「妳可以吃我，需要什麼說一聲，我保證辦到。」

藍衫擺擺手，「等等、等等，不是這個意思。我知道你想對我好，但我有手有腳的，也不能一直花你的錢啊。」

「讓女朋友花錢是男人的義務。」他說得理直氣壯。

藍衫窘，「誰說的？」

「《好男人手冊》上說的。」

……那是個什麼東西啊！

藍衫搖搖頭嘆道，「你真是博覽群書。」

喬風把這當做誇獎受用了，他得意地點頭，「那是當然。所以妳不用找工作了，放心花我的錢吧。我的錢很多，妳花不完。」

藍衫終於知道為什麼謝風生會說喬風是小肥羊了，這人也太不把錢當一回事了。她不知道該怎麼反駁他，只好問道，「你既然不缺錢，為什麼還要工作？」

「當然是為了實現人生價值，投身於科學研究，為人類的進步做貢獻。」

藍衫無話可說，她朝他豎起大拇指，「果然高端大氣上程度，不愧是我家喬風！」

最後四個字讓喬風的心情上揚起來，他挪了挪，緊緊挨著她，低頭親了她的臉蛋。

藍衫抬手蓋住他的臉，「去去去，我在思考人生呢！」

他卻不要臉地又纏過來，下巴抵在她肩頭問道，「思考到什麼了？」

「我也有人生價值要實現，所以我還是要找工作。」

「也對，那妳覺得做銷售能實現妳的人生價值嗎？」

「呃……」一句話把藍衫問倒了。

喬風又道，「我換個問法，妳覺得妳的人生價值體現在什麼地方？」

「……」藍衫沉默了。

「我再換個問法，妳有理想嗎？」

藍衫神色發怔，「我……我小時候有理想。我想過當科學家、當作家、當運動員、養馬、開飛機……」

「這些都不算。」

藍衫神情沮喪，「那就沒有了。」

喬風不想看到她傷心，忍不住去撥她壓下的嘴角，一邊安慰她，「沒關係，很多人都不知道自己的理想是什麼，另外一些人知道，但最後因為各種原因，也沒有機會從事與理想有關的事業。」

「你就不一樣。」

「我比較幸運。不過現在妳跟我在一起了，我的幸運可以和妳分享。藍衫，我不反對妳找工作，但我希望妳能在工作中開心和愉快。我希望工作不會成為妳的負擔，也不會花妳太多的時間和精力。畢竟人活一世，享受生活才是第一位的，不是嗎？如果可以，我建議妳做自己喜歡做的事，不用太在乎跟考慮金錢因素。錢確實重要，但妳也無需過多放大它的重要性，如果妳沒什麼喜歡的工作，那不如待在家裡和我在一起，至少和我在一起，妳是愉快的，對不對？」

藍衫張口結舌。她看著他愣了好一會兒才說道，「我好像又要被你洗腦了。」

喬風笑著揉了揉她的腦袋，「我說的只是一些很簡單的道理，所以妳不要急著找工作，先好好想一想吧。」

她點了點頭。

喬風低頭看了看手錶說道，「我今天上午要去學校一趟，下午也有點事情，不能回來幫妳做午飯了。」

藍衫有些奇怪，「你去學校做什麼，不是已經放暑假了嗎？」

「是，不過研究室幾個老師要碰頭開個會，選修課的考卷我還要改，改完之後要登錄成績……嗯，不然我現在幫妳做午飯？」

藍衫連忙搖頭，「不用、不用，中午我請你吧，你們學校附近的餐廳隨便點。」

喬風笑了笑，「好啊。」

兩人說好了，喬風先去學校，午餐時藍衫去找他。

藍衫回去之後埋頭反思人生，想著想著有點魔怔。

她出門下樓買了杯奶茶，看到賣冰品的，一陣眼饞。掙扎了好久，直到把口水都吞盡了，她最後終於戰勝了自己，沒有吃冰淇淋，只是捧著奶茶回來了。

回來之後，她發現了一些不妙的情況。

一個大叔——看起來五十多歲的樣子，身高中等，身材微胖，戴一副老花眼鏡，臉紅撲撲的，穿灰白條紋短T、灰色褲子、黑皮鞋。

這個大叔站在喬風家門口，伸著脖子往貓眼裡看，形色詭異。

藍衫頓時警惕起來。這年頭入室盜竊的小偷們都喜歡提前查探情況，這人不會也是吧？一把年紀了還幹這種事？不過看他衣著得體，整理得乾乾淨淨的，也不太像小偷……

她走過去站在他身邊，和他一起看。

大叔突然覺得光線不對，一扭頭，赫然發現身邊多出一人來。他嚇得大叫，「啊！」接著向旁邊跳了一步，但他隨即像是被什麼絆到了，沒站穩，踉踉蹌蹌眼看著要跌倒。

藍衫連忙上前一步扶住他，她低頭一看，發現那個差點絆倒他的東西是一個行李箱，剛才躲在他旁邊，導致她沒有看到。

藍衫更覺古怪。

大叔站直身體，撫著胸口順了順剛才被驚嚇的情緒，接著說道，「謝謝妳啊，藍衫。」

這次輪到藍衫受驚嚇了，「你認識我？」

「啊、忘了自我介紹。我是喬風的爸爸。」他說著，友好地伸出手來。

藍衫嚇一大跳，呆呆地伸過手去握住他，「喬叔叔好！」

他有些不好意思，「那個，我姓吳……」

藍衫好不羞憤，「對對對對不起！我忘了……叔叔您是來找喬風的吧？他現在去學校了，剛好不在。不然您先打個電話給他？」

「我打了電話，他沒接，可能是靜音了，」老吳說著，搖頭嘆氣，「我走的時候忘了拿家裡的鑰匙了，想在喬風這裡拿一把備用的，正好他也不在，唉。」

藍衫忙道，「不然這樣，我這裡有喬風家的備用鑰匙，不然我幫您開門，您先進屋喝口水，把東西放下？」

「好。」

藍衫便幫他開了門，她幫他拿著行李，把他領進喬風家。她讓他在客廳休息，然後她去幫他倒水、切水果。

老吳坐在沙發上後，開始在微信群組刷存在感。

大吳：『我看到真人了！比照片上的漂亮！很有禮貌！』

小喬：『我要回家！我要回家！我要回家！』

大吳：『竟然！胖貓也喜歡她，這怎麼可能！牠都不喜歡我！』

吳文：『牠也不喜歡我＝＝』

小喬：『也不喜歡我……QAQ』

第六十九章

藍衫覺得，吳叔叔既然一下子能認出她，估計也已經知道她是喬風的女朋友了。她沒想到會在這樣的情況下見到喬風的爸爸，沒有任何準備，也沒有喬風在旁引薦，這個場面來得太突然，她多少有些彆扭。

老吳喝了口水，吃了片藍衫親自切的西瓜。看到藍衫挺直腰板坐在沙發上，姿勢標準得像是在參加面試，他知道小女孩第一次見他難免緊張，於是笑著打趣，「妳在這裡挺熟的呀，常來？」

「咳，」藍衫挺不好意思，「我就住隔壁。」

老吳當然知道她就住隔壁，在此之前他們家的微信群組已經把藍衫八卦透了。他放下杯子又問，「今天沒上班嗎？」

她更不好意思了，「我剛失業，正在找工作。」

這麼重要的資訊他們竟然沒有八卦到，老吳暗暗感嘆，面上不動聲色地安慰她，「嗯，年輕人，可以多嘗試一些東西。」

藍衫點點頭，接著反過來問他在日本的見聞，兩個人都是比較健談的，湊在一起聊得還挺愉快。

聊了會兒天，藍衫又打了個電話給喬風，還是靜音，於是她發了一則簡訊給他。

老吳起身打開行李箱，裡面跟雜貨鋪一樣塞著不少東西，其中有一件是用包裝紙包好的，還打了蝴蝶結。他把這個禮品盒挑出來遞給藍衫，「也不知道妳喜歡什麼，就買了一點小玩意，希望妳能喜歡。」

「給、給我的？」藍衫有點驚訝。

他笑道，「當然是，快收下。」

藍衫雙手接過盒子，有些感動。她才跟喬風在一起沒幾天，人家父親大老遠從日本回來就特地買禮物給她，不管裡面是什麼，都可見他家人對她的誠意。

想到這裡，她燦然一笑，「謝謝叔叔！」

「客氣什麼。」老吳笑呵呵的，轉身要把行李箱拉上，然後他在行李箱裡發現了他「遺落」的鑰匙。他拎著鑰匙感嘆，「哎呀，老了、老了，真是老了。」

藍衫笑道，「我也老丟三落四，能找到就不算麻煩。」

老吳點點頭，這時他的手機響了，是他的大兒子吳文打給他的。老吳剛才已經跟吳文說了，讓他過來接老爸。

藍衫想請老吳吃飯，老吳擺擺手說下次吧，她只好幫老吳提行李，把他送到社區門口，這時吳文的車已經在外面等了。老吳坐上車後，搖下車窗笑著和藍衫告別。

藍衫站在外面揮了揮手，一直目送著車影消失。

吳文一邊開車一邊問他爸，「怎麼樣？」

老吳點點頭，「是個不錯的孩子。」

「所以嘛，我看人很準的，你放心，」吳文有些得意，接著又道，「不是我在說你，你也太心急了些，不等著我媽回來一起見她。」

「你弟都二十五歲了才第一次交女朋友，我好奇啊。」

「什麼第一次啊，你忘了他在美國交的那個了？」

老吳哼哼一笑，「那能叫女朋友嗎？」

「也對。」吳文點了點頭，想到喬風那奇葩的選女朋友方式，以及因此選出來的奇葩女友……臭小子用實際行動詮釋了什麼叫「不作死就不會死」。

於是吳文又問了，「那你幹嘛這麼急著走呢？怎麼不跟著他們蹭頓飯吃？」

老吳瞪他一眼，「我是那麼沒眼色的人嗎？本來就突然，又賴著不走，把女孩嚇壞了怎麼辦？」

「你就是怕我媽知道了罵你。」吳文一語道破真相。

老吳氣呼呼地哼了一聲，鼻孔朝天，很是不屑。吳文非要跟他爹較勁，他把車停在路邊，在家庭群組裡發了則微信。

吳文：『最新情況，我爸很有可能要跟著藍衫去吃飯。』

小喬：『呵呵。』

大吳：『老婆，我沒有！』

小喬：『等我回去。』

大吳：『嗯！』

吳文收起手機，看了他爸一眼，「爸，你真的非常非常有出息。」

「有你這樣跟老子說話的嗎？開車開車！」

吳文把他送回家時，老吳從行李箱裡翻了件禮物給他。雖然兒子總是讓他不痛快，不過好歹是兒子，又不是撿來的，總要帶點禮物意思意思。

吳文拆開包裝盒，奇怪道，「這什麼東西？壽司？有這麼大個的壽司嗎，這是肉夾饃吧……」

「這是壽司形狀的外接硬碟，你要的日本土特產。」老吳解釋。

吳文目光幽幽地看著他爹，不確定地問，「這裡頭是空的，對吧？」

老吳氣得直翻白眼，「不然你以為呢？想什麼呢？我是那麼不正經的人嗎？」

「那就好，」吳文把外接硬碟收好，「謝謝，你真是我親爹。」

喬風散會時打了個電話給藍衫，聽她解釋了上午的事。他太瞭解自己的老爸了，一聽就知道是怎麼回事，也就沒說什麼，只和藍衫約好了見面的地點。

在等藍衫時，喬風見到了蘇落。他想假裝沒看見她，轉過身去，沒想到她還是憑背影認出了他，走上前和他打招呼。

喬風只好和她寒暄了幾句。

蘇落總喜歡穿得仙氣縹緲，一副不食人間煙火的高雅出塵模樣。當然喬風這種審美畸形的人一般無法 get 到她的穿衣亮點。不過此刻她穿高跟鞋站在他身邊，一個玉樹臨風、一個亭亭玉立，很是惹眼。

喬風抬手看了看錶。

蘇落問道，「在等人？」

「嗯。」

「等藍衫？」

「嗯。」

她心裡有些不太妙的預感，小心問道，「你們……在一起了？」

喬風勾了勾嘴角，「是啊。」每次一提到女朋友他就心情很好，今天上午開會時不小心被同事們知道了他有女朋友，大家都來恭喜他，他就有一種走上人生巔峰的感覺了。

蘇落神色暗了一下，但這種暗淡轉瞬即逝，她又笑得明媚起來，玩笑道，「我記得你對女朋友的智商和學問挺挑的呀？」

喬風愣了愣，回想起藍衫那笨笨的樣子，他又笑，「我也沒辦法，就是喜歡她。」

他的笑容很好看，乾淨又明亮，讓人不禁想起怦然心動的少年時光。蘇落嘴角帶笑，內心泛苦，「我真沒想到你也有放棄原則的時候。」

「我反倒覺得我以前的原則是錯的，我不該用極其理智的方式去遴選感情，感情是沒有道理、無法控制的。」

蘇落突然問道，「那你以前對我有過感情嗎？」

他搖搖頭，「沒有，妳看，這就是問題所在。我當時用錯了方法，我不可能把錯誤的方法再用到藍衫身上，」他說到這裡，突然發現蘇落的臉色很難看，於是問道，「妳怎麼了？」

蘇落看著他，眼角突然泛起淚花，「你真的從來就沒有喜歡過我嗎？」

喬風認真回想了一下，他對蘇落確實從來沒有產生過對藍衫的那種情感，於是他果斷搖頭，「並沒有。」

蘇落氣得抬高聲音，「你就不能說謊騙我一下嗎？」

喬風很奇怪，「我為什麼要說謊？」

這個人、這個人，長得帥、智商高、情商低，人傻錢又多。這樣的一個人她竟然錯過了……蘇落悔恨交加，與此同時心口又微微泛疼。她低下頭冷道，「你確實沒必要說謊。」

「對。」喬風點頭附和。

蘇落黯然神傷，「喬風，你能抱我一下嗎？」

「不能。」

「……」蘇落忍了忍，淚眼汪汪地看他，「就當是最後的告別吧。」

「我們已經告別過了。」

她的眼淚終於掉下來了，「就當作是讓我死心，行不行？」

喬風覺得很神奇，「妳沒死心嗎？太奇怪了，妳跟在我一起半年有四個月都在和宋子誠劈腿，妳怎麼可能沒死心呢……」

他只是在道出自己的疑問，聽在蘇落耳朵裡卻更像是嘲諷。她紅著臉搖搖頭，「感情的事情誰說得清呢。」

「也是。」喬風感同身受，他都說不清自己到底是怎麼喜歡上藍衫的。

「那……你能抱我一下嗎？」

喬風想了想，如果一個擁抱可以終結以後可能出現的麻煩，這樣看來還挺划算的。於是他答道，

「我需要先問一下藍衫。」

「為什麼？」

「她是我女朋友啊，與親屬以外的女人有親密舉止，我需要告訴她的。」他可是一個把《好男人手冊》倒背如流的男人。

蘇落咬了咬牙氣道，「你為什麼要那麼聽她的話？」

喬風奇怪地看她，「她是我女朋友，我不聽她的聽誰的？」

這樣的男人，這樣的男人她竟然錯過了！她根本不能錯過！

蘇落看到一抹身影在喬風的斜後方出現，她想也不想，一頭撞進喬風的懷裡，緊緊摟著他。

喬風身體一僵，沒料到蘇落為人竟然這樣不講理，他忍不住去推她肩膀，「行了吧？」

蘇落卻死死抱著他不鬆手，她的臉埋在他胸前，無聲地流淚。

這時，喬風身後突然出現一個涼涼的聲音，「喲，我來的不是時候？」

喬風心裡咯噔一聲，猛地推開蘇落，他轉過身快步走到藍衫身旁，「不是妳看到的那樣，妳聽我解釋……」

藍衫抬手制止了他，「先聽我解釋。」說著，她板著臉走到蘇落面前，後者擦了擦眼淚，看起來楚楚可憐。

「聽著，」藍衫清了清嗓子，指指身後的喬風，「這個男人是我的，妳要是再敢接近他，哼哼，」她說著，把蘇落上下打量一番，「妳這種身材的我一個能打七個！」

蘇落肩膀一抖，看了一眼喬風。

突然被藍衫宣示主權，喬風周身都被粉紅泡泡包圍了，他走上前攬一下她的肩膀，「別生氣了。」

藍衫黑著臉抖開他的手，然後橫了他一眼。

喬風笑得有些討好，又去拉她的手。

她甩開他，轉身走了。喬風連忙跟上，走在她身邊，不停地嘗試握她的手，一而再、再而三地被甩開，最後他厚起臉皮一把抓住她用力握住，她掙脫不開，只好作罷。

喬風柔聲說道，「藍衫，別生氣了，真的只是個誤會。」

「我知道，」藍衫冷哼，「就你那點情商，不夠玩腳踏兩條船的。」

嗯……這算是另一種形式的肯定吧？

「但是呢，」她話鋒一轉，「但是我看到自己的男朋友跟別的女人摟摟抱抱，我能不生氣嗎？」

「對不起。」

「今天有個蘇落，明天還有張落、王落，外面那麼多女色狼，最喜歡你這樣又傻又帥的小白臉了，我說你以後能不能長點心唔——」剩下的話都被他堵上了。

喬風怕她惱，不敢親太久，貼了一下就分開。他舔了舔嘴角笑道，「我就認妳這一隻女色狼。」

藍衫用指尖擦了擦嘴唇，怒，「到底誰是色狼啊！」

喬風握著她的手，認真看著她，「我保證，以後不會出現這樣的情況了，以後我會加強對女人的防範意識。嗯，我的格鬥術不是白練的。」

藍衫眨眨眼睛，「你練過格鬥術？」難怪跟宋子誠打架的時候那麼強悍。

「練過一些，防身而已。」

「哇、好棒，哪裡學的？」

「跟我爺爺的一個下屬學的。」

「你爺爺還有下屬？他是村長嗎？嘻嘻嘻……」藍衫突然停住，「你故意岔開話題？今天這件事還沒完呢！」

喬風連忙舉雙手投降，「好了、好了，我真的錯了，妳讓我做什麼都可以。」

藍衫唇角彎彎，「那你回去戴貓耳朵給我看！」

喬風點頭，「好，」他突然笑了，一臉期待地問，「戴了貓耳朵是不是就可以申請去妳家留宿了？」

藍衫用兩根食指不停戳他，「想得美想得美想得美！」

喬風被戳到癢癢肉，笑個不停，兩人打打鬧鬧地漸漸走遠。

第七十章

老吳給藍衫的禮物是一套 Hello Kitty 的電子產品，包括一個小巧的音響、一副耳機以及一個帶卡通鑰匙圈的隨身碟，造型都是那隻小貓咪。這些東西做得都很可愛，用日本話說就是卡哇伊，藍衫很喜歡。

當老爸的在走之前把給喬風買的東西也順手放下了，於是喬風回到家時，就看到了一臺專門做章魚小丸子的小鍋。千里迢迢從日本背一臺鍋回來，這就是父愛啊……

晚上，喬風用這臺鍋做了章魚小丸子給藍衫，第一次做就大獲成功，他一共做了六個，藍衫吃了五個，吃完之後讚道，「我現在不得不承認，你確實是個天才。」

對於這種不算誇獎的誇獎，喬風欣然接受，「那是自然。」

藍衫看看擺在餐桌上的盤子，笑問，「你怎麼不和我分菜吃了？不嫌棄我有口水了？」

喬風扭開臉不看她，小聲答道，「又不是沒吃過妳的口水。」

藍衫突然想起兩人親親時他恨不得把人生吞活剝的樣子，也有些尷尬，埋頭光顧吃飯了。

晚上分開時，喬風自然又纏著她親吻。這些天他接吻的技巧以火箭的速度在進步著，藍衫對此感受深刻。想當初他以霸道總裁的姿態把她按在牆上強吻，也不過是輕輕貼一下就分開，現在他已經可以含著她的舌尖吸吮了。

那感覺真是……藍衫就覺得他像個妖怪，把她的精氣都給吸走了，導致她站都站不穩。

作為一個二十多年沒開過葷的老處男，喬風的反應有點敏感，稍微激烈一些的纏綿就能導致他的身體產生神奇的變化。藍衫感覺到他又用那裡頂她，她「囧囧有神」地一把推開他。

喬風又纏上來，吐著炙熱的呼吸低聲喚她，「藍衫……」

藍衫怕自己把持不住，趕緊落荒而逃。

接下來藍衫過了幾天豬一般的生活，與豬不同的是，她除了吃和睡，還會思考一下人生。她發現有些事情是不能細想的，愈想愈迷茫，以至於她現在突然就不知道該幹點什麼了。

從小到大，她也沒什麼大的志向，一直就是這樣隨波逐流地過來，別人讀書她也讀書，別人玩她也玩，因為資質有限，成績一直不上不下，又因為智商不夠用，所以很少去想理想啊、人生啊、意義啊這類東西。在這之前，她最迷茫的時候是大學剛畢業那陣子，不知道何去何從。身處於熱鬧至喧囂的大都會，因一無所有而自覺渺小無比，又因為習慣和留戀這裡的紅塵繁華，不願回家鄉過安穩枯燥的日子。後來她聽從內心的選擇，留了下來，度過了一段人生的低潮期，也就慢慢找到了狀態，不上不下地混著。

在她沒辭職之前，她的收入應該是比上不足、比下有餘的水準，以前高中同學裡成績比她好的人，好多人都沒她賺得多呢，所以她還算是知足的。

但是現在，按照喬風的理論，剝去金錢這層外衣，她內心真正渴求的是什麼？

她突然惶惑了。

藍衫這些天有點鑽牛角尖，非要把某些看似虛無又神祕的問題搞清楚不可。她不找工作，整天跑到喬風那裡蹭吃、蹭喝，不事生產。

有時候她也會覺得自己挺無恥的，自我檢討完畢，她通常會更加無恥地想，他是我男朋友，我不蹭他蹭誰呢，哼哼哼……

喬風對此樂見其成，把女朋友養得胖胖噠、美美噠，已經超越「探索宇宙規律」這一個內容，成為他現階段的主要生活重點。

這樣平靜的生活被一通來自兩千公里以外的電話打斷。

電話那頭的喬媽媽語氣興奮，「喬風，我這週末到北京，你來接我吧。」

「好，不然我把藍衫一起帶去？」

「好啊好啊！」就等你這句話了。喬媽媽很高興，語調輕快，「兒子，你真是媽媽的貼心小棉襖。」

喬風黑線，「那是形容女兒的話。」

「好了、好了，以後不會說啦。」

「這句話妳已經說過很多次了。」

「放心吧，這次是真的，我家喬風都是有女朋友的人啦！」

聽著自己親媽像哄小孩似的哄他，喬風感覺有點挫敗。

藍衫得知喬風希望帶她去接他媽媽，欣然應允。反正她已經見過他爸爸了，感覺喬風的家人都挺不錯的。

不過這個計畫最後還是被打亂了。下午，藍衫接到一通來自她爸爸的電話，為了不讓爸媽擔心，藍衫並沒有讓他們知道她已經沒工作了，昨天和媽媽通電話時，她還裝作很忙碌的樣子。

「藍衫，你媽媽後天動手術，妳能不能請兩天假，回來陪陪她？」藍爸爸說道。

藍衫像是突然被重錘砸到，腦袋「嗡」的一下懵了。她語氣遲緩，「做什麼手術？媽怎麼了？」

「子宮肌瘤，不過妳不用太擔心，是良性的。」

能不擔心嗎！藍衫問道，「我媽現在怎麼樣了？什麼時候查出來的？怎麼不和我說呢！」

「妳放心，現在沒什麼問題，那個纖維瘤是良性的，查出來很及時，也不大，醫生已經安排了手術。妳媽媽怕耽誤妳工作，不讓我和妳說，但我看她挺想妳的，所以背著她問問妳，妳要是工作不忙的話——」

「不忙，我沒工作！我早辭職了，怕你們擔心就沒說，」藍衫說著說著有點哽咽，「爸、我明天就回去，不、我今天就回去！我馬上去訂票！」

「妳怎麼沒工作了？錢夠花嗎？」

「工作不好就辭了，錢夠啊，你又不是不知道你家女兒多能存錢。」

藍爸爸被她逗笑了，「這一點妳像我。」

藍衫又和她爸爸聊了一會兒，問了媽媽病情的詳細情況。她聽得不是很懂，不過聽說醫生說問題不算大，她也就稍稍放心了。

掛了電話，她看到喬風正一臉擔憂地看著她。

藍衫把家裡的情況簡單解釋了一下，然後說道，「我要訂今晚的機票回去。」

「我陪妳吧？」

「不用，」她搖搖頭，「你媽媽也要回來了，都好久沒見到你了，我不光不去機場迎接她，還把她兒子打包帶走了，多不好呀。」

「那妳先回去，等過些天我再過去看妳……和妳媽媽。」

藍衫嘆口氣，「嗯，再說吧。」

她答得有些敷衍，喬風的目光暗了一下，隨即想到她正在心煩意亂，他忙又說道，「我現在幫妳訂機票，妳快回去收拾行李吧。」

「好，訂最快的那一班。」藍衫說著，湊過去親了他一下，不等他回應，起身跑回家收拾東西了。

這一天，兩人的晚餐是在機場吃的。事情來得突然，他們匆匆忙忙的，像行軍一樣。喬風來不及收拾心情，就要面對和戀人的分別，其中的鬱悶和酸澀自不用提。

登機前，他和她擁抱分別，他摟著她不想放手。

藍衫安慰他，「好了、好了，又不是不見了，你別像個小女孩似的。」

喬風突然問道，「妳是不是還沒和妳爸媽說過我們的事？」

「嗯，這次回去就說。」她從他懷中脫身，拉著行李箱急匆匆地走了，一邊走一邊朝他揮手。

喬風的目光依依不捨地追著她的身影，直至消失。他捨不得走，在機場逗留了一會兒，又跑到航廈外看飛機起飛，直到她的飛機飛走了，他才離開。

他的女朋友走了，腳步匆匆，帶著她的迷茫和擔憂。他感到不捨，為她的家人感到擔心，除此之外，在他的內心深處，一個微小又重要的角落裡，突然升起一種淡淡的、無法言說的隱憂。

第七十一章

飛機在天上飛了一個半小時，從北京到杭州，從黃昏到黑夜。

雖然藍衫上飛機前叮囑半天，不用來接她，但是晚上八點多她下飛機時，還是看到了等在外面的父親。

藍天本來有車，不過隨著年紀增長，現在也不常開了，尤其現在是晚上，又是來接女兒，他更捨不得有半分閃失，兩人叫車回家。

商萍萍是藍衫的媽媽，得知女兒今晚回來，她很興奮，站在窗前看到那父女倆下車時，她忍不住推開窗和女兒打招呼。

雖然是夏天，不過杭州的白天和夜晚溫差很大，今晚又有風。藍天仰頭看到妻子，急道，「妳怎麼不披件衣服！」

父女倆很快上了樓，他們家住三樓，房子是三房兩廳兩衛浴，很寬敞——二、三線城市的土地都不貴，蓋房子時喜歡寬敞通透的格局。

藍衫到家時，一顆心像是突然定下來，她坐在沙發上，長長地吁了口氣。

商萍萍坐在女兒身旁噓寒問暖，藍天走過去把窗戶關好，又拿了件衣服丟給商萍萍。

藍衫的家庭結構很簡單，爸爸是蒙古族，上過專業學校，退休前是牛奶工廠的生產經理。他以前的名字是蒙古語，後來蒙古少年愛上一個叫「白雲」的女孩，窮追不捨之下，乾脆把自己的名字也改成「藍天」，和女孩的名字配成一對。再後來女孩沒和他在一起，他娶了商萍萍。

商萍萍是幼稚園老師，現在也要退休了。她性子寬和平淡，藍天年輕時脾氣火爆，兩人一動一靜偶爾有些摩擦，商萍萍總是不動如山。慢慢的幾十年下來，摩擦漸少，默契漸多。

藍衫也不知道自己的父母到底有沒有愛情，但是他們之間那種穿透歲月的廝守，好像比愛情更加厚重和踏實一些。

母親明天要動手術，藍衫勸著他們早點睡了，她回到自己房間，趴在窗前看城市的夜景。

在中國，幾乎每一個城市都像是雨後的竹筍，以肉眼可辨的速度急切地生長變化著。它們日新月異，一層層地剝換外衣，一點點模糊彼此之間的差異。在外漂泊的遊子歸來時，往往沒有了「近鄉情更怯」的感慨，而更多的是在陌生的面貌中尋找殘留在記憶中的那一點點熟悉感。

藍衫望著窗外的天空，她記得，小時候無論在城市的哪個角落裡，只要夜晚晴朗，抬頭時總能看到滿天燦爛如珠的星斗。現在在市區裡看天空時，星星也開始蒙上霧氣了。

她扶著下巴在窗前發呆，外面無論是五彩華燈還是暗淡的星光都映入她的眼睛裡，心裡沉甸甸地落在了實處，可與此同時又空蕩蕩的有些惆悵，就好像不經意間把一縷魂識留在了遠方。

手機就是在這個時候響起，藍衫低頭看一眼來電顯示，是喬風，她忽然莞爾一笑。

喬風在藍衫剛下飛機時已經收到了她落地的簡訊，他知道她要先和爸媽團聚，因此忍啊忍，終於忍到現在才打電話給她。

幾個小時不見，就憋了一肚子的思念要和她說，可是真的拿起電話，才發現舌頭突然變得很遲鈍，翻來覆去說的都是些不鹹不淡的絮語。

藍衫不急不慢地回應他，聲音不大，像極了夜色下情人的呢喃，喬風心口一熱，突然叫她，「藍衫。」

「嗯。」

「我想妳了。」

四個小時的分別，四百多公里的距離，這些數字化成實質，有如碎石塊般堆在他心頭，擠壓著他心房中的思念。

藍衫嘆了口氣，心中酸酸漲漲的難受，「我也想你啊。」

商萍萍的手術進行得很順利。

藍衫這些天在病床前照顧她，病友和醫生、護士們都記住了這位孝順又漂亮的女孩，紛紛讚嘆商萍萍真是好福氣。

即使知道是恭維，這些話也會使一個媽媽倍感高興。

這些天女兒經常接到電話，商萍萍看在眼裡，知道多半是來自朋友的問候。不過，有時候她的女兒接電話時會流露出一種抑制不住的笑意。藍衫因為怕打擾到病人，總是去病房外接電話，因此她和喬風之間的通話內容商萍萍並不知道，不過嘛，誰叫她是她親媽呢。

所以商萍萍單刀直入地問藍衫，「有男朋友了？」

藍衫怔一下，隨即臉紅紅的，低著頭，輕輕點了點頭。

商萍萍有些好笑，摸摸她的頭，「妳害羞什麼？又不是沒談過戀愛。」

這個不一樣嘛。跟喬風在一起之後，藍衫迅速找回了自己那點身為女人的矜持和羞澀。她一直沒跟她媽說就是不好意思開口，等著媽媽自己發現。

商萍萍看到自家女兒一提及他就變成一個小女孩，也就知道藍衫這次大概是動真感情了。在商萍萍的眼中，這個女兒的性情其實不太像藍天，藍天是性情中人，當年對白雲用情很深，可是他的女兒對感情總是遲鈍一些，談戀愛時也是三心二意的。

現在看來，可能真的是沒遇到對的那個人吧。

商萍萍對藍衫的男朋友有些好奇，也存著些幫她把關的心思，因此總是忍不住追問她關於喬風的情況。

很快商萍萍清楚知道了，還看到了他的照片。高知識家庭、名校畢業，陽光俊美、謙和溫潤，工作清高，據說還是個電腦高手，而且身價不菲。

知道了這些，商萍萍難免添了一些憂慮，這男孩的條件比藍衫好太多，而且還比她小三歲……往長遠去想，如果兩人結婚了，占便宜的是藍衫，吃虧的也是藍衫。

看著自己的寶貝女兒沉浸在愛情的甜蜜裡，商萍萍沒有急著把這些想法說出來，一切還是等看到人再說吧。

她有更加現實的問題要問藍衫，「妳打算什麼時候回北京？回去之後要做什麼呢？」

藍衫愣了愣，沒有回答。

之後的幾天，她就變得有些沉默了。

大概是因為自己所有的情緒都投放在了藍衫身上，所以喬風很快感覺到藍衫的變化。那變化是無形的，像是在她和他之間蒙了一層透明的膜。

他們的通話次數並沒有減少，但喬風就是真真切切地感覺到那層膜在阻隔他訴說衷腸。

個中因由其實是顯而易見的，因為曾經的藍衫不只一次在喬風面前表達過對家鄉的思念。

那時候她還問過他，如果她留在老家不回來了，他會不會想她。

他怎麼可能不想她呢？他們現在分別十幾天，他已經想得快要肝膽俱碎了。好幾次，他都衝動地買好了機票，想著什麼都不管，直接飛過去找她。

但是到最後，依然沒成行。

原因和一開始就沒有厚著臉皮跟過去是一樣的，他其實也賭了一口氣，想看看藍衫到底願不願意主動接納他去她的家鄉，願不願意在她的父母面前隆重地介紹他。

這意味著一種深刻、比相戀更加鄭重的認可和接納。

但是她沒有，喬風前兩天主動提出去看望她的媽媽，被她拒絕了。

夜裡，喬風睡不著覺，在客廳裡遊蕩。他翻到了一隻電動老鼠，那是藍衫留下來的。

他遙控著電動老鼠，把它開得滿屋亂爬，薛丁格嚇得倉皇逃竄，一如當初藍衫的惡作劇，不過今天沒有她在旁邊扮演好人。

這樣慘無人道的活動持續了兩個小時，最後，喬風把遙控器一扔，去了書房。

凌晨六點二十分，一架從北京開往杭州的飛機馱著朝陽緩緩起飛。

它載著一個被思念和惶恐脅迫的男人，去遠方尋找他的戀人。

第七十二章

藍衫吃早飯時接到喬風的電話，他自稱已經到了白塔機場。

她拍了兩下額頭，確定自己沒有在做夢，接著擱下筷子就往外跑，藍天和商萍萍都嚇一跳，問她要去幹嘛。

「接個人！」她的聲音從門縫裡甩進來。

老倆口面面相覷，都猜到一些。

然而過了沒一會兒，寶貝女兒又回來了，她沒帶錢……

帶上錢包，藍衫叫車去了機場，在那裡果然看到了喬風。

他瘦了一圈，臉色也很憔悴，眼下還有些發青。

藍衫看著有些心疼，問道，「昨晚沒睡好？」

「沒有，」他搖搖頭，「我昨晚沒睡。」

藍衫摸了摸他的臉，「你怎麼了？出什麼事了？」

他看著她，眸色平靜，眉宇間疲態顯露。他說道，「這就要問妳了。」

藍衫沒有說話，而是低下了頭，這表明她多少有些心虛。

喬風並不揭破，兩人一同攔了輛計程車，司機問他們去哪裡，藍衫張了張嘴，不知道該如何回答。

「去ＸＸ飯店，」喬風答道，說著看了藍衫一眼，「妳放心，我不會讓妳為難的。」

她再次低下頭。

汽車平穩地行駛在公路上，太陽已經升起來，金色的陽光透過玻璃灑在他們身上，曬得人皮膚暖暖的。兩人一路上沒再說話，到了飯店時，藍衫把他送了進去。

「不然你先休息一下？」她看著他烏青的眼圈，建議道。

喬風抱胸立在床畔，定定看她，「藍衫，我們談一談。」

「嗯。」她點了點頭。

喬風嘆了口氣，幽幽說道，「藍衫，妳知不知道，我愛妳。」

藍衫沒料到他會告白如斯，她眼眶發紅，咬著唇，「喬風——」

「我聽我媽媽說，『喜歡』就是每天都想看到那個人，而『愛』，就是會認真思考和那人的未來。藍衫，我不只喜歡妳，我還愛妳，我有認真想過我和妳未來。但是，我很好奇，」他頓了頓，直視她，眸子雖平靜，卻有些淡淡的涼意，像是手術刀的刀刃要劃開她的皮膚，看進她的骨肉。他問道，「藍衫，妳的未來裡有我嗎？」

在這樣一個清新又燦爛的早晨，他如此直接又直白地問出了她一直在逃避的問題。

藍衫是一個很矛盾的人。她在工作時往往雷厲風行，但是面對人生選擇時，卻又總是畏縮不前，不去想、不去面對，潛意識裡希望那個問題快快自動消失。

喬風也是矛盾的。他是一個溫吞的人，有時候甚至動作慢得不像個男人，可對於某些根本問題他總喜歡單刀直入，用最簡單粗暴的方式把它們陳列在前，一一瓦解。

此刻面對他的質問，藍衫知道自己終於避無可避，她也嘆氣說道，「其實我當初留在北京也沒打算一直待下去，畢竟我爸媽只有我一個孩子，他們年紀又大了，我……我總要待在爸媽身邊啊。」

喬風握緊拳頭追問，「那現在呢？現在妳打算怎麼辦？」

「我不知道，」藍衫神色暗了暗，有點委屈地看著他，「你覺得我不愛你，可是如果我不愛你，我早就痛痛快快地和你提分手了，為什麼要拖到現在？」

聽到「分手」兩個字的時候，喬風的心臟突然生疼，像是被雕刻刀狠狠剜了一下。他猛地上前，抓著她的肩膀，「我不會和妳分手！」

藍衫嚇了一跳，「你你你你別激動，我也沒說和你分啊！」

喬風一把將她拉入懷中緊緊摟著，他力道太大，藍衫的骨頭都有點疼了。他把頭埋在她白皙的頸間，嗅她身上淡淡的體香，他著了魔一樣地吸氣又呼氣，死摟著她不放，藍衫只好回抱他，輕輕拍他的後背一邊安慰他，「好了、好了，真的不會分手的，我也捨不得你啊……」

「那麼妳打算怎麼辦？」他緊追著不放，非要一個明確的答案，才能心裡踏實。

藍衫卻給不出這樣的答案。愛情就是這樣，愛的時候不管不顧，真要廝守了，守的全是現實問題。藍衫之前當了鴕鳥，總不願意去想這類問題，可是他今天突然地出現、突然地質問，又把所有問題拋了出來，由不得她不面對。

她只好說道，「你給我兩天時間好不好？」

喬風也知道逼太緊沒用，很有可能適得其反，他鬆開她，低頭親吻她的唇角，「好。」

兩人又擁在一起說了會兒話，亂糟糟的心情總算平復下來，喬風得到了藍衫「不會分手」的保證也終於放下心。她走之後，他洗了澡，睡了個好覺。

藍衫回家時，商萍萍問她來的人是誰，藍衫笑笑沒回答，但是商萍萍夫婦都已經猜出來了。不過他們猜的是這一對小情侶鬧彆扭了，喬風大概是追來求和好的，否則也不會那麼突然。

在做出最終決定之前，藍衫不打算讓喬風見她的父母。晚上，她旁敲側擊地問了爸媽對於北京的看法，得到的答案是適合旅遊度假，不過不適合常住，理由是人口擁擠和交通汙染。

藍衫心想，她也不能為了一己私欲讓老爸老媽拋棄生活了幾十年的地方，去和首都人民搶空氣。

第二天傍晚，藍衫還沒思考出結果時，她突然在自家窗外發現了喬風。

他站在樓下，正仰頭看，像是在尋找正確的方位。外頭天氣陰沉沉的，藍衫推開窗時，一股強風灌進來，吹得她的臉幾乎變了形。她朝喬風喊道，「你在幹嘛？」

風太大，她說的話被捲走了，他沒有聽到，但他很快發現了她。

這時，雨點突然劈哩啪啦地打下來，很快形成瓢潑之勢，藍衫朝喬風招手，「下雨了，別傻站著！」下著雨，話語就更聽不清楚了，喬風站在原處，隔著雨簾看藍衫，呆立不動。

「這傻子！」藍衫嘆一聲，拿著雨傘出門下樓了。

她看到喬風，連忙拉著他往回走。喬風反握著她的手，解釋道，「抱歉，我只是突然想通了一些事情，所以來找妳，我不知道這麼快就下雨了，也不是有意在這樣的情況下進入妳家……」至少該帶點禮物來的。

藍衫不聽他絮叨，走進樓道時收了雨傘，拉著他回家。

藍天和商萍萍已經被驚動了，看到女兒領著個落湯雞回來，夫婦倆哭笑不得。誰說一代不如一代了，年輕人們簡直一代比一代能折騰。藍天拿了自己乾淨的衣服讓喬風先去洗了個熱水澡，然後幫他弄了點紅糖生薑水驅寒。

喬風洗完澡出來時，捧過未來岳父大人親自遞來的紅糖生薑水，激動得連聲道謝。商萍萍偷偷觀察，發現這個年輕人很是謙和有禮。

和喬風客氣地寒暄幾句，藍天和商萍萍退回臥室，留兩個孩子在客廳交談。

喬風捧著熱熱的紅糖生薑水，一邊吹一邊喝，把紅糖生薑水喝出了參湯般的享受。藍衫捅了一下他的手臂，「你到底在發什麼瘋？」

喬風放下紅糖生薑水，認真看著她，「我說我想通了。」

「想通什麼了？」

「藍衫，我捨不得妳為難。」

雖然還是不明白他的意思，但這類似於情話的話語讓藍衫覺得心頭甜滋滋的。她笑了笑問，「你到底想通什麼了？你的波函數能縮了？」

「不是這個，」他搖搖頭，「首先我要聲明，我是不會接受遠距離戀愛的。如果我們想在一起，不是妳留在北京，不然就是我留在杭州，沒有第三個選擇。既然妳留在北京讓妳為難，那麼我留下來好了。」

藍衫嚇了一跳，「你瘋了？」

「我沒瘋，我認真考慮過了。杭州也有大學，我在這裡一樣可以做學術研究。北京和杭州相距不遠，飛機也只有一個半小時的航程，我們可以經常回去看望我爸媽，也可以和他們視訊通話，科技能縮短人的距離。」他看著她，眼睛一派澄明乾淨。

他說得這樣雲淡風輕，藍衫卻覺得鼻子酸酸的，眼眶發澀，她搖搖頭，「不行，這裡的大學和B大差太遠了，我不能因為我就毀你前程。」

「我的前程在我自己手裡，與在哪所大學工作關係不大。現在互聯網這麼發達，我隨時隨地都可以做我的學術。」

藍衫還是搖頭，「不行，你當我傻嗎？而且說實話，北京總是比杭州好的，你都在那裡待慣了，我怎麼能讓你背井離鄉呢？」

喬風突然笑了，他扶著她的頭，兩人額抵著額，他望進她的眼睛裡。

然後他笑道，「那怎麼辦呢？我就是愛妳，我捨不得妳難過。我願意追隨著妳，不管遇到什麼問題，所有的問題都要為妳讓路。」

藍衫張了張嘴，淚花終於還是滾了出來，她哽咽道，「你怎麼這麼傻呀？我就從來沒看過你這麼傻的！」

他用手指幫她輕緩地拭著眼淚答道，「我不傻，我是個天才。」

藍衫咬著嘴唇，眼淚嘩啦啦地流，她的眼前被水汽蒙住，模糊一片。喬風一邊幫她擦眼淚一邊說道，「我覺得妳應該是因為感動而哭的，但是看到妳掉眼淚我還是難受，藍衫，不要哭了……」

「咳，」不遠處一聲輕咳打斷了他們。藍天歉意地看著回過頭的兩人，他說道，「不好意思，我因為有些擔心，所以聽了一部分你們的談話，」說著，他朝藍衫招招手，「衫衫，妳來，我和妳媽有話對妳說。」

藍衫跟著爸爸去了他們的臥室，喬風便坐在沙發上，又捧起紅糖生薑水來喝。

商萍萍看到女兒哭得眼睛紅紅地走進來坐在她身邊，她拉著藍衫的手笑道，「我和妳爸全都聽到了。其實一開始我挺擔心的，但是剛才聽了那些話，我相信他是真的把妳放在心上的，所以妳一定不要錯過他。」

藍衫點了點頭。

商萍萍又道，「但是衫衫，我和妳爸都不同意妳的一些想法。」

藍衫意外地看著爸媽，「什麼？」

藍天解釋道，「當年我在外上學，後來工作也在外，妳知道妳爺爺怎麼說的嗎？他說，『小鷹長大了，就應該飛向自己渴望的地方，我怎可能把他困在身邊呢』。現在，爸爸把這話送給妳。衫衫，妳長大了，就該去自己想去的地方。」

商萍萍說道，「我起初還以為妳在和喬風鬧彆扭生氣，早知道是因為這件事，我早該和妳說的。衫衫啊，我和妳爸當然不反對妳留在杭州，但前提這是妳根據妳自己內心渴求所做出的選擇，而並非困於孝道的牽絆。我們愛妳，因為愛妳，所以不會束縛妳，妳該飛向你想去的地方。」

藍衫聽到父母的剖白，剛止住的淚水又落下來了，「可是我走了誰來照顧你們？」

「傻孩子，」商萍萍搖頭，「我們可以照顧自己，等到有一天照顧不動了，當然還是要妳來照顧。不過誰知道那一天會是什麼時候呢？我怎麼可能因為這種可能性把妳留在身邊？」

「可是……」

藍天擺手打斷她，「沒有可是了，兩個城市的飛機距離也只有一個半小時，妳想我們的話就常回來看看，還可以視訊通話。嗯，我和妳媽今年準備買臺電腦，到時候妳教我們就好啦。」

藍衫還想說話，商萍萍說道，「如果因為我們的存在而使妳做出並非出自本心的選擇，我們都不會快樂的。」

藍衫低頭抹眼淚。她活了二十八年，從沒像今天這樣覺得自己擁有得如此之多。

第七十三章

喬風把藍天給他倒的紅糖生薑水都喝光了，之後藍氏一家人留他用了晚餐，再後來雨停了，他便告辭回了飯店。

藍衫把他送到樓下時，和他解釋了一下父母的決定，喬風將她摟在懷裡，小聲安慰她。

過了兩天，喬風提著禮物又登門拜訪。藍衫幫她爸在廚房做飯，其實父女倆的廚藝都不怎麼樣，但是媽媽動了手術，不能讓她動手。

藍天打電話叫了幾個外送菜，自己打算弄幾個簡單點的以示誠意，後來喬風忍不住鑽進廚房幫他，結果技驚四座。

說實話，一開始藍天並不看好喬風。這個小夥子長得太白嫩，一點也不壯，這樣的漢子怎麼能算漢子呢。不過現在……好吧，其實男人也可以走賢良路線的……

吃過午飯，喬風要告辭時，商萍萍把藍衫打發出去，讓她陪著喬風到處逛逛。

這之後幾乎每天，藍衫都會被爸媽趕出去陪喬風玩耍。

杭州的自然景點主要是山和草原，人文景點是博物館和某些古蹟。藍衫帶著喬風逛人文景點時，他有時會拉著她的手跟她解釋一些連她這個本地人都不知道的冷門知識，解釋完看到藍衫亮晶晶的眼睛，他會笑著湊過臉來討要獎勵，這個時候藍衫就會親一下他的臉，旁若無人地秀恩愛。

什麼是知識改變命運，這就是。

這天兩人玩夠了回來時，藍衫跟著喬風去了他的飯店。她不只跟到了大堂，還隨著他上了樓。

喬風心口狂跳，基於他一直以來對某件事情狂熱的期待，他不停地想，藍衫是打算把他怎樣了呢……

就這麼胡思亂想地走到門口，藍衫停住腳步，笑嘻嘻地看著他。

喬風便傻傻地和她對視，臉憋得通紅。

藍衫指指門，「你怎麼不開門呢？」

「啊？哦。」他掏出房卡低頭刷，剛刷開，發現門口的地毯鼓起來一塊，像個小小山包。

藍衫驚訝地捣嘴，「咦，這是什麼呀？」演技略有些浮誇。

喬風便蹲下來查看。他從地毯下翻出一個包裝精美的盒子，黑色的包裝紙，金色的蝴蝶結。因為在地毯裡埋著，蝴蝶結被地毯壓得有些扁，不過還是很漂亮。

喬風拿著盒子，訝異地看她。

藍衫眨眨眼睛，「打開看看唄？」

喬風便拆開包裝，看到裡面是一個黑色的LV錢包。他打開錢包，首先映入眼簾的是一張照片，照片裡他和藍衫的頭挨在一起，對著鏡頭笑得燦爛如花。

他心口一熱，抬眼看著藍衫。

藍衫卻還在鼓勵他，「再看看。」

喬風於是又翻看錢包。錢包裡塞了好多紙幣，每一個紙幣都被摺成心形，這些大小不一、顏色各異的心形擠在一起，把錢包填得滿滿的。

喬風看著看著，無聲地笑，一邊笑一邊看她，眼睛亮晶晶的。

藍衫被他盯得有些不好意思，她撓了撓後腦勺，笑道，「我也不知道藏在哪裡好，所以就拜託了飯店放在這裡。怎麼樣，驚喜吧？」

「嗯。」他應了一聲，還盯著她看。

藍衫彎了彎唇角，「喬風，生日快樂。」

「謝謝。」

他捧著錢包，除了這一句道謝，也沒別的反應，就是那樣直勾勾地看著她，眼睛愈來愈亮。

藍衫抓著他的手腕看了看錶，「我們去吃晚飯吧？你想吃蛋糕還是長壽麵？」

喬風沒有回答。他反握住她的手，猛地往懷裡一帶，她就這樣冷不防撞進他的懷裡。高挺的鼻梁撞到他的胸口，差一點把她撞歪了。

藍衫哭笑不得，她仰頭看他，「你幹嘛唔——」

喬風低頭吻住了她。他有些激動，急切地索吻，舌頭很快撬開她的牙關，長驅直入。

藍衫被他扣著腰，被動地承受這個吻。她被他親得心臟亂跳，嘴唇發麻，氣息漸漸緊迫，最後她呼吸愈來愈困難，掙扎著推了他一把。

喬風便暫時鬆開她的嘴，手依然扣在她的腰上。

藍衫氣喘吁吁地說，「我還以為，你不喜歡，我的禮物。原來只是，反應比較慢……唔……」

他又吻住了她。這次一邊勾著她的舌頭嬉戲，一邊推開門把她拉進房間。他的力氣很大，藍衫幾乎是被他拖著進去的。她有些緊張，隱隱覺得好像有什麼事要到來了，可是她被他親得思緒凌亂，根本騰不出力氣來思考。

進屋之後，喬風把她按在門上一陣猛親。藍衫覺得自己簡直像一片樹葉要被狂風捲起來，身不由己。他把她親得手腳發軟之後，將她攔腰抱起，走向大床。

這個時候藍衫要是還不知道他想幹嘛，那就太傻了。她慌得手腳亂晃，「喬風，不要這樣……」

喬風將她放到床上。他欺身壓過來，手臂撐著身體，籠罩著她。

藍衫平躺在床上看著上方的男人，她一顆心幾乎要跳出來。她緊張得直抓床單，「喬風，別……」

他認真地看她的眼睛，那眼睛幽黑又熾熱，像是靜夜裡燃燒著兩簇火把。他說道，「藍衫，我愛妳。」

這三個字是最具殺傷力的情話，藍衫愣愣看著他，竟忘了害羞和緊張，「我、那個，我也愛你。」

「我能更深入地愛妳嗎？」

「啊？」

沒有拒絕，就是允許。喬風把這當做她矜持的默認，接著他不給她反駁的機會，迅速堵住她的嘴，發起攻勢。

藍衫被他親得迷迷糊糊的，當他的手伸進她的衣服裡摸索時，她終於明白何為「深入地愛」了……

兩人走到現在，對於某些事情，她也沒什麼可矯情的了，之所以拒絕，也多半是因為太過害羞，所以本能地迴避。現在，嗯、反正都到這個份上了……

於是藍衫不再推他，而是抱著他，手搭在他後背上輕輕摩挲。

這一舉動無疑大大鼓舞了喬風，他很快脫光了兩人的衣服，與她肌膚相親。身體的每一滴血液都沸騰起來，每一顆細胞都叫囂著要與她融合，他親吻著她的身體，雙手撫摸她，以一種教科書式的標準，做著充分的前戲。

但藍衫還是被他弄疼了。

「你走開！」她淚眼汪汪，抬腳就踹。

喬風及時抓住她的腳踝，避免自己的臉遭殃。他驚訝地看著她，像是不敢相信什麼，「妳、妳是第一次？」

「廢話！」藍衫答道，接著又有些氣，「你什麼意思？」

「我沒別的意思，我我我，我很高興……」他說著，又壓過來給了她一個愛意滿滿的吻，接著像是在安慰她，「我也是第一次。」

藍衫翻個白眼，「我知道！」

「嗯。」他手上的動作不停。

藍衫被他揉得直哼哼，她的臉蛋早已經通紅成晚霞一片，此刻別過臉去哼道，「所以你要表現好一些！」

「嗯！」他鄭重地點頭。

「不要弄疼我！」她再次發出警告。

「嗯！」

喬風又回憶了一下他的知識庫存。幸好那些製作學習資料的人都是業界良心，關於怎樣對待女人的第一次，注意事項都清清楚楚。

身為一個天才，他的學習能力和實踐能力都很強大，於是藍衫被他伺候得還算舒服。若說有什麼不太盡如人意的地方，那就是他的尺寸有些超標，導致她承受起來倍感困難。

幸好出力氣的是他……

一個回合下來，兩人都出了汗。藍衫把頭埋在枕頭下，不好意思看他，喬風戀戀不捨地纏著她，低頭一下一下親吻她漂亮優美的後背，他親得極其動情，親著親著，他又有精神了。

藍衫感受到了他的變化，抄著枕頭砸他，「走開，不要了。」

喬風躲開枕頭，接著撲過來，與她緊緊貼在一起。他用下巴輕輕蹭她的耳後，又使出撒嬌大法，「再愛我一次，好不好？」

藍衫心想，你就不能有點節操嗎！

最後藍衫依然無法拒絕他這掉節操的行為，果然又「愛」了他一次。

當然，賣力氣的還是他……

她被他折騰得不停低吟，嗓子都有點啞了。到後來，她背對著他趴在床上，頗有些嫌棄地抱怨，「有完沒完了你，這次怎麼這麼慢呀，剛才不是挺快的嗎……」

喬風紅著臉，悶不吭聲，埋頭苦幹，享受著他二十五年來從未嘗過的妙事。

等到終於雲住雨收，天就早完全黑下來了。藍衫的身體軟得像棉花，泥一樣癱在床上。

喬風剛才戰了個痛快，現在無論是肉體還是心靈都無比饜足。他把她摟進懷裡，低頭一下一下輕輕親吻她，親她的秀髮、後頸、肩頭……

藍衫怕他親著親著又來一遍，她趕緊說道，「喬風，我餓了。」

喬風愣了一下，接著悶笑，「真是餵不飽妳。」一邊說著，一邊把手繞到她胸前。

「喂喂喂！」

「好，妳放心，這次我一定會餵飽妳的。」

藍衫使出全身僅存的力氣，一腳把他踹下了床。

然後喬風就被她打發出去覓食了。

第七十四章

就像所有動物世界裡那些肩負獵食任務的雄性，喬風出門轉了一圈，幫他的雌性帶回了豐盛的晚餐。藍衫大吃一頓，總算恢復了一些力氣。

喬風的注意力完全沒在飯上，他雖也在吃，卻一直盯著她，紅光滿面，笑意盈盈，似乎根本不知道自己都吃下去了什麼。

藍衫被他盯得一陣不自在，黑著臉瞪他一眼。

喬風笑意更甚。

吃過晚飯，兩人一起洗了澡，喬風體諒她第一次辛苦，也只敢討些手頭上的便宜。他把她擦乾淨抱出來後，藍衫摸著衣服要往身上套。

喬風攔住她，柔聲道，「妳不要出去，想要什麼我都幫妳買。」

「我要回家。」藍衫答道。

才剛鴛鴦戲水，這就要分離了？喬風一陣不捨，摟著她的腰不准她動彈，低聲誘哄道，「別走了，今晚留下好不好？」

藍衫是不會留下的——一旦她夜不歸宿，她爸媽就全知道了……想到這裡，她特別特別羞澀。

她只好推開他，「不行，我不能在外面過夜。」

喬風知道拗不過她，只好親自把她送回家。

晚上睡前，喬風接二連三地收到了家人的生日祝福。一般生日祝福他們都是打電話的，但這次不知道為什麼，三個人齊刷刷地在微信裡轟炸他，希望他回覆一下近況。

好吧，重點不在於他，而在於他和藍衫。

喬風什麼都沒說，而是用「笑臉」刷了好久的訊息，刷到最後吳文都懷疑喬風是不是被盜帳號了，還試探著問弟弟要不要借錢。

結果喬媽媽很冷豔地回道：『哪個不怕死的敢盜他的號？』

喬風：『【笑臉】』

吳文：『也對。』

喬風：『【笑臉】』

大吳：『每次面對老大時我都有一種智商上的優越感。』

喬風：『【笑臉】』

小喬：『喬風你再這樣，我只能理解為藍衫已經把你的身體霸占了。』

這次喬風沒有刷了。

然後就輪到他們三個刷訊息了。

第二天藍衫要和爸爸一同陪著媽媽去醫院複診，因此沒有找喬風玩。沒有藍衫陪著，喬風也不想出門，自己無所事事地在飯店待著看論文。眼睛疲憊時，他就抬眼看看窗外，然後視線在房間裡掃一下。

最後他的目光總是停留在床上。被子被他刻意地打開，露出床單上一小片暗紅色的痕跡，那像是一個標記，紀錄著他對她的所有權，因此每每看到它，他總是心口發熱。

唔，又想她了啊……

客房部的人來敲門問是否可以打掃房間，喬風開門讓她進來了。那是一個小女孩，看樣子年紀不大，不過一點也不怕生，一邊打掃一邊跟喬風聊天。喬風得知這小女孩還是個高中生，趁著暑假來親戚開的飯店裡兼職賺點外快……她說個不停，其實他不是很有興趣知道。

純潔的小女孩看到床單上的痕跡時，話匣子一下關上了。她一臉震驚地看著他，像是看到了新世界的大門。

喬風尷尬無比，紅著臉背對著她，假裝看窗外的風景。

女孩飛速地打掃完畢，又飛速地撤退了。

喬風想藍衫想得胸悶，於是打算出門晃晃。他在電梯間遇到了剛才打掃客房的小女孩，她正背對著他，不知道打電話給誰，因為太過激動，她的語速很快，「姊！八〇二房間那個帥哥來大姨媽了！千真萬確，我親眼所見！這說明妳說的是對的，男人真的可以生小孩！」

喬風默默轉身去了樓梯間，由於那個不學無術的小女孩胡言亂語，他一邊走一邊忍不住腦補自己幫藍衫生小孩的畫面，根本停不下來。

其實，生小孩是一件極其辛苦的事情。想到藍衫可能會因此受到的苦，喬風竟然真的有點希望自己能為她分擔這種痛苦。

要是男人也可以為女人生小孩該多好啊……喬風默默地望天，他聽到了自己世界觀崩塌的聲音。

商萍萍術後恢復得很不錯，醫生說她已經可以正常活動，只是不能太劇烈地運動。複診後的第二天，夫妻二人決定回草原去找藍爺爺。

藍衫羞澀地告訴喬風，她爺爺得知她找了一個「可靠的男人」，希望見一見他，於是喬風趕緊跟上了。

輝騰錫勒草原位於杭州的東北方，曾經是大片的牧區，近些年政府劃地禁牧，有一些地方被開發成旅遊區。這個草原位於一片海拔兩千多公尺的高原之上，常年氣候多變，不過風光秀美，而且還有亞洲最大的風力發電機廠。

藍衫的爺爺巴特爾是這片草原上世代生長的牧民，老人膝下兩兒一女，除了大兒子外，小兒子和女兒都住在了城市裡。藍衫的伯伯現在也不是純粹的牧民，他在草原上經營著一家特色旅遊旅館，迎接著來自四面八方的遊客，這個副業超越放牧，成為了他主要的收入來源。

四個人一早出發，上午時就到了爺爺家。巴特爾老人高興地款待了他的親人和客人，並且用審視的目光認真考察了小孫女的男朋友。

結果——差強人意。

這個小夥子長得太白嫩，還不夠壯實，而且連酒都不能喝，吃肉的時候一小口、一小口地吃，像個娘娘腔似的，這樣的男人怎麼配得上他的孫女呢！

老人家不會插手孫女的決定，不過他是爽快人，心情都寫在臉上，不喜歡就是不喜歡。

喬風有一點點鬱悶。

下午時，藍衫帶著鬱悶的喬風出門騎馬。夏天的草原，陽光燦爛，藍天低闊，水草豐美。空氣清新得令人沉醉，吸一口氣，只覺肺部都像是被沖洗了一遍。遠處不知是哪裡傳來了馬頭琴響，悠揚低徊，深沉粗獷。

喬風聽著悅耳的曲子，吸著草原上的勁風，看著遠處天地銜接的那條直線，終於覺得胸中鬱悶散去了一些。他緊了緊懷中人的腰肢，用下巴輕輕摩娑她的肩頭。

藍衫放著馬兒緩慢散步，扭頭笑問，「你還怕不怕？」

「不怕。」

「那你還抱那麼緊？」

喬風笑而不答，擁得更緊了一些，胸膛緊緊貼著她的後背，幾乎不留一絲空隙。

藍衫只覺他的胸膛既寬闊又火熱，寬闊得使她沉迷，火熱得使她畏懼，她一夾馬肚子，帶著他在草原上飛奔起來。

兩人去了黃花溝，這裡也是附近一個著名景點了。

八月底，是這些小黃花們一年裡最後的絢爛時刻，它們拼盡了全力盛開，一眼望去有如嫩黃色的地毯鋪到了天邊。再往遠處，矗立著一座座白色的風力發電車，像是一隻隻寬闊的手掌，在向遊人們搖擺致敬。

「真美。」喬風說著，閉了眼不去看那景色。他撩開她的頭髮，輕輕親她耳後的肌膚。

「喂喂喂，」藍衫笑著躲他，「你能不能注意點，這裡是公眾場合，那邊還有人呢！」

他並沒有停下，一邊親著她，一邊理所當然地說，「如果不是在公眾場合，我一定不只做這些。」

「真是夠了，曾經那個純潔的小面瓜哪裡去了？」

喬風只抓到一個重點，「你還覺得我是面瓜？」

藍衫覺得他好像是在調戲她，於是她沒說話，狠狠地捏了一下他的腰。喬風低聲痛呼，接著又悶笑，不怕死地繼續撩撥她。

遠處一個男人策著馬奔過來，走近時，藍衫笑著看他，說道，「朝魯，好久不見哪！」

她的語氣像是在問候老熟人，喬風抬頭，看著來人。

那是個典型的蒙古青年，看年紀二十多歲，五官深邃，面目黝黑，肩背寬闊，長袍掩著肌肉，看起來身體很結實。他的眼睛像老鷹一樣犀利，看到藍衫時先是一喜，接著看向喬風，疑惑的眼神中帶著些敵意。

誰說只有女人有第六感，男人也有，至少看到此人第一眼，喬風就覺得他對藍衫好像有企圖。

年輕一代的蒙古人差不多都會說漢語，朝魯笑道，「藍衫，妳捨得回來啦？這個人是誰？怎麼連馬都不會騎？」

藍衫感覺到喬風故意收緊纏在她腰上的手，藉此來宣示占有權。她笑著扣了一下喬風的手背，對朝魯道，「這是喬風，我男朋友。」

朝魯不屑地撇了一下嘴，「藍衫，妳怎麼會找這樣的男人，弱得像個病黃羊。」

藍衫笑道，「我是小母狼，專吃病黃羊。」

喬風本來還在糾結自己要不要和朝魯吵架，聽到藍衫此話，他心情大好，忍不住低頭「吧唧」一下親了她的臉蛋。

朝魯像是被這兩個人不要臉的秀恩愛給傷到了，他說了聲自己還有事，就調轉馬頭走了。

藍衫和喬風玩了一會兒也回去了。他叫了她一路的「小母狼」，賊賊地撩她，問她什麼時候再吃一吃他這個病黃羊。直到最後，藍衫抄著他的手用力咬了一口，這才讓他老實一點。

晚上，巴特爾老爺子在外面架起篝火，好客的鄉親們都來聚餐喝酒。藍衫小時候在老家玩，朝魯也是她小時候的玩伴之一，也算是青梅竹馬吧。後來朝魯還向她告白過，她當然也沒答應，再後來學業壓力增大，來得就少了。

因此這裡的許多人都認識她，自然也知道了喬風和她是什麼關係。

觀念保守的老家人都認為喬風配不上藍衫，對此喬風感覺壓力好大。

晚上聚餐時，有人來勸酒，喬風有些動搖，他不怕丟人，可是真正沒面子的是藍衫，他不想因為自己讓藍衫沒面子……

藍衫果斷幫喬風攔住，不准他喝酒，這樣擋了幾次，還算太平。

直到朝魯發難。

第七十五章

一同聚餐的有幾個年輕後生，其中以朝魯為首。年輕人喝了酒之後閒不住，聚在一起摔跤切磋身手。朝魯身體壯實，重心很穩，無往不利，幾個小夥子都不是他的對手。

打敗了自己的夥伴，朝魯向著喬風勾手，笑得輕鬆又得意，一臉的挑釁。

喬風沒回應朝魯，而是看了身旁的藍衫一眼。

藍衫的臉色不太好，今晚朝魯先是嘲笑喬風不會喝酒，接著又想跟他摔跤，想盡辦法找麻煩生事，一點面子也不留給她。

這是她的家鄉，她一點也不希望自己的家鄉給喬風留下好鬥、不講情面的壞印象。

喬風偷眼看到藍衫臉色不好，只當她是在生他的氣。身為她的男人，他要有擔當，要表現出足夠的強大，這樣才有資格保護自己的女人……想到這裡，他端起藍衫面前的一碗馬奶酒，咕嘟咕嘟，一口氣乾掉。

藍衫沒提防他突然的舉動，驚訝地看著他。

喝完酒，喬風輕輕擦了一下嘴角，回望她。夜色下他的笑意淺淺，火光映著眸光，使他的瞳仁深處像是有火焰在跳動。

藍衫接過碗，不安地問道，「你幹嘛？沒事吧？」

喬風搖了搖頭。他靜靜等了幾分鐘，感覺酒氣漸漸要把他的戰鬥力挑起來了，於是他站起身，向朝魯走去。

藍衫終於知道他要做什麼了，她拽了一下他的手，「你小心一些，打不過也沒什麼，不要傷到自己。」

他低頭朝她笑了一下，點點頭。因為在壓抑自己的情緒，所以他笑得有那麼點扭曲的邪氣，藍衫看得心頭一抖。

喬風看著瘦，其實身體很健康，肌肉雖不像朝魯那樣發達，卻也是勻稱流暢，蘊含著力量。

摔跤和格鬥是兩種風格的搏擊，並沒有優劣之分，有的只是因地制宜，隨機應變。喬風剛才在一旁看著，他知道朝魯是怎麼摔跤的，但朝魯卻不瞭解喬風會怎麼出招，這樣一來喬風倒是占了上風。

正所謂「知己知彼，百戰不殆」，兩人自交手之後，一個不動如山，一個敏捷如豹，朝魯雖在力量上占了上風，卻也一直無法把喬風摔下去，喬風反應很快，以長博短，戰況一時膠著下來。

不只藍衫，幾乎所有人都看得甚為緊張。喬風在朝魯這裡支撐了很久，超過在場其他後生，單憑這一點，大家對他的看法已經有所改觀。男人嘛，還是要憑力量說話，喬風在此已經展現了他的力量。

藍衫看得激動不已，握著拳頭拚命鼓勁，著急喊道，「喬風，加油！喬風，加油！親愛的，幹掉他！」

本來喬風在卡著朝魯的腿和他僵持，聽到藍衫幫自己加油助威，他的能量條一瞬間就補回來了，力量突然增大。他側了個身避免硬碰硬，接著拉過朝魯的手臂，背對著他猛地一弓腰。

朝魯沒想到喬風敢跟他玩過肩摔，更沒想到的是，他竟然把他摔過去了……

他根本來不及防備，就這樣躺在了地上。

這個年輕人，竟然打敗了朝魯！周圍人一陣歡呼，瞬間，已經有幾個年輕人把喬風當做了新的偶像，一個小夥子端來一碗酒給他。

喬風看也不看，仰脖子乾掉。喝完之後，他低頭看一眼尚且有點迷茫的朝魯，然後扔開碗，大步朝藍衫走來。

藍衫捣著嘴巴，不敢相信地看著他。雖然她知道喬風喝酒之後就很會打架，可對手畢竟是朝魯，朝魯參加過摔跤比賽，拿過名次，總之很厲害的。沒想到喬風的武力值這麼強悍，竟然比朝魯還厲害。

由於心態的變化，藍衫現在看喬風，就覺得他特別特別高大，一身霸道總裁的氣場。她眼看著他走過來，坐回到她身邊。

看到藍衫一直是被雷劈到的表情，喬風微微皺了一下眉，「是妳讓我幹掉他的。」

藍衫知道他情緒煩躁，連忙出言安撫，「對啊、對啊，不過我沒想到你這麼帥！喬風你好帥呀！」一邊說著一邊捧臉，笑看著他。

喬風扭了一下臉，輕哼，「花癡！」

藍衫：「嘻嘻嘻……」

這時，又有人來跟喬風敬酒，大概是抱著破罐子破摔的心態，喬風來者不拒，誰敬都喝，不過愈喝臉色愈沉。幸好現在是晚上，火光不停地搖動，大家都很high，也沒人能準確地讀出他面部表情所傳達的情緒。

藍衫攔了幾次，沒能攔住他喝酒。

她爺爺臉上終於現出開懷的笑，滿意地看著喬風。

藍衫知道喬風的毛病，怕他喝出問題來，不等散席，連忙拽著他走了。

因為伯伯是經營特色旅館的，所以家裡有很多蒙古包。大部分蒙古包都是拆裝型的，其中有一個獨屬於藍衫的小帳篷，每年她回來時都會在特定的地基上組裝，走的時候再收起來。今年當然也不例外，組裝帳篷的時候喬風還幫了忙。

喬風住的帳篷也是今天組裝好的，與藍衫的小帳篷隔得不遠。藍衫本來想扶著他回他自己的窩休息，哪知走到半路，他腳步一拐，直朝著藍衫的帳篷走來。

「錯了、錯了。」藍衫一邊說著，一邊要把他往另一頭拉。

他卻是把目標鎖死了，腳步不停地往小帳篷走，力氣又大，藍衫根本拉不住他，反而被他拖著前行，直到鑽進了她的帳篷。

藍衫只當他喝多了犯糊塗，只好先讓他坐在床上，她轉身幫他倒了杯熱水。

喬風接過熱水，順手放在床前的小桌子上。他將右手的手肘置於桌上，手握成拳，撐在臉側，歪著腦袋打量她。

這個小蒙古包只有藍衫一個人住，其中空間並不大，帳篷外面以白色和藍色為主色調，到了內部，則主要為紅色。圓形的鋼架上圍了紅色的幕布，穹頂上的放射狀的鋼架也漆了紅色，像是一柄巨傘。傘頂中心垂下來一盞小小吊燈，紅色的紙燈罩包裹著四十瓦的白熾燈，散發著柔和的光芒，像是一枚發光的柳丁。

地毯是織著花紋的紅棕色地毯，上面放著簡單的傢俱，一張矮單人床、一張桌子、一個盆架，還有一些生活用品。

床單和被子是成套的，白色的底上面印滿了紅色的卡通小馬，煞是可愛。

這樣的一個房間，像極了洞房花燭夜。

想到這裡，喬風的心口一熱，全身的血液急速流動，他幾乎能聽到血管中澎湃的血液鼓動耳膜的聲音……

他眯了眯眼睛，沉黑的眸子流動著熱烈的光芒，定定看著她。

藍衫喝了酒，此刻在燈光的映照下，臉蛋紅紅的像桃花一樣豔麗。一雙水眸顧盼生輝，嫵媚動人，光是這樣遠遠地看著，已經讓人口乾舌燥。喬風的思緒飄得有些遠，想到前兩天兩人的旖旎纏綿，一陣血氣上湧。

藍衫眼珠在亂轉，像是有些不安。她虛握著拳掩了一下唇，「咳、那個……你到底有沒有喝醉啊？」

喬風撐著下巴看她，「妳說呢，小母狼？」

她又不自在地輕咳一聲，看看他的臉色，雖然不像剛才喝酒時那樣陰沉，但總歸也不太好看就是了。他的眉頭不自覺地擰著，想必很不舒服。

藍衫知道他在竭力忍著，她莫名地有點心疼他，「不然你先睡覺吧？估計睡到明天就能好了。」

「我睡不著，」他直勾勾地盯著她，「他也睡不著。」說著，左手指了指自己的腿間。

藍衫：「……」

有需要這樣沒節操的嗎！藍衫的臉紅成番茄，她撇過臉去，「別鬧了，外面那麼多人。」

他壓低聲音說道，「過來。」

不。她站在原地沒動。

喬風深吸一口氣，壓制住自己浮如海浪的情緒。他故意傷心道，「藍衫，我剛才被那個人打了，身上疼。」

「啊、哪裡疼？」藍衫聽到此話，十分擔心，連忙走過去。她知道朝魯的身手，和他過招難免會受傷。

唉，早知道應該阻止喬風的，一時勝負也說明不了什麼……

喬風的臉垮塌著，看起來十分委屈的樣子。見藍衫走過來，他小聲答道，「後背疼。」

藍衫讓他脫掉上衣，幫他查看後背，後背上沒有明顯傷口，她怕他傷到骨頭，摸了又摸按了又按，喬風趴在床上，臉埋在手臂間，隨著她的動作，他輕輕地吸氣呻吟：「嗯，你可以用力一點……再往下……」

藍衫尷尬地拍了一下他的腰，「你沒事！」

「藍衫，我腿疼。」

藍衫怕他真的受了傷，只好撩高他的褲腳查看，結實的小腿上確實青了一片。她不敢碰那塊瘀傷，問道，「還有哪裡疼？」

喬風忙道，「大腿也疼。」

藍衫只好脫掉他的褲子。喬風非常配合。

大腿上沒有傷，全身上下唯一的傷處是小腿上那塊瘀傷。藍衫思索著，等一下跟爺爺討點藥酒幫他擦一擦，這時，喬風又低聲哼哼，「藍衫，我屁股也疼。」說著趴在床上，擺開姿勢等著她來脫掉他身上最後一件衣物。

藍衫哭笑不得，朝魯是個摔跤手，怎麼可能打他屁股，也太沒節操了點。她也是氣傻了，此刻用力拍一下他的屁股，「還疼嗎？」

喬風回頭看她，緊擰的眉有些舒展，眼角飛著春意，「繼續……」

藍衫的臉騰地燒起來，啊啊啊她到底在做什麼！她害羞地站直身體，轉身想走。

喬風卻快速起身，一把抓住她，用力一拽，使她倒下來。他把她按在床上，危險地湊近，低頭看著她，黑眸中像是聚攏著風暴，「脫了我的衣服，打了我的屁股，現在想走？」

撒嬌的是你，邪魅狂狷的也是你！精分！變態！

藍衫一邊腹誹著，一邊答道，「你你能不能講點道理……」

「好，我講道理。現在讓我脫回來，打回來，我們就扯平。」

嚶嚶嚶不能這樣的啊……

藍衫奮力掙扎，又不敢把動靜鬧太大，怕外面的人知道。喬風連摔跤手都不怕，又怎麼會把她的細胳膊、細腿放在眼裡，因此她掙扎來掙扎去，放他眼裡只能算情趣。兩人滾在小小的單人床上鬧了一會兒，喬風終於如願脫了她的衣服，打了她的屁股。

掙扎的過程中，他手上像是帶了火，在她全身上下撫摸，撩起一陣陣火熱。唇舌也沒閒著，不斷親吻她身體各處，像是吸人精氣的妖怪，一時弄得她全身無力，軟在床上，成了一灘春水。

藍衫有些疑惑，「你……嗯，你到底是不是處男啊……」才第二次，這技術甩她幾條街好嘛！

喬風從她胸前抬頭，他舔了一下嘴唇答道，「妳要相信科學。」

這關科學什麼事啊……

看著她一臉又渴望又蛋疼的表情，喬風解釋道，「只要掌握了科學的方法，再配合一定的條件，我就能讓妳高潮迭起，」說著，他拉著她的手按了按，獰笑，「是不是很硬？」

藍衫翻了個白眼。

喬風終於剝掉兩人身上最後的遮掩，赤裸裸的兩具身體像是兩尾魚兒在小小的單人床上糾纏嬉戲。喬風壓抑許久的情緒終於找到了宣洩口，一發不可收拾，攻擊如狂風暴雨般又狠又厲。藍衫就是這風雨中飄搖的一棵小樹苗，身不由己，快樂的感覺遍布全身，幾乎要將她淹沒。她一開始還能咬牙忍著不叫出來，到後來忍不住了，只好一口咬在他的肩上，死命悶住聲音。

換來的是他更加激烈的反應。

兩人一直荒唐到深夜，外面的人什麼時候散的他們也不知道。到後來他們出了很多汗，更像魚了。藍衫渾身癱軟，後半實在累得半死，求了他半天也不管用，氣得她只好狠咬他。

喬風撈著她的身體細密而動情地親吻著，她生怕他再來一場，無力地推他，他的喉嚨裡發出低笑，也不知在笑什麼。

藍衫心想，看來以後不能再讓他喝酒了。

喬風心想，看來以後可以放心地喝酒了。

第七十六章

一個晚上下來，藍衫睏得快睜不開眼睛了，喬風幫兩人清理了身體，正在這時，藍衫的手機鈴聲突兀地響起來。

大半夜的，誰這麼有閒情逸致打電話給她呀？藍衫不想動，無力地指指手機，喬風連忙下床幫她拿了過來。

一看到來電顯示，喬風剛才還得意的臉現在有些發黑。他在她面前晃了晃手機，問道，「妳怎麼還沒刪掉他呢？」

來電顯示是「老闆」。

藍衫摸了摸腦袋，「忘了。」她沒有清理手機連絡人的習慣，除非恨到咬牙切齒才會刻意去刪。上次跟宋子誠鬧僵之後，他也沒再騷擾她，所以她直接忽略了。

現在看到那響個不停的手機，再看看喬風鬱悶的臉色，藍衫乾脆也沒去拿手機，而是直接就著他的手接通電話，還按了擴音器。

我是多麼坦蕩的一個人……她忍不住給自己按讚。

宋子誠那邊的背景音有些嘈雜，他像是在酒吧，不然就是別的娛樂場所。他似乎也沒料到藍衫會接他電話，喂喂喂地確認了幾遍，接著一直不停地叫她的名字。

他有點大舌頭，話都說不流利了，藍衫覺得他一定是喝醉了。她對著手機喊道，「宋總、是我，我是藍衫，你找我有什麼事？」

「藍衫，我喜歡妳。」

「……」藍衫張了張嘴，又轉眼看喬風，發現他的臉色更不好了。她也有點窘，當著男朋友的面聽到來自別的男人的深夜告白，這事情有夠亂的。藍衫趴在床上，抬高聲音喊道，「我有喜歡的人了。宋總，你不要喜歡我了。」

「藍衫，我喜歡妳，我喜歡妳。我控制不住，我喜歡妳。」

「宋總，趕快讓你的朋友送你回家吧，再見。」

最後一個字的話音剛落，喬風飛快地幫她掛斷電話。藍衫趴在床上，神色發怔。

藍衫以前從來不信宋子誠會喜歡她，但是現在覺得他說得好像是真的。畢竟，他是一個很驕傲的人，大半夜的喝醉酒打電話給她，不停地告白，聽起來很痛苦的樣子……不過不管怎樣，她一如既往地不喜歡他就是了。

喬風見藍衫沉思，頓時有些吃味，他輕輕揉著她的腦袋吸引注意力問道，「想什麼呢？」

藍衫搖頭輕嘆，很欠扁地答，「魅力太大怎麼辦，好煩惱。」

喬風失笑。他躺下來擁著她，在她耳邊低聲道，「藍衫，真好。」

「好什麼？」

「能遇見妳，這是我的幸運。否則我可能一輩子也無法體會到愛情的滋味。」

藍衫心中一甜，害羞地埋著臉，「其實我比你幸運，這世上可能有很多個藍衫，但全世界只有一個喬風。」

喬風卻不同意她的看法，「對我來說，妳就是獨一無二的，沒有人比得上妳。」

藍衫的臉熱熱的，心臟怦怦亂跳，她笑道，「哎呀、你說起甜言蜜語太可怕了，我會無法自拔的！」

喬風親吻著她烏黑的秀髮低笑，「那我每天都說給妳聽，說一輩子，好不好？」

他擁著她，肌膚相貼，此刻很敏銳地感覺到她的身體在微微抖動。喬風有些擔心，「妳怎麼了，身體不舒服？」

藍衫卻埋著頭不答。

喬風感覺到不對勁，鬆開她並扳過她的臉來看，發現她眼中蓄滿了淚水，淚珠不斷從眼角滑落。他有些慌，「怎麼了？不哭啊，不哭……」

「怎麼辦呀、喬風，我好喜歡你呀！我好愛你！嗚嗚嗚……」

喬風鬆了一口氣。他有些好笑，又覺心口處暖暖的、甜甜的。他低頭輕輕親吻著她的淚水，柔聲道，「我也愛妳，很愛很愛……」

夜愈來愈濃，喬風輕撫著藍衫的後背，低聲安慰她，聲音柔得幾乎滴出水來。藍衫不好意思面對他，故意閉著眼睛不看他，身體的疲憊感襲來，她靠在他懷裡漸漸進入夢鄉。

感受到藍衫的身體起伏變得均勻綿長，喬風低頭吻了一下她的額頭，然後伸手關了吊燈。

兩個人在草原上玩了幾天，馬上就要開學了，他們便回了北京。

喬風回到北京做的第一件事不是應付開學，而是打了個電話給謝風生。

喬風：「我要一間4S店。」

謝風生：「……」

他媽的！真的好想爆粗口啊！有錢了不起嗎？想要什麼要什麼？一間4S店的開店資金少說三、四千萬，你說買就買啊？當是買玩具呢？

謝風生心中一群草泥馬呼嘯而過，最終他逼著自己沉默，沒有罵喬風。

喬風有些疑惑，「我們沒有錢了嗎？」

有，當然有！不過再有錢也不能現在幫你買間4S店玩啊！謝風生忍啊忍，只好哭窮，「我們沒有錢買車行，那個太貴了。」

「哦，看來你是一個不稱職的理財顧問。」

「你……」謝風生無奈了，「是這樣，我的能力你放心，錢呢、有，買什麼都夠用。關鍵是吧，我認為投資4S店是一個不明智的選擇。這個行業我們不瞭解，最好不要貿然進入，你說對吧？」

喬風只聽到一個關鍵字：「有錢！」於是他滿意了，「我要一間4S店。」

「4S店占用的流動資金太多，利潤率比較低，投了也不划算，不如投別的？我手頭上有更好的專案。」

「我要一間4S店。」

「喬風，北京的汽車市場你也知道，買車要搖號，市場蛋糕被政策限制死了，潛力一般，沒有驚喜，這不是我的風格，你懂的。」

「我要一間4S店。」

「4S店是比較大的專案，我不能因為你心血來潮想買就買給你。況且就算我想買，也未必有人願意賣，難道你讓我從零開始幫你選廠、裝修、進貨、招聘？」

「我要一間4S店。」

謝風生快被他逼瘋了，「買買買！」

成功「說服」了謝風生，喬風很滿意。

謝風生很好奇，喬風雖然把錢放他這裡保管，但從來不插手錢的用法，為什麼這次如此固執地要買4S店呢？難道汽車行業裡隱藏了什麼令他感興趣的黑科技？

想到這裡，謝風生覺得心裡毛毛的，他問道，「買可以，但你必須告訴我，你為什麼一定要一間4S店？」

「我要留著結婚時送給老婆當聘禮。」

謝風生森森地震驚了，「你想得也太遠了吧？你個萬年宅男連女朋友都沒有就想著結婚了？等等……你該不會有女朋友了吧？」

「是的。」

謝風生腦中閃過一個紅通通的零鴨蛋，於是問道，「是……藍衫？」

「是的。」

「恭喜、恭喜，」謝風生莫名地竟然有些感慨，不過他還是好奇，「那你為什麼一定要用4S店當聘禮呢？房產不好嗎？」

「她希望擁有一間4S店，她曾經把這個願望寫在許願符上，所以我想滿足她。」

謝風生有些不屑，「她想要4S店你就給她呀？那她如果想要月亮了，你也摘給她？」

「月亮只是一顆普通的繞地衛星，她不會喜歡的。」

「真是夠了……這樣吧，為了你女朋友的願望，4S店呢、我先幫你看著，有就盤下來，不過我也不保證什麼時候能買到適合的，行不行？」

「好，實在找不到就自己開一間也可以，我不會逼你的。」

……自己開一間！

謝風生都快哭了，「這還不算逼我嗎……」

謝風生本來也不是很抱希望，但是由於懼怕喬風真的要「自己開一間4S店」，所以他還是盡職盡責地滿世界找了。也不知道是他走狗屎運還是喬風走狗屎運，總之很快地，他還真的找到一間準備轉讓的4S店。

謝風生自己考察了一下，又找專業團隊一起估算市值，還認真研究了這家4S店的管理團隊。總經理是個職業經理人，不過聽說由於身體問題正打算辭職養病。可能是由於這個原因，這家店最新的業績報告出現了下滑的趨勢。另外，他們的銷售部主管也算是個人物。

可能會出現在談判桌上的另一個人是這家4S店的幕後老闆……咦咦咦，宋子誠？

謝風生對這個名字並不陌生，想當初撬了喬風女朋友的那個小王不就叫宋子誠嗎？這兩人是同一個人？

他仔細看了這個大老闆的背景調查，最後確定，還真是。

這個世界說大也大，說小也小，好幾十億的人口，怎麼就讓他們又撞上了呢。謝風生默默感嘆著命運的神奇，感嘆完之後該幹嘛就幹嘛。

於是他帶著自己的團隊去跟宋子誠談判了，讓他意想不到的是，那邊談判桌上只有宋子誠一個人。

宋子誠最後也留下了謝風生一個，讓其他人在外面等。

他靜靜地抽著菸，淡青色的煙氣在他周身繚繞，使他的面目看起來不是很清晰。

謝風生捏著資料夾，默默地想，這他媽的哪是談判，這根本是黑道老大分地盤吧……

抽完一根菸，宋子誠平靜把菸蒂按滅，對謝風生說道，「不用跟我廢話，直接說你的報價。」

這家4S店的優勢很明顯，地理位置好、品牌好，經營穩定。讓人比較蛋疼的地方在於，正是由於它的地理位置太好了，相對於一般的車行，它更接近市區，土地金貴得很，直接抬高了它的市值。

謝風生答道，「五千萬。」這個價格是他一壓再壓的，當然了，其中商量的餘地還很大。

哪知宋子誠點了一下頭，幹乾脆脆，「成交。」

謝風生簡直不敢相信，「你……」你傻嗎……

宋子誠看也不看謝風生。他又點了根菸，一邊吞雲吐霧，一邊淡淡說道，「我知道你在想什麼，我也知道你為什麼買我這個店。說實話，如果別人來買，沒有六千萬，不用想拿下來。」

你明明不傻啊，為什麼給我開的價格是五千萬？到底有什麼企圖麻煩你說清楚……謝風生目光幽幽地看著他，等著他的解答。

宋子誠微微嘆了口氣，手指夾著菸發呆。呆了幾秒鐘，他說道，「我希望留點東西給她，就算她看不到，那也是我的一點心意，讓我覺得，我一直在她身邊。」

我操為什麼宋子誠要用這樣一種怨夫的口吻說留東西給喬風？還說要陪在他身邊？難道他當年的真愛是喬風？然後為了得到喬風而撬了他的女朋友？啊啊啊啊啊……不能想下去了！

謝風生死命地用雙手食指戳自己的太陽穴，竭力阻止自己那精彩的腦補。

宋子誠最後說道，「我只有一個條件，希望你能說服他。」

「一定，一定！」謝風生心想，這麼大的便宜如果喬風膽敢不占，那麼他一定要吊死在他家門口。

第七十七章

謝風生萬萬沒想到，自己此生最占便宜的一次投資，剛一說出口就遭遇了史無前例的拒絕。他知道喬風可能比較討厭宋子誠，但是他不知道，喬風對宋子誠的抵觸竟然如此之深，剛一聽到這個名字，就斷然否定了他的提議。

謝風生只好勸他，「生意是生意，恩怨是恩怨，你能不能成熟一點，不要把它們混為一談？」

「我討厭他。」

謝風生也有些氣，「你為什麼那麼討厭他？難道你被他非禮過？」

「謝風生，我生氣了。」

「我也生氣呢！氣死我了！」

「那你先生氣吧，氣完了記得再幫我找一家。」

「……」

喬風掛斷電話，臉色還有點不好看。想當初謝風生也誤會過他的性向，當時喬風忍了，現在這傢伙變本加厲，開始誤會他和情敵的關係了，簡直忍無可忍！

藍衫本來坐在地毯上曬太陽看書，聽到喬風竟然生氣了，她好奇得要死，抬頭看他。喬風這個人，脾氣溫吞得要死，想讓他生氣還真不是一件容易的事，藍衫很好奇謝風生到底對他做了什麼。

像是能感覺到她的視線，喬風扭臉回望她。

兩人視線相碰，藍衫不好意思地嘿嘿一笑。

喬風起身走過去，坐在她身邊。他看到她手裡捧著的書，黑色封面，三、四公分厚，大開本，看著像是什麼嚴肅的巨作，其實就是一本關於量子力學的科普讀物，專門寫給那些沒什麼理科基礎的小白看的入門書籍。藍衫想瞭解喬風的事業，因此買了一本來看，現在才看了一點。

「能看懂嗎？」他問道。

「能，」藍衫點點頭，「我看到牛頓和虎克打架了，科學家的世界還挺精彩。」

她所謂的能看懂就是能看懂科學家打架？喬風有些好笑，揉了一下她的腦袋，神色緩和。

藍衫捧著書，歪著腦袋看他，問道，「你剛才為什麼生氣？」

喬風搖搖頭，「小事情，不提也罷……妳明天真的要去面試？」

「對啊，我也是要有事業的好不好。」

藍衫回來之後就想通了，「追求人生價值」這麼高大上的東西一般是那些高大上的人才會思考的，她一介凡人就不要操心了，想太多容易走火入魔，所以她決定踏踏實實經營一份事業。

既然她已經在汽車行業待了這麼多年，這也就是一個優勢，不如繼續在這個行業混下去。當然，做一線銷售員工太累、太忙，所以她把目光放在了管理層，比如銷售部經理這類。她有行業經驗，手頭也有客戶資源，在這方面還是具備競爭力的。

明天那家4S店是一個合資品牌，店址在北五環，不算太遠，而且地鐵很方便，缺點就是品牌知名度不夠高，經營情況不太好，不過正是由於這樣，才讓她有這個面試空降管理層的機會。

喬風很不希望藍衫上班——不管上什麼班。當然了，他也知道，無論兩人多親密，他也不能代替藍衫去決定她自己的人生，所以他只好默默地在心中幽怨著。

等著吧，等妳成了我老婆，有個自己的車行，到時候想當經理當經理，想當總裁當總裁。不過呢，一定要約束妳的上班時間，不可以讓妳的工作占用太多本屬於我的、妳的時間。還有，我可以經常去妳的辦公室玩，幫妳送愛心午餐，我們還可以在妳的辦公室這樣那樣……喬風的思緒飄得有些遠。

正胡思亂想著，他的手機又響了。他接了個電話，說了幾句就掛了。然後他看著藍衫，問道，「我爸媽邀請妳週末到家裡吃頓飯，可以嗎？」

當然可以。藍衫點了點頭，唔、終於還是要見家長了啊。說起來她有一點小緊張，在子女的終身大事上，總是媽媽們的話語權比較重，也不知道喬風的媽媽對她有什麼的看法，會不會嫌棄她啊……

她有些忐忑，忍不住皺起了眉頭。

喬風伸手指去按她的眉心，問道，「怎麼了？妳不想去嗎？」

「不是啊……喬風，你說你媽媽會喜歡我嗎？」

喬風奇怪地看她，「她沒有理由不喜歡妳。」

藍衫嘆了口氣，心想，你怎麼懂呢。她愛這個男人，當然願意永遠和他在一起，可是當兩人真的談婚論嫁時，總要面對一些現實問題，比如遠距離戀愛，再比如……年齡差。

藍衫也知道，跟喬風這樣的人，不適合繞圈子，於是她直接問道，「你有沒有想過，我比你大啊，大三歲呢。」

喬風愣了愣，「然後呢？」

「然後，等你四十一枝花的時候，我已經人老珠黃了。到時候好多年輕的小女孩圍著你，你就不要我了。」藍衫愈說愈覺得難過，禁不住癟著嘴。

喬風笑了笑，「原來妳擔心的是這個。藍衫妳不要這樣想，我覺得我們兩個現在的年齡差很適合。」

「為什麼？」她轉轉眼珠，想聽聽他怎麼安慰她。

喬風的手放在她肩頭，一本正經地答，「我比妳年輕一些，這樣等妳到了三十如狼、四十如虎的年紀，我還可以滿足妳呀。」

「你！」藍衫哭笑不得，舉著手中的書拍他胸口，「你這個流氓！我說正經事呢！」

「我也很正經，」喬風按住她的手，笑看她，「真的。」

藍衫撇過頭不理他，她扔開書要起身，剛起來一半，卻被他一把拖住，直接拽進懷裡。

喬風緊緊摟著她說道，「妳聽我解釋。」

藍衫不動了，聽他要怎麼解釋。

「我比較早讀書，還跳過級，青春期以後接觸的同班女同學都比我大三、四歲，雖然我並沒有對誰動過心，但我對女人的審美很有可能就是停留在這個年齡層，不然也不可能前後兩個女朋友都比我大三歲，對不對？」

「這……審美是會變的，這又說明不了什麼。」

「好，我們來舉一個科學的論據。前一段時間，社會科學研究院做過一項關於中國人婚姻幸福感的調查，在以年齡差為變數的統計中，妻子比丈夫大三、四歲這個區間內的夫妻雙方其婚姻的幸福感是最高的，其次才是丈夫比妻子大三、四歲的區間。從平均壽命來說，中國男性的平均壽命是七十一歲，女性的平均壽命是七十四歲，這意味著，從整體上看，當妻子比丈夫大三歲時，他們在婚後的壽命比較平衡，這才是真正意義上的『一起慢慢變老』，這不是最浪漫的事嗎？」

「可是……」

「我知道妳在擔心什麼，藍衫。妳擔心哪一天妳不美了，我就不愛妳了。但我要跟妳說的是，我愛的並不只是妳的美貌，在妳之前，我遇到過許多漂亮女孩子，但偏偏只對妳動心，這本身就不能用那種簡單的思維去解釋，對嗎？每一個年齡都有每一個年齡的魅力，誰說妳四十歲就不美了呢？再說，我和妳只差三歲，等妳老的時候，我也就老了，我老的時候，是不會去找那些年輕的小女孩尋求刺激的。人，無論男人、女人，只有在不甘願老去的時候，才會希望從年輕、新鮮的肉體中尋求激情，以此來回味年輕的感覺。我們好好享受生活，不要辜負年輕的光陰，就不會為老去而感到遺憾，自然也不可能去做那種低級的事情。藍衫，我們一起好好生活，互相陪伴，平淡充實地過好每一天，每一天都相愛著。然後，我們就這樣一起活很多天，一起老去，一起笑著離開這個世界。真的，我想不到比這更美好的事情了，妳怎麼還會擔心呢！」

藍衫被他說得十分感動，她只覺得鼻頭發酸，溫順地靠在他懷裡答道，「我也覺得很美好。」

喬風輕撫她的頭髮，親吻她的髮頂。初秋的陽光透過窗戶照進來，掠過她披在肩頭的髮梢，柔軟又嫵媚。他摩娑著她的肩，扳過她的臉親吻她，他親得十分溫柔，像是包裹在她身上的陽光，耀眼、溫暖，不留痕跡。

喬風的呼吸熱起來，他把她放倒在地毯上，壓上來繼續親吻，勾著她的香舌嬉戲，動作愈來愈大，鼻端的喘息漸漸凌亂。

感覺到他有進一步的動作，藍衫連忙推開他，「別在這裡！」

喬風的額頭貼著她的額頭，看著她的眼睛說道，「這是妳最喜歡的地毯。」

藍衫的臉突然燒起來，大白天的在地毯上，太羞恥了！她掙扎得更加劇烈，喬風突然站起身，她以為他終於也知道羞恥了，鬆了一口氣，然而他起身只是把窗簾拉上，之後又馬上回來撲倒她。

她沒料到他的真實目的，再想逃走，為時已晚。

但她還是不願意在這個時間、這個地方做這種事情，所以一直喊停。

喬風眼尾一掃，看到一旁的東西，他眼睛一亮，探過身體伸手勾過來，往腦袋上一按。

然後藍衫就看到喬風戴著貓耳朵半跪她身旁，一臉「求疼愛」的看著她。

……這種時候賣萌真的好嗎！

藍衫很無語，摀著心口直咬牙，「你你你你快摘下來……」我會堅持不了的啊！

喬風晃了一下腦袋，黑色的貓耳朵就抖啊抖。

不要……藍衫還想反抗一下，於是想伸手蓋住自己的眼睛，可惜喬風已經先她一步按住了她的手。

喬風傾身，在藍衫的臉和脖子間逡巡、輕嗅，鼻尖每每要碰到她的肌膚，卻又總是能輕巧地遠離。她被他逼得渾身輕顫，只好求饒，「別玩了……」

喬風突然開了竅，腦子裡蹦出一句話，於是他壓低聲音說道，「主人，想不想上我？」

嚶嚶嚶……想！

藍衫終於豁出去了，翻個身把喬風壓在下面。她現在狂性大發，也收不住了，親自把兩人的衣服剝下來，接下來他們第一次嘗試了女上男下的姿勢。

然後他們又嘗試了很多姿勢……

白日宣淫，地毯行歡，這給予了他們太多的刺激，藍衫覺得自己的身體已經不是自己的了，她不受控制地跟隨他、配合他、長腿勾纏著他，在渾身戰慄的時刻下死力絞他，絞得他滿頭大汗，連呼吸都發顫。

兩人光顧著恩愛纏綿，一時之間忘記了這室內的其他生物。

薛丁格站在沙發上，兩隻毛茸茸、胖呼呼的前爪托著沙發扶手，探出腦袋好奇地看著他們。也不知道這兩個愚蠢的人類為什麼要打架，都不跟牠玩，牠喵了好幾聲也無法喚起他們的注意力。當然了，高貴的喵星人是不屑於主動搭訕人類的。

牠瞪大眼睛，豎起耳朵聽他們說話。這倆蠢貨說的話不像以前那樣複雜，這次只有「嗯嗯啊啊」之類音節，雖然依然聽不懂，不過可以肯定的是，人類的語言愈來愈向貓語靠攏了。

哼╮(╯▽╰)╭

第七十八章

喬風的爸媽住在A大的校內，從外面看，房子有些老，不過房間內的裝修很精緻和溫馨，色調明快，有種小清新的感覺。夫妻倆在這個房子裡住了有三十多個年頭，兒子們幾次要求幫他們換個更大的房子，都被拒絕了。

喬媽媽和吳爸爸一樣，比實際年齡要年輕一些，她保養得很好，皮膚很白，皺紋不明顯，只是在笑的時候，眼角會出現魚尾紋。她又挺喜歡笑，並不在乎魚尾紋的困擾。

喬媽媽來開門時，藍衫笑得燦爛，甜甜地叫她「阿姨」，喬媽媽笑著答應，把兩個孩子領進了屋。今天吳家人很齊全，老吳和吳文都在，除了他們，客廳中的沙發上還坐著一個老人家。老人頭髮幾乎全白，精神矍鑠，戴一副老花眼鏡，穿著一身乾淨整齊的中山裝，看到藍衫和喬風走進客廳時，他微微側了一下頭打量他們。

當然，重點是打量藍衫。

老人家面色紅潤，臉上被歲月刻上了深紋，打量藍衫時，臉部線條沒有任何細微的變化，像尊雕像一樣，給人一種不怒自威的感覺。

不用介紹，藍衫也知道這位是誰——這不就是喬風的村長爺爺嘛。這位老人家自產的香米是她的最愛，藍衫看到他時倍感親切。不過老人家還挺有氣場的，不愧是村長。

喬風沒想到爺爺會出現在這裡，真是的，爸媽也不提前告訴他一聲。他怕藍衫緊張，拉了一下她的手。

藍衫一點也不緊張，大大方方地跟吳家人問候，還對吳爺爺說，「爺爺，我要謝謝您種出來那麼好吃的香米，我一天不吃都會想念！」

吳爺爺的面部表情有了一絲鬆動，他看了一眼喬風，敏銳地捕捉到重點，「你們已經在一個鍋裡吃飯啦？」

「咳。」藍衫掩嘴輕咳，不好意思地低下頭。

喬媽媽招呼她坐下來，吳文幫藍衫倒了杯茶，然後喬媽媽又轉身去廚房，臨走時抓了吳文當壯丁。

藍衫連忙站起身，「阿姨，我幫您做飯吧？」

「不用、不用，妳快坐下！」

喬風拉住藍衫的手笑道，「妳能幫什麼忙，菜都摘不好。」

一句話把她試圖製造的賢慧假象粉碎了。

老吳有些好笑，自己這兒子真是夠笨的。

幸好藍衫也不是扭捏的小女孩，被揭穿之後沒有太多不自在，笑一笑就過去了。老吳發現喬風找的這個女朋友還真是找對了，不說別的，就說性格，兩人挺配的。喬風太靦腆了，就該找個性格大方的才能互補。

藍衫坐回到沙發上和兩位長輩聊天，她對吳爺爺真是太好奇了，於是問道，「爺爺，您是哪裡人呀？」

大概是由於剛才聽到對方說喜歡他親手種的米，現在吳爺爺的表情不那麼嚴肅了，他答道，「我是湖南人。」

「湖南好呀，和毛主席是老鄉。」

吳爺爺笑了笑。不管過去經歷了什麼，在老一輩人的心目中，「毛主席」這三個字總是沉甸甸的。

藍衫又問道，「爺爺，你們村有多少人呢？」

「有四千多人。」

「啊、那是一個不小的村子了，那有多少畝地呢？」

「六千多畝呢，是一個大村。」

聽著一老一小的攀談，老吳總覺得怪怪的，藍衫的重點是不是跑偏了？為什麼對他們老家的人口和土地那麼感興趣呢？那可是一個每年只回去掃一下墓的地方啊……

但不管怎麼說，老爺子跟藍衫聊得挺融洽的，看樣子很喜歡她。喬風幾次欲言又止，像是要解釋什麼，最後都沒插上話。

廚房裡的吳文突然喊了一句，「喬風，過來幫忙！」

喬風於是起身去了廚房。

喬媽媽和吳爸爸其實都不太會煮飯，吳文更不會。兄弟兩小時候是吃著A大的餐廳飯菜長大的。後來喬風對廚藝感興趣，博覽群書，自學成材，慢慢的成為這個「不會煮飯之家」的異類。

今天喬媽媽很高興，本來打算親自上陣做一桌子菜的，不過她高估了自己的水準，現在有點扛不住了。

吳文正站在垃圾筒旁邊摘菜，他把一棵水靈的小油菜捏在手裡一層一層地剝，剝到最後只剩下一根菜心，於是把菜心扔在盤子裡，接著拿起另外一個剝。

垃圾筒裡已經積累了許多慘遭荼毒的菜葉子。

喬風很奇怪，「你為什麼要把小油菜剝光呢？」

吳文炸毛了，「什麼話，你這人怎麼這麼淫蕩啊？」

喬風閉了嘴，無辜地看著他。

喬媽媽正在切菜，一轉頭看到吳文這樣摘菜，登時怒道，「我們剩下能用的食材已經不多了！你還這麼浪費！」

喬風搖了搖頭，捲袖子洗手親自上陣。他對媽媽和哥哥只有一個要求，「麻煩你們站遠一點，不要妨礙到我。」

兩人很聽話，退開一些，偏頭聽客廳裡傳來的笑聲。喬媽媽驚訝道，「藍衫怎麼不怕你爺爺呢？」

吳文也很奇怪，「不只不怕，還把老爺子哄得那麼開心，像撿到錢一樣。」

喬風的動作停頓了一下遲疑道，「她好像……有點誤會。」

「什麼誤會？」

「她以為爺爺是村長。」

「……」

「……」

廚房裡響起了爆笑聲，吳文上氣不接下氣，笑到靠著牆，「真是個人才！」

「人才」藍衫終於還是暴露了。其實吳爺爺從氣質上看起來並不像一個農民，不過藍衫先入為主地一直認為他是，見面時也就忽略了這一點疑問，只當是這年頭的農民生活愈來愈好，愈來愈有格調。她聽到吳爺爺說自己的戰友怎樣怎樣時，就覺得奇怪：「爺爺您還當過兵哪？」

吳爺爺一愣，「是啊，我十幾歲就參加革命了。」

老吳也奇怪，「藍衫，喬風沒跟你說過啊？」

「沒有，」藍衫搖頭，看著吳爺爺，「我就知道爺爺您當過村長。」

老吳被茶嗆到了，摀著嘴巴劇烈地咳嗽。

吳爺爺掃了兒子一眼，忍著笑搖頭，「喬風逗妳的呢。那小子蔫兒壞[2]，妳不要聽他的，我這輩子當很多長，就是沒當過村長。」

藍衫好不尷尬，「啊？對、對不起，真是太不好意思了，我一直以為……」

吳爺爺笑著擺手，「沒事，當村長挺好的。」

藍衫出了洋相，臉漲得通紅，緊張地捏著自己的手指，像是犯了錯的小學生。

這時，喬媽媽從廚房撤退出來，回到客廳打圓場，留兩個兒子在廚房做飯。

說是兩個兒子，其實就是喬風自己在動手，他一邊做飯，吳文一邊跟他講話。

吳文：「謝風生打電話給我了。」

2 蔫兒壞：原指一個人心地不善，後指一個人很冷幽默。

「嗯。」

「你想買間4S店？」

「嗯。」

「那謝風生找到一個之後你怎麼又不要了？」

「轉讓人是宋子誠。」

吳文「呿」了一聲說道，「瞧你那點肚量，蘇落的事情都過多久了，你有需要記恨到現在嗎？」

「我並不記恨蘇落劈腿的事情，但是宋子誠他追求過藍衫。」

原來是這樣……吳文撓了撓下巴，終於想通了。

吳文是商人思維，一間4S店買了之後哪怕不經營，轉買就能賺一千萬，這麼巨大的一個餡餅，他一開始還以為是陷阱呢。可是謝風生那種人精，又不像是會犯這種低級錯誤的人，所以他想不通，怪就只能怪謝風生沒把話給說清楚了。

吳文心想，那個宋子誠真是個純傻逼啊！做生意是一回事，追女孩是另外一回事，怎麼能混為一談呢？就為了一個女孩砸進去這麼多錢，還是在沒希望把女孩追回來的前提下，這人腦子進水了嗎？

宋子誠是商業圈裡著名的富二代，家大業大，已經到了「不用跟我比錢，反正沒人比我有錢」的地步了，這種人不把一、兩千萬放在眼裡並不奇怪，奇怪的是此人燒錢的方式真是別具一格……

吳文和宋子誠接觸過，雖然不喜歡他，但當時也覺得那是個人物，現在看來，呵呵。

有便宜不占那不是吳文的作風，他走近一些問喬風，「所以呢，就因為宋子誠以前是你的情敵，所以你就不買他的公司？」

喬風點頭，「對。」

「喬風，你這個想法不對。我覺得吧，如果是情敵，你更應該買。」

喬風轉身看他，「為什麼？」

「你看，動物世界裡的雄獅子在進入一個地方時會先做什麼？撒尿、占地盤，然後泡這塊地盤上的母獅子。兩個雄獅子打架，打贏的那一個母獅子歸牠，地盤也歸牠。同理，那間4S店就是宋子誠的地盤，你為什麼不占呢？光贏了藍衫不行，你還得贏了地盤，這才是爺們。」

喬風竟然覺得哥哥說得有道理，他點點頭，「繼續。」

「再說，藍衫不是一直想做這行嗎？你忍心看她跑到別人家幹活？做小伏低賠笑臉不說，萬一被哪個男顧客或者男上司盯上，那多委屈呀！」

「我說過，她不聽。」

「她那性格像聽話的人嗎？你現在要做的就是趕快把車行買下來，到時候她當老闆娘，誰敢給她臉色？而且她在那裡待好幾年了，也混熟了，同事關係都不錯吧？何必要挪窩呢？再說，宋子誠跟那間4S店的關係只是一個所有權，他沒插手管理過吧？除去錢這個因素，他在那家店裡留下什麼了？什麼都沒有。換個人當老闆，誰還記得前老闆是誰？多簡單的事，你說你矯情個什麼勁？」

喬風被說服了。

當藍衫接到面試通過的電話時，喬風正在工業局和宋子誠辦理轉讓手續。兩人很默契地誰都沒理誰，辦完手續之後，宋子誠跟那家一時興起開的車行就再無瓜葛了。他像卸下一個包袱一樣，長吁一口氣，感覺自己終於可以把某些事情深埋起來了。

謝風生正在跟喬風講接下來需要知道的一些變更流程，喬風聽得不耐煩答道，「不然你幫我辦。」

謝風生冷哼，「休想！喬風我警告你，我忍你很久了。」

宋子誠張口了，說了他今天見到喬風之後的第一句話，「喬風，我們談談。」

喬風莫名其妙地看他，「我和你有什麼好談的？」

「是該談談。」謝風生點點頭，心想，人家好歹大出血了。基於自己占便宜的決心以及對喬風的不放心，謝風生跟吳文都沒有和喬風提那一千萬的事情。他們不提，他就很難去注意。

於是謝風生去了洗手間。

宋子誠也不想跟喬風說話，但是他有一個問題必須要問一問才甘心：「我一直很好奇，你到底是怎麼征服她的？憑的是什麼？」

喬風搖搖頭，「你錯了，藍衫需要的不是征服，而是呵護。」

宋子誠怔住。

喬風真的是一眼也不想看到他，於是轉過身站在窗口旁邊，開始研究接下來要走的流程。

宋子誠沉默地離開。

晚上喬風回到家時，藍衫高興地告訴他，她這週五就可以去那家4S店上班了，當銷售部經理，她可是要大展拳腳了，哦耶！

喬風笑瞇瞇地告訴她，「妳不要去了，我幫妳買了一間。」

藍衫直接嚇尿。

喬風笑撫她的狗頭，繼續說，「這是我的聘禮，等我們結婚時再過到妳名下。」

「別，」藍衫的心在哆嗦，「這應該有好幾千萬吧？你拿多少聘禮我就得湊差不多的嫁妝呀，我砸鍋賣鐵也沒有幾千萬的嫁妝好嘛！哪怕對半，哪怕再去零頭，我也沒有啊……」

「不是的，嫁妝和聘禮都是夫妻兩人一起過日子用的，能拿多少、拿多少。妳人能過來，才是最重要的。」

藍衫都快哭了，「不是，我還是覺得燙手啊……總覺得像是在占你便宜。」

喬風聽到這話有些失望，「妳一定要跟我分得這麼清楚？我們以後會是夫妻的。」

「你還玻璃心了，」藍衫哭笑不得，「好了、好了，這件事以後再說。」

「那妳去咱們的車行上班吧？」

藍衫有點為難，「我去做什麼呢？我想當銷售經理，總不能把老王擠走吧？他一直挺照顧我的。」

「去當總經理，原來那個總經理生病，就要辭職了。」

藍衫有些激動，指著自己的鼻子，「我我我我可以嗎？」

「怎麼不可以？妳有經驗、有才幹，就該有自信。」喬風有模有樣地鼓勵她。

「要是賠錢怎麼辦呀？」

「沒關係，我們賠得起！」

「……」藍衫「囧囧有神」地看著他，「你放心，我一定不讓它賠錢！」

喬風現在是老闆，可以直接任命藍衫，不過呢，在正式下聘書之前，他要先跟她約法三章，製成明文規定。

《總經理行為準則》：

1. 總經理要善於分權，只要總攬公司的大方向即可，不得鉅細靡遺地承攬所有事務。
2. 總經理每週的工作時間不得超過三十六小時，每週必須保證至少兩天的休息日。
3. 總經理要提高警覺，嚴密提防來自任何男員工、男客戶的獻殷勤。
4. 總經理必須按照老闆規定的時間吃飯。早、午、晚餐都不准不吃且不准亂吃。
5. 鼓勵遲到早退，鼓勵曠工行為。
6. ……

藍衫看完了所有的準則，最後在右下角簽好了自己的名字。

過了兩天，藍衫去上班了。

公司裡都是熟面孔，為了防止大家猜疑她和宋子誠的關係，藍衫帶著老闆來上班了。喬風一出現便靠著臉蛋收穫了一群女粉絲，藍衫有些不滿，故意拉著他的手，喬風很上道地回應，當著所有人的面叫她「親愛的」。

兩人公然秀恩愛，當場閃瞎一群狗眼。

入職的前兩天，藍衫一直在看資料，以此來瞭解各個部門的情況。看到銷售部的資料時，她發現自己四月份接的那個單子。吳文在這裡幫喬風訂了輛R8，當時藍衫高興得要死，結果喬風死活不要，訂金就這麼一直壓著。

藍衫上次離職時打過一次電話給吳文，但吳文撒手不管，讓她直接找喬風。藍衫知道喬風不想買車，當時也沒問他，而且她把喬風當自己人之後，就捨不得騙他砸大錢買豪車了。於是她把這個訂單轉給了同事郝敏，訂單到期時直接退款給吳文。

現在看看時間，離到期也不遠了，藍衫更沒必要打電話，只要等到期時找吳文退款就好，省得他再推。

藍衫剛熟悉了公司環境，他們就迎來了十一黃金週。這是汽車銷售的關鍵時期，藍衫不像一般員工那麼忙，但也連著一週準時上班。

喬風很不滿，指責她違反規定，必須接受處罰。

處罰的尺度有點大，第二天，藍衫一整天都賴在床上。一個原因是累的，另一個原因還是因為累的……

國慶之後有一個車展，市場部和銷售部都準備得很充分，身為總經理，藍衫很負責任地親自到場。不僅如此，她還把喬風也帶上了。

這次，喬風的作用是暗樁。

他站在一輛車旁，假裝諮詢銷售人員關於某些型號車的性能啊、價格啊之類的，負責為他解答的是銷售員郝敏，兩個人本來都對好了臺詞，但是郝敏看到帥得驚天動地的老闆，一時之間緊張得語無倫次，她又害怕總經理懷疑她暗戀老闆進而追殺她，於是更加緊張，結果更加地語無倫次……

藍衫恨鐵不成鋼地搖頭，拉開郝敏，親自上陣。

喬風微笑看著她，指指不遠處一輛車，「麻煩妳幫我介紹一下那一輛。」

那一輛是一臺白色的R8，作為一臺豪車，它周圍吸引了不少人在拍照，藍衫領著喬風走過去，很專業地為他解釋著。周圍不少人認真聽著，一邊聽一邊跟著點頭。

喬風笑著聽完，打了個響指，「就這臺，我要了。」

藍衫心想，臭小子演技還挺不錯的，她笑著伸手做「請」的姿勢，「好的，先生請跟我來登記。」

兩人走開之後，藍衫偷偷對喬風說道，「其實我們不能在R8旁邊演戲，反正這個車買的人不多，我們應該在價格稍微平民一點的車旁邊，盡情地讚美。」

喬風笑著點頭，接著又問，「在哪裡付錢？」

「啊？」

喬風摸了摸她的腦袋，又重複了一遍，「在哪裡付錢？」

「不是，演到這就行了，你……你入戲太深了吧？」

「我要買車。」

藍衫踮腳摸了摸他的額頭，「喬風，你怎麼了？」

「我的車牌號要到期了，我不是還有一個訂單在妳這裡嗎？剛好今天結算拿車。」

藍衫卻是不信，「你以前不是一直不願意買車嗎？」

「現在不同了，我要接送妳上、下班的，不希望妳擠地鐵。」

藍衫摀著嘴巴，感動地看著他。

喬風抿著嘴角笑了笑。

但藍衫還是覺得買R8太貴了。不過呢，喬風剛才被她的解說說服了，堅定地認為這款車很棒、很棒，這麼棒的車不買回家才是遺憾。

於是，嗯，他爽快地補完了餘款。

現場的車不能開走，藍衫他們的庫存裡還有另外一臺白色的R8，於是兩人回了4S店拿車，然後開著豪華跑車在市區逛了一圈。

晚上回家時，喬風做了她愛吃的龍蝦給藍衫。他關掉屋中的電燈，點了蠟燭，兩人一起在桌前吃燭光晚餐。

藍衫今天非常、非常感動，再被燭光晚餐的浪漫氣氛影響，她腦子一熱，主動親了喬風。她摟著他的脖子，身體貼著他，輕輕地蹭。

喬風吃力地推開她，極力忍著，「藍衫，妳先回去。」

藍衫沒想到自己的第一次主動竟然被他拒絕了，她有些挫敗，垂頭喪氣地走了。

然而她剛回到家，喬風又打電話給她，藍衫沒好氣地接了，「你又要幹嘛？是你要我回家的！」

喬風笑，「藍衫，去陽臺。」

藍衫家也是有陽臺的，就在喬風家的隔壁，不過很小，對她來說作用就是曬衣服。

藍衫開了陽臺燈走過去，發現她的衣服都被收走了，取而代之的是一地的紅玫瑰花。這些玫瑰靠著陽臺的護欄擺放，水靈靈的，散發著濃郁的香氣。

藍衫笑了笑，自言自語道，「笨蛋，就是喜歡在陽臺擺花。」

這時，隔壁陽臺突然響起一個溫潤的聲音，帶著淡淡的笑意，「隔壁那個飯桶。」

藍衫側頭看過去，發現喬風也站在了陽臺上，正和她隔著窄窄的一道空隙相望。薄如蛋殼的白瓷吊燈下，他眉目如畫，笑容溫柔，笑盈盈看著她。

藍衫還在賭氣，於是只發了一個音節，「啊。」

喬風問道，「妳吃了我這麼多飯，打算拿什麼償還？」

終於想起討債了嗎……藍衫氣哼哼的，想也不想地問，「你要多少錢？」

他又笑，「錢？我不要錢，我只要人。」

這話說得藍衫終於知道是什麼意思了，看著滿地的紅玫瑰，她突然心跳加速，「所以你這是……」該不會是她想的那樣吧？

喬風笑而不答，他彎腰從地上抱起一隻胖貓，放在護欄前。

薛丁格自從牠的主人莫名消失然後又莫名回來之後，就對他意見很大。相反，牠倒是看藍衫愈來愈順眼，此刻隔著一條窄縫隙，牠毫不猶豫地後腳一蹬、一竄，便落在了藍衫腳下。

藍衫彎腰把小傢伙抱起來，她發現牠今天戴了項圈，不過脖子下本該掛著小鈴鐺的地方，此刻掛了一枚鑽戒。藍衫心口一陣熱燙，她摘下鑽戒，偷偷瞥喬風。

喬風笑如漾開的春水，「藍衫，嫁給我，好嗎？」

她紅著眼眶，彎了彎唇角，「看在薛丁格的面子上……好吧。」

番外一　蘇落作死記

俗話說，癩蛤蟆跳在腳面上，不咬人，牠噁心人。喬風和蘇落在同一個學校工作，兩人難免有碰面的時候，藍衫對喬風挺放心的，可是一想到情敵總是往男友面前撞，還各種不懷好意……總歸是很讓人心塞的。

終於有一天，喬風對藍衫說，「今天蘇落好像勾引我了。」

當喬風這種木頭都能意識到對方在勾引時，那一定是很嚴重的勾引。藍衫當天噁心得吃不下飯，揚言要找蘇落決鬥。

喬風認為，自己表現忠心的時候到了，於是攔住藍衫說道，「乾脆我跟她絕交吧。」說著，掏出手機打了個電話給蘇落，鄭重其事地表示跟她絕交，以後不要說話了。

藍衫的氣總算消了消。

然而第二天，蘇落竟然找上門來了，不是找喬風，而是直接去4S店堵藍衫。

藍衫沒料到她竟如此狗膽包天，當下叉腰板著臉，「妳到底想怎樣！」

蘇落神色平靜，從包裡掏出兩張釘在一起的紙遞給藍衫。藍衫接過來一看，是一份化驗單和診斷書，化驗單她看不懂，診斷書上清清楚楚地寫著，診斷結果為慢性粒細胞白血病。

藍衫驚訝地看著她。

蘇落眼眶發紅，哽咽著說道，「藍衫，我可能只有三年可以活了。」

藍衫一時有些心軟，雖然討厭這個人，可是好歹也是條命，她把診斷書還給她安慰道，「妳不要這樣想，現在的醫療技術這麼發達，一定可以治好的。」

蘇落搖了搖頭苦笑，然後她認真看著藍衫說道，「我來是想跟妳道個歉的，我承認我還愛著喬風，我也確實對他動過想法，還故意接近他。我知道我這樣做很不好，對不起。」

「啊？啊，沒、沒關係的，」藍衫連忙擺了擺手，又硬著頭皮說道，「我以前也罵過妳，妳不要放在心上。」

「是我錯在先。但是藍衫，我現在想求求妳，不要讓喬風不理我了好嗎？反正我也活不了幾年了，也不指望能得到他。我只要能看著他，和他說話就好了，可以嗎？」她說著說著，終於哭了。

藍衫有些難過。喬風說得對，她就是一個色厲內荏的人，有時候看起來很厲害和不近人情，其實心軟起來很沒有原則。要真論心狠，她還比不上軟綿綿的喬風。

晚上回家去找喬風，藍衫悶悶不樂的。兩個人還沒結婚，喬風多次邀請藍衫搬到他這裡來，都被藍衫拒絕了，今天他照例又提出了邀請。

藍衫呆呆地看著碗中的米飯，沒有回答。

喬風在她面前晃了晃手，有些擔憂，「藍衫，妳到底怎麼了？是不是不舒服？」

藍衫回過神，低嘆一口氣答道，「喬風，要不然你不要跟蘇落絕交了吧？以後該怎樣就怎樣。」

「什麼意思？」

「就是那個意思。」

喬風也有些不高興，「我不懂，妳能不能把話說清楚？」

藍衫放下筷子，把今天蘇落生病的事情告訴他了。喬風聽罷搖了搖頭，「她生了病我很遺憾，但這是兩回事，又不是沒了我她就不能治好病了。」

「我也知道這個意思，但是她今天求我，我還是有些不忍心。我也不是把你賣給她，就是……」

藍衫皺著眉，「我都不知道該怎麼說了，你說這是怎麼回事啊！」

「生老病死是人之常情，妳看開點。」

藍衫哭笑不得了，「你這是什麼話，生病的又不是我，我有什麼看不開的。」

「妳現在就看不開。」

「我……喬風啊，你說如果我得了——」

喬風重重把筷子一拍，打斷她的話，「不要胡說，妳不會生病的。」

藍衫哼一聲，「呿呿呿，看不開的是你吧！」

喬風沉默了一下，突然說道，「蘇落是一個狡猾的人。」

藍衫奇怪，「什麼意思？」

「藍衫，妳現在回想一下，化驗單和診斷書上的名字都是她本人嗎？」

「當然是了，我別的看不懂，名字還看不懂嗎？」

喬風點了點頭，「哪家醫院？」

藍衫閉眼回想了一下，「是北京大學第一醫院。」

「確定嗎？」

「確定，你到底想說什麼？」

「先吃飯，妳把這些吃完了我再告訴妳。」

藍衫有點無語。「民以食為天」這句話在喬風這裡得到了完美的詮釋，反正無論發生什麼事，對他來說，吃飯都是最重要的。

可惜她現在胃口實在不佳，只吃了一點，就放下筷子，「不行我好奇得要死，你快告訴我！」

喬風拉著她去了書房，他坐在電腦前劈哩啪啦一陣操作，最後盯著電腦螢幕冷冷說道，「果然。」

藍衫看不懂他在做什麼，她坐在他旁邊快急死了，「到底是什麼？」

「我現在進入了北醫一院的就診管理系統，裡面根本沒有蘇落的就診紀錄。」

「啊？」

喬風拖著她的下巴，幫她合上嘴巴。他總結道，「也就是說，化驗單和診斷報告都是假的，親愛的，妳被她騙了。」

藍衫大怒，氣得臉色發青，「這什麼人！她怎麼能這樣啊？太賤了！我的同情心就算拿去餵狗也不該給她！氣死我了氣死我了氣死我了……」

喬風揉著她的腦袋，「消消氣、消消氣，妳現在也知道她是什麼樣的人了。所以以後不管她說什麼，妳都不要信了。」

「氣死我了！」

「不過，」喬風又有些奇怪，「按道理說這麼明顯的破綻她不應該想不到，難道是故意留下的，這背後有別的動機？」

「氣死我了！」

喬風把她摟進懷裡柔聲安撫，一邊安慰她一邊勸道，「藍衫，妳最近不要理她，以後我幫妳報復她，我擔心她再生別的事端。」

藍衫氣得心痛，也沒把這話聽進去。

第二天，藍衫以「聊一聊關於喬風的事」把蘇落約出來，不等蘇落開口，就重重甩了她一耳光。

蘇落捂著臉，震驚地看著她，淚光盈盈，楚楚可憐。

藍衫一看她這裝柔弱的樣子更加惱火，反手又甩了她一耳光，「死騙子！」

蘇落的眼淚掉下來，在藍衫轉身的那一瞬間，低聲說道，「藍衫，妳會後悔的。」

藍衫心想，我不打妳才會後悔。

甩了蘇落兩耳光，藍衫的氣也算是消了，她還打了個電話給喬風，喬風一邊誇她英勇，一邊又有些擔憂，總覺得蘇落沒那麼好打發。

第二天是週末，藍衫不上班，跟小油菜約了一起逛街。

藍衫走在街上時，總覺得別的路人目光都充滿了不懷好意，她莫名其妙，摸了摸臉，難道今天她長得比較難看？

連小油菜都發現了，她攬著藍衫的手有些擔憂地說，「藍衫，我怎麼覺得今天這世界好像充滿惡意呢？」

兩人邊走邊說，路過一堆孩子身邊時，其中一個孩子突然伸腿絆了藍衫一下。藍衫一個踉蹌向前撲，幸好小油菜拉著她才沒有跌倒。她有些惱火，轉身瞪著那個孩子，「你幹什麼！」

那幾個孩子轉身跑了，邊跑邊說，「活該！」

兩人都十分無語。

又走了一會兒，進了商場，到一家女裝專櫃時，藍衫看上一件衣服去試衣間換，小油菜在外面玩手機等她。她看著某個網站的新聞訊息，其中有一條是：「小三毆打正牌女友，揚言搶你男人是看得起你」。

靠，好囂張的小三！小油菜氣呼呼地點開連結，連結裡有段影片，她點了播放。

然後她就震驚到了——打人的竟然是藍衫！雖然只有一個背影和一個斜側臉，但小油菜跟藍衫認識了十年，光看背影也知道是她。

藍衫怎麼可能是小三！小油菜又驚又怒，繼續看文字新聞，發現藍衫已經被網民人肉出來了……

她舉著手機跑到試衣間門口，「藍……妳快出來！出大事了！」

藍衫穿著漂亮的裙子走出試衣間，「好看……怎麼了？」

「妳快看、妳快看，妳被人黑了！」

藍衫剛要看時，正好她包裡的手機響了，她接起電話，就聽到喬風有些焦急的聲音，「藍衫，快回來。」

「啊？」今天怎麼這一個、兩個的都這麼奇怪呀？

喬風：「我現在來不及跟妳解釋，妳先回來。」

小油菜趕緊跟她解釋，等藍衫掛斷電話，看到小油菜的手機，就什麼都明白了。

藍衫氣得渾身顫抖，「媽的！」

小油菜怕藍衫半路上還被人偷襲，所以親自把藍衫護送回去。三人在喬風家會合時，喬風的臉色比藍衫還要差。

藍衫看到的只是新聞，把事件經過敘述一次，雖然這年頭的媒體都不算太有節操，但至少用詞是乾淨的。喬風看到的比較多，這段影片首先是在微博上發的，之後迅速被轉發到各大論壇、社交媒體。然後很快，藍衫的私人資訊就被「人肉曝光」了。

這些地方，網民都在肆意地謾罵，要多難聽有多難聽。喬風看得青筋暴起，差一點把電腦砸了。

他真的從來沒有如此生氣過。他自己捧在手心裡的人被別人如此地抹黑、謾罵、侮辱，這比他自己被抹黑、被誹謗還要讓他憤怒千百倍。

藍衫回來時，發現喬風在磨牙，像是要生吃人肉一般。藍衫看著他這樣，反倒沒那麼氣了，她安慰他，「不要生氣了，清者自清。」

「氣死我了。」

「好了、好了，知道你是為我好，來、吃顆糖消消氣。」

「氣死我了。」

「不氣了、不氣了，來、抱一個。」

藍衫說著，伸手摟著喬風的腰，把臉埋在他胸前，溫柔地蹭了蹭撒嬌道，「你抱我一下嘛。」

喬風身體一鬆，伸手攬住她的身體。他緊緊摟著受盡委屈的愛人，臉埋在她頸窩處，悶悶說道，「心疼死我了……」

為了防止自己的存在感影響到眼前這美好的氣氛，小油菜沒打招呼就默默地溜了出去。

離開喬風家之後，小油菜去找吳文了。吳文得知此事之後也很惱怒，但很快他又平靜下來，看著小油菜在那摩拳擦掌地要幫藍衫報仇，但實際上想出來的主意一個比一個爛。

好吧，基於她的智商有限，這已經是超乎水準的發揮了……

吳文敲了敲桌子，「妳冷靜一下，這件事情妳不用插手。」

「藍衫是我最好的朋友，我一定要幫她。」

「妳幫的話只能是幫倒忙，妳要相信喬風，這件事他鐵定能解決。」

小油菜對喬大神的信任感還是挺高的，她問道，「那他會怎麼解決？」

「不知道。不過呢，我弟這個人，一般不生氣，生氣的時候肯定不一般。妳看他表面上是一個溫良無害的小綿羊，但妳要是真的得罪了他，他保證讓妳死得透透的。」

「真的？聽起來好可怕的樣子……」

「真的。喬風有一個被動技能叫做『終結技之喬風的憤怒』，觸發此技能所需要的怒氣值太高，一般不會實現。我長這麼大也只見識過一次，這次那個幕後黑手是徹底把他激怒了，走著瞧吧。」

小油菜一臉的神往，「哇，大神好帥呀！」

吳文看到她那花癡的樣子有點不是個滋味，他點了點桌子，喚回她的注意力，「妳夠了，我弟跟藍衫的感情那麼好，妳不要花癡他。」

小油菜有些氣，「藍衫可是我最好的朋友，吳總你不要瞎想。我這是崇拜，敬畏喬神。」

吳文淡淡地哼了一聲。

經過藍衫的安撫，喬風總算冷靜下來。他先是打了幾通電話，接著帶著藍衫走進書房，把此次事件進行了一個總結。

這個影片昨天被人上傳到微博上，影片本身的聲音很小，但上傳影片的人聲稱聽到打人者在說「我就搶妳男朋友怎麼了？搶妳男人是看得起妳！」

由於角度的關係，影片裡只露了藍衫一個背影和斜側臉。蘇落的正臉全露了，她被打之後哭得楚楚可憐的樣子一下子征服了萬千網民的心，許多人加入了討伐「囂張的小三」的行列中。

再之後很多認證用戶——所謂的「大V」進行分享轉發，其中還有個知名度很高的女明星。

這些公眾人物把這個事件推到了一個新高度，網路上罵聲四起，許多人要求人肉這個「小三」，於是像是順應民意一般，「小三」真的被「人肉」出來了，姓名、工作單位、辦公室電話都被貼在了網路上。

「幸好，人肉者可能是擔心暴露蹤跡，所以還沒有公布妳的手機號碼，否則妳今天就會遭受無數騷擾。」喬風說道。

藍衫嚇一跳，趕緊把手機關機了。

她覺得好委屈，「我沒說過那種話，我才不是小三！」

「我知道，」喬風摸了摸她的頭，親一下額頭以示安撫，接著說道，「所以，單憑這一句捏造的話，我們基本上可以斷定這是一起惡劣的網路炒作事件。主謀者有兩個可能，第一，某個無聊的路人；第二，就是蘇落本人。路人拍影片抹黑別人，這一點他的動機說不通，而且一個路人就算臨時起意想拍別人，一般也是拍照片，很少有拍影片的。更何況，還恰巧拍到了妳打人的瞬間，角度還那麼到位，剛好可以幫助蘇落博取同情心。」

他這樣一解釋，藍衫的腦袋瓜瞬間悟了，「你是說……」

「沒錯，」喬風點了點頭，「幕後主使就是蘇落。我之前還在納悶，假裝生病明明會留那麼大的破綻，她為什麼還要那樣做，現在明白了。她是故意激怒妳，逼妳動手打她，然後發影片抹黑妳。」

「可是她為什麼要這樣做？她這樣做了之後更加得不到你啊。」

「她是聰明人，她知道不可能得到我。」

藍衫一拍腦袋，「所以她現在就是想幹點事噁心噁心我？」

喬風點點頭，「應該是這樣。」

藍衫也有點理解蘇落到底是什麼想法了。很明顯那是一個習慣於被男人捧在手心裡的人，並且那個女人一直堅信她和宋子誠分手的原因在於藍衫。現在呢，想追回前男友，又遇到藍衫，在蘇落眼中，她兩次都敗給了同一個女人，這個女人還各種囂張，真是豈有此理，必須好好教訓一下……

然後她就出手了。

不得不承認，蘇落這招太狠了。首先，沒有人看到蘇落裝病，但所有人都看到了藍衫打人，不管怎樣，從表面上看就是藍衫理虧，蘇落無辜；其次，偷拍影片發微博混淆視聽，這種事情可以是蘇落做，也可以是別人去做，如果沒有十足的證據，誰能斷定就是蘇落做的呢？再者，網路謠言傳播速度快、範圍廣、難以控制，想澄清都難，因為別人只相信自己願意相信的，沒有人會認真聽你解釋。

藍衫有些心塞，為自己當時的衝動追悔莫及，「我不該打她的。」

「不是妳的錯，就算妳忍住了，她還會想別的辦法的。」

「那我們現在怎麼辦？」

喬風剛欲說話，這時外面響起敲門聲。藍衫過去開了門，發現門口站的是一個二十歲出頭的年輕人，長得五官端正、一臉正氣，戴一頂鴨舌帽，看到藍衫時他笑得燦爛，「師母好！」

藍衫無語地扶著門，「說過多少次不要叫師母……快請進。」

這年輕人是喬風今年招的研究生，名叫桑銳，藍衫之前見過。此刻桑銳把一疊資料推給藍衫，「不了，我來是送資料給喬老師的，師母你們忙，我先走了。」

「好、謝謝你啊，有空來家裡吃飯。」藍衫抱著資料，說完這話才發現她好像早已經把喬風家當自己家了。

桑銳所送的資料是喬風跟本校傳媒學院的一個教授要的，那位教授是吳爸爸的好朋友，在謠言傳播這方面很有研究，聽說喬風需要幫忙，問清楚事情經過之後，立刻選了一些論文給他，以喬風的學習能力看這些論文並不費力。教授還表示隨時可以接受諮詢，並且他有很多學生在媒體界裡，掌握著一些話語權，可以幫一點忙。

喬風看這些論文時，藍衫就在書房裡陪薛丁格玩，時不時地抬頭看他一眼。認真的男人最帥了，何況這個男人他本來就長得好看，現在認真地看論文，簡直帥得要突破天際。

藍衫現在有一種安心的感覺，她覺得這個男人一定有辦法的，她願意放心地把自己交給他。

吳爸爸就在這個時候打來，喬風按了擴音，一邊聽電話一邊繼續看論文。

「喬風，藍衫的事情我和你媽媽都知道了，是不是蘇落在陷害藍衫呀？」

「是。」

「哼，我就知道。對了，這件事你爺爺也知道了。」

「嗯，」爺爺現在還在爸媽那裡住著，他老人家知道了也不奇怪。喬風答道，「你們不要擔心，這件事情我會處理好的。」

「你爺爺讓我問你，需不需要幫忙。」

「暫時不需要，等我需要的時候會說的。」

「老爺子的意思是要不然就用暴力解決吧？我們家警察局、檢察官、法院裡都能找到說得上話的，宣傳方面那邊也沒問題，想查誰水錶就查誰水錶。」

喬風答道，「爸，就算我們現在不壓制謠言，謠言也會很快過時和消弭。我現在的目的不是壓制謠言，而是趁著謠言火熱的時候，還藍衫一個清白，必須讓所有人知道她是無辜的。」

「好好好，你自己有想法就行。告訴藍衫不要難過，我們會幫她報仇的。」

「好。」

喬風掛斷電話後，藍衫疑惑地問他，「爺爺是不是當過大官呀？」

「是。」

「……」好直接。

宋子誠把手機拿起來又放下去，鼓了好幾次勇氣，終究還是沒有撥出那通電話。罎子走進包廂，看到誠哥捧著手機長吁短嘆，他坐過去問道，「誠哥你怎麼了？」

「明知故問。」

「是因為藍衫的事情嗎？」

宋子誠這才正眼看他，反問，「罎子你跟我說實話，這件事到底有沒有你的份？」

罎子垂下眼睛，「我不懂你的意思。」

「我問，你有沒有幫助蘇落陷害藍衫。」

「誠哥，我知道你喜歡藍衫，但我也喜歡蘇落，我們兩個誰也別管誰。」

宋子誠搖頭，恨恨看他一眼，「陸西風啊陸西風，別說我沒提醒你，這種事情真的不是你能攙和的，不然你怎麼死的都不知道。」

罎子「咕」了一聲，「誰怕誰。」

「你知道喬風的爺爺是誰嗎？」

「誰管他是誰。」

「不怪你不知道，他家人真的是太低調了，我也是最近才知道。」

罎子聽此覺得不對勁，「他爺爺是誰？」

「前中央軍事委員會高層，現在已經退下來了，不過還有其影響力，不少故舊都在要務部門。罎子，別說你了，就算是我，也不敢得罪他們家的人，你懂嗎？商不與官鬥，跟他們硬碰硬你吃不到好果子，就為了一個蘇落，值得嗎？你自己搭進去那是你自作自受，你想過你爸媽嗎？」

鐿子聽得直冒汗，「真、真的？」

「我怎麼可能拿這種事情騙你，蘇落肯定不知道喬風他們家的底細所以才敢這麼做。反正只要喬風想整她，一整肯定壓住死穴。我現在就問你，你到底有沒有參與，你做了什麼？」

「我就是幫忙拍了影片。」

「然後呢？那個影片是你發上去的？」

「不不不、不是，我就把影片檔案給她了，她說有人幫她發。」

宋子誠點點頭，「那就好，你應該不會有什麼麻煩。聽我的，這件事你再也不要管了，以後蘇落肯定會找你求救，到時候千萬別手軟。你一手軟，就是自尋死路。」

鐿子點頭如搗蒜，他對宋子誠的信任遠大於他對蘇落的喜歡。

喬風只用了一個多小時便看完了那厚厚一疊論文。

藍衫問他有什麼成果，喬風答道，「根據這起謠言開始傳播的時機、炒作的重點、擴散的速度，我認為其背後是有網路推手的。再考慮蘇落的為人，可以百分之百肯定。」

「也就是說，蘇落花錢僱人炒作？她確實耍得出這種賤招。」

喬風摸著下巴沉思，又在紙上寫寫畫畫，初步確定了一個方案。藍衫拿他寫的東西過來看，研究了半天也沒看懂。

喬風摸著她的腦袋解釋道，「我只是以其人之道還治其人之身，通過傳播謠言的方式來傳播正當資訊，蘇落既然作死，我就只好送她去死了。」

「雖然聽不懂，但是，」藍衫對他豎了豎大拇指，「霸氣！」

喬風先打了電話給警察局裡的一個叔叔，問他們需不需打擊專門從事網路造謠的工作室，如果需要，他可以提供證據，保證一網打盡。條件是今晚他拿出證據，明天他們確定證據之後就要進行抓捕，並且抓捕之後曝光他所指定的資訊。

那位警察局的叔叔一半是執法需要，一半是給喬風一個面子，於是答應了。

然後喬風又打了個電話給吳文，問那個對傳播謠言起重要作用的女明星越曉曉的情況，能不能適當地控制她，吳文拍了拍胸膛，「包在哥身上。」

接著喬風又打通了幾個主要媒體的關係。

晚上，喬風在電腦前一直工作到凌晨兩點多。網路調查本來就是他的強項，那些網路推手們儘管在行事時很小心地掩藏行跡，但依然逃不過喬風的眼睛。不只這次事件，連帶著之前不少影響和波及較大的社會性事件，都被他拉出來了。

早上十點鐘，有人在公共論壇上發帖，以知情人的身分透露，藍衫是被陷害的。此人講述了蘇落在國外時劈腿、回國後想吃回頭草、被拒絕後想做小三而不能、最終設計陷害對方現女友的經過。

這個故事有些曲折又有些狗血，少數人信，但多數人不信，還有正義人士在聲稱要向某汽車官方投訴藍衫，不撤掉她的4S店不甘休。

這天是週日，網民們都休息，於是自發在網路上組織了投訴藍衫的活動，愈鬧愈大。

下午四點鐘，謾罵和投訴活動還在進行，此時，幾家權威媒體突然報導，目前警方剛剛抓捕了一個專門從事網路造謠活動的犯罪集團，其最近炒作的一個案例就是前天爆出來的「小三毆打正牌女友」，僱用人就是被打的那一個，目的是炒作抹黑藍衫。

什麼？？？網民們一下就懵了。

隨之，上午公共論壇那個澄清帖又被許多人頂起來擴散，許多人開始轉醒，一邊感嘆自己再次被網路謠言愚弄，一邊討伐蘇落。

晚上八點鐘，喬風登錄微博，以藍衫的男朋友身分公開澄清，解釋藍衫打人是由於蘇落多次騷擾他。同時表示，會將此事追究到底，一定會起訴蘇落。

到這時，依然有人不信，不過大多數人選擇相信警方。過了這麼久，警方都沒人出來否認這個消息，可見這個消息是真的。

沸沸揚揚的週末就這樣過去，這件事情看似澄清了，但是闢謠的消息總是不如謠言熱門，也就是說，依然有很多人沒有看到澄清，依然有很多人在暗地裡罵藍衫。

所以，喬風需要製造一個更大的熱門事件。

晚上，喬風打了個電話給蘇落。

蘇落這時候已經有點害怕了，她不信自己那麼倒楣，如果不是她倒楣，那一定是喬風從中作梗。她沒想到喬風有那麼大的手腕，能在一天之內請動警察局、權威媒體，這些並不是有錢就能做到的。

她最初做這件事也只是想出一口氣，藍衫讓她不爽了，她當然要還一巴掌。事情一開始很順利，卻沒想到竟然演變到現在這個地步。

蘇落找過鑷子，想請他幫忙，但鑷子拒絕了。

她還認識別的一些有來頭的人，但是一來交情沒到，二來他們未必能對抗喬風。

她有點怕，也有點後悔，喬風打電話給她時，蘇落在心中想好了條件。

喬風說，「我和藍衫在週一會舉行一個新聞發布會，我希望屆時妳能親自來，誠懇地向藍衫道歉。」

蘇落答道，「要我道歉可以，條件？」

喬風反問，「妳想要什麼條件？」

蘇落的聲音有些哽咽，「喬風，不要起訴我。」一般人說起訴什麼的，也就是嚇唬嚇唬而已，但喬風說了，蘇落相信他一定會這樣做。

喬風淡淡地答道，「蘇落，妳現在沒有資格跟我講條件。妳來道歉，為的是妳自己。主動道歉，認錯態度良好，在量刑時可以減輕刑罰。我不會強迫妳來，妳自己看著辦。」

蘇落終於哭了，「喬風，我求求你，我這次真的錯了，你饒過我好不好？我道歉，我一定會道歉！你不要起訴我了，如果留了案底，我會被學校開除的。」

何止是開除，如果她留了案底，就不要在中國的學術圈混了。不過喬風對此一點也不遺憾，因為蘇落就算做學術也做不出什麼名堂。

週一下午，喬風和藍衫果然共同開了發布會。按照道理說，他們兩個普通人開發布會有些搞笑，不太容易請到記者，不過出席發布會的有當紅女星越曉曉，於是在明星和熱門事件的聯合作用下，這場發布會吸引了廣泛的注意力，許多娛樂記者和社會記者到場。

藍衫今天氣色很好，坐在越曉曉身邊，絲毫不輸於她的美貌。喬風面容俊美，眉目如畫，兩人坐在一起非常登對，以至於發布會還沒開始，就有好多記者對著他們兩個劈哩啪啦地照相。

與之相比，蘇落則憔悴很多。

發布會的主要內容就是道歉，喬風三言兩語講清楚之後，先是蘇落聲淚俱下地道歉，然後是越曉曉為自己不負責任的轉發而道歉。

發布會散場之後，蘇落就被員警帶走了。

第二天，這場發布會分別上了社會版和娛樂版的頭條，這場風波至此落下帷幕。

藍衫的感受：我家爺們真強大！

喬風的感受：趕快結婚！

番外二　減肥記

本來嘛，藍衫的身材是很讓人羨慕的，個子高䠷，凹凸有致，是天生的衣架子。

然後在喬風的精心飼養下，她的體重緩慢而均勻地增加著，直到有一天，她自己從視覺上感覺到了身材的變化。

藍衫摸著腰上的贅肉哀嘆，「我都胖成什麼樣子了啊啊啊！」

喬風安慰她，「妳不胖。」

「騙人，看這臉，比薛丁格都肥了！」

沙發上的薛丁格抬頭看了他們一眼，無聊地低下頭繼續睡覺。

喬風低頭抿嘴笑，笑得特別特別蕩漾，「現在這樣挺好的呀。」她變得更圓潤了，看起來更加水靈白嫩，而且肉都往該長的地方長，那手感好得很，愛不釋手。

藍衫覺得現在這樣很不好，肥胖是美麗的殺手，她必須減肥。

什麼，節食？呵呵……

節食這種事情也不是你有決心就能辦到的，有些人就算刀架在脖子上，她也不能忍住不吃飽飯。

更何況，喬風天天變著花樣做好吃的給藍衫，這一招藍衫無法招架，只堅持了三天就投降了。

藍衫抱怨道，「你要配合我，不要再做好吃的東西給我了！」

「好的。」

喬風答應了，第二天，他幫自己做了頓好吃的，然後幫藍衫做了一碗水煮白菜豆腐，連點油鹽都沒加。

兩個人在同一張桌子上吃飯，喬風面前擺著三個盤子、一個飯碗，飯菜的香氣直往藍衫的鼻子裡竄。

這一招太賤了，藍衫幾乎沒有忍，就直接搶劫了他的飯菜。

節食失敗。

然後藍衫把目光投向了減肥藥，喬風對這個選擇極力反對。減肥藥是藥品，是藥三分毒，吃多了會有副作用的。藍衫買了幾次，每次都不同，喬風在分析藥物成分之後都會沒收。

後來她選了一種比較溫和的減肥藥物，雖然不能加速燃燒脂肪，但在一定程度上可以阻止碳水化合物轉變為脂肪。她拿著這個藥央求了好半天，喬風才允許她試吃一下。

當天，趁藍衫不在的時候，喬風偷偷把她的減肥藥全換成外形相似的維他命。他做這件事的時候好緊張，不過他一直在安慰自己，他只是在用正當的手段來捍衛老婆的身材，同時捍衛他的性福。

藍衫每天吃一次藥，吃完之後就去體重計上站一下。喬風每隔三天偷偷拆一次體重計，就這樣過了一個月，藍衫發現，她瘦下快一公斤。

這個減肥藥真的有效耶！

然後藍衫又買了好多減肥藥，與此同時，喬風又買了好多維他命。

這一天，藍衫窩在沙發上玩手機，懷裡抱著薛丁格。她看了一會兒手機，伸手摸過茶几上的水喝了一口，對喬風說道，「喬風，把我的藥遞給我一下。」

喬風在沙發的那一頭坐著，正在看電視。他沒聽清藍衫說的話，於是扭頭看她，「妳說什麼？」

「藥。」

喬風明顯愣了一下，「……在這裡？你確定？」

「對啊。」藍衫有些莫名其妙，就在茶几下邊擺著呢，他不可能看不到。

喬風放下遙控，開始伸手解襯衫的扣子。他一邊解扣子，一邊瞇眼看她，一臉的春心蕩漾。

藍衫：「……」

她無力吐槽，「喂喂喂、你想到哪裡去了，我是說藥！」

老婆大人這麼急切，喬風連衣服都來不及脫了，一下子撲過去低頭親吻她，「好了，知道了，馬上給妳。」

「唔唔唔！」

自從老婆吃了維他命，欲望就愈來愈強了，真是好性福啊、好性福。喬風美得冒泡，一邊親吻撫弄她，一邊騰出一隻手，揪住薛丁格的後頸，「嗖」地一下扔飛。

室內出現一個黃白相間的拋物線，伴隨著一隻貓的驚叫，幸虧薛丁格輕功了得，最後穩穩著陸。

沙發上的兩人已經糾纏在一起，室內漸漸響起濁重的呼吸聲和細碎的低吟聲。

番外三 盗號

有一陣子，小油菜跟著藍衫一起經常玩一個網路遊戲。網遊嘛，無非就是升級打怪砸裝備之類，兩人小農思想比較根深蒂固，不想在遊戲裡砸太多錢，於是組團乖乖地勤勞下副本、刷裝備。

某一天，遊戲系統出了一種屬性有點逆天的武器，藍衫對此勢在必得，每天準時準點去刷，導致喬風的夜生活品質被迫下降。

天可憐見，他每天把自己洗白白了放在床上等著老婆來享用，然而她卻盯著電腦裡一堆近乎白癡的資料兩眼放光、兩手抽風。

忍無可忍，喬風只好說，「我幫妳吧。」

藍衫以為喬風是打算幫她下副本，誰知道他卻說，「我直接駭進官方系統裡幫妳修改人物參數，改完之後妳包裡就多了這件武器了。」

藍衫幾乎嚇尿，「別呀！」那多沒意思啊！

喬風有些幽怨，「我也不太想作弊，可是我不改，妳什麼時候能拿到那個東西？什麼時候能……」能過上正常的性生活啊！

「我也不知道，它的掉寶率太低了！」而且每次只掉一個職業的，就算掉了，也不一定是她的職業，嚶嚶嚶……

最後，藍衫想到一個好辦法。喬風的手氣那麼好，不如下次打完BOSS讓他幫忙摸掉落寶箱？

於是第二天她再下完副本時，攔著所有人不准摸，讓喬風操控著她的遊戲角色把BOSS摸了個遍。

結果，全服第三把極品武器被喬風摸出來了，職業剛好還跟藍衫的相符。

「嗷嗷嗷！」藍衫高興得蹦蹦跳跳，ＹＹ裡一起下副本的團員聽到她的尖叫，紛紛說著恭喜。

喬風把滑鼠一推，笑看她，「打算怎麼獎勵我？」

團員們聽到男人的說話聲，都驚到了，不過大家很默契地沒有出聲。

藍衫低頭摟著喬風的脖子親了一下，喬風順勢一摟，摟著她坐在自己的腿上，然後扣著她的後腦擁吻。

親著親著，藍衫突然一驚，「ＹＹ還沒關呢！」

喬風看一眼電腦螢幕，聊天視窗裡，幾乎所有的團員都在發「臉紅」的表情，藍衫羞得滿面緋紅，喬風則平靜地直接關掉電源。

然後他笑看著她，「就在這裡，獎勵我。」

藍衫的逆天武器還沒摀熱呢，就被盜了。

盜號的十分兇殘，不只是黑了她的武器，還把她身上值錢的東西都弄走了。無法交易的貴重物品就融成零零碎碎的寶石，打在可交易的裝備上轉移。

總之，一夜之間，她成了裸奔的窮光蛋。

藍衫的心碎成了八塊，跑到喬風面前哭訴。

喬風一聽，大怒！

竟、然、敢！盜、他、老、婆、的、號！

當下，他只好捲袖子親自上了。

只要作案，必定會留下痕跡，他順藤摸瓜，很快找到了盜號的主謀。

考慮到某些不足為外人道的理由，喬風沒有要求盜號者立刻彌補損失，而是直接發了警告：「跟她道歉！要錄真人影片的，態度要誠懇！」

盜號的把他當神經病，鳥都不鳥他。

第二天，那位盜號的主謀發現自己的遊戲幣全被清空了！裝備全被融了！寶石全被餵豬了！媽蛋！

包包裡只剩一把新手大砍刀，並非那個神經病手下留情，而是這個大砍刀上刻了字，是神經病要轉達給他的：「明天開始清空支付寶和銀行卡^_^」

操你媽的！操你媽的啊啊啊！！！！！！

不怕一萬就怕萬一，萬一這個神經病他狂性大發呢！盜號的終於顫抖了，當晚就錄了道歉影片，聲淚俱下地懺悔一番發到遊戲論壇裡，當晚就引來罵聲一片。

由於盜號者的遊戲資料現在比藍衫還慘，因此藍衫那些損失她也沒追回來。不過看那個獐頭鼠目的壞蛋快要被口水淹死，她也挺爽的。

喬風提議花人民幣買點好的裝備，藍衫擺擺手，那多沒意思。

自這場風波之後，她基本上就淡出這個遊戲了。

兩人從此過上了正常的性生活……

番外四　假如喬風和薛丁格靈魂互換

喬風喝醉了。

喝醉的結果就是很累很累，這一晚過得有些混亂。他入睡時總覺得自己飄飄悠悠的，像是要坐地飛升一般。

第二天，在生理時鐘的作用下，喬風準時睜開了眼睛。醒來之後，他首先發現自己躺在了地上。然後他發現，他目光所及的一切事物都變得高大起來。

沙發、茶几、電視、盆栽全都在一夜之間都變大了幾倍，簡直超乎常理、超過科學範疇了啊！

喬風以為自己出現了幻覺，他想揉揉眼睛，結果發現，他的手竟然變得毛茸茸的……

這是什麼情況！

他驚得跳起來，這時候才發現自己彈跳能力非常棒。他一下子跳到茶几上，踩著茶几一低頭，頓時看到了明亮茶几上映出他的身影。

薛丁格……這是薛丁格！

喬風像是被雷劈了一般，久久地凝望著茶几映照出的那個胖貓臉，他用了好幾分鐘，終於消化了這個事實——他變成了薛丁格。

那麼他自己的身體呢？

喬風突然意識到了一個很不好的可能性，他急忙跑到臥室門口，瘋狂地撓門，一邊撓一邊叫：「喵喵，喵喵喵！（藍衫，快開門！）」

喬風現在十分後悔，自己昨晚睡覺前習慣性地把薛丁格驅逐出臥室。他喜歡享受二人世界，不需要一隻貓亂入，結果現在報應來得好快。

喊了好半天，門終於被拉開了，首先映入眼簾的是一雙粉藍色拖鞋，喬風拚命仰頭，終於看到了藍衫，他像是見到了救星，「喵喵！」

藍衫把薛丁格抱了起來，一邊摸著牠的腦袋一邊問，「小太監，你是不是看到老鼠了？叫得那麼……撕心裂肺。」

小、小太監？喬風瞪圓了貓眼，最後氣呼呼地一扭臉，他可不是太監！

「難道是餓了？」藍衫自言自語著，倒了好多貓糧給他。

作為一個有尊嚴的人類，喬風是無論如何也不肯吃貓糧的。

藍衫不明所以，看到薛丁格終於安靜了，她丟開他不管，轉身回臥室去找喬風。喬風這傢伙竟然沒有準時起床，真是難得一見！

喬風跟她去了臥室，輕輕一跳，躍上了大床。

床上的「喬風」睡得很沉很安靜，藍衫不忍心吵醒他。她心想，可能是最近這段時間他太累了吧。一個人，整天想著科學啊、宇宙啊之類的東西，不走火入魔就算不錯了。藍衫這樣想著，輕輕彎腰，閉眼吻向了喬風的額頭。

然後她親到了一個毛茸茸的爪子。

藍衫睜開眼睛，發現是薛丁格伸爪子擋在了「喬風」的額頭上，她哭笑不得地拎開牠，「你湊什麼熱鬧。」

喬風委屈地喵了一聲。

藍衫把他抱走，輕輕關好臥室的門，開始準備早餐，這件事平常是喬風來做的，她做起來有些生疏。

當她把早餐準備好時，喬風依然沒醒，藍衫也沒打算叫醒他。她打開電視，一邊聽晨間新聞一邊自己吃早餐，然後留了便條給喬風，就開始換衣服打扮，今天約好了要和小油菜一起逛街的。

可是薛丁格總是纏在她腳邊，她對小太監的熱情有點吃不消，乾脆把牠擋在浴室外。

等藍衫從浴室走出來時，發現電視的頻道變了，從新聞臺跳到科教頻道。

薛丁格正蹲坐在沙發上，頗有幾分正襟危坐的氣勢，牠直直地盯著電視螢幕，搞得好像牠真的能看懂似的。

藍衫迷茫地撓了撓後腦勺，這是她自己切的頻道？怎麼一點印象都沒有呢？

不是她自己還能有誰？喬風可是還在睡覺呢，總不可能是薛丁格那小太監吧？

正覺得這個想法相當搞笑，藍衫就看到沙發上正襟危坐的薛丁格稍稍移了一下前爪，按到身邊的黑色遙控器上，牠目不斜視，輕輕一按，電視就立刻跳到下一個頻道。

藍衫：「！！！」

這胖貓是成精了吧？是吧、是吧？

藍衫覺得這很有可能是個巧合，這他媽的一定是個巧合。當薛丁格碰到遙控時發現電視會變，牠當然會覺得有趣並再嘗試。

她自動忽略了那胖貓是如何精準地按到換臺按鈕的。

喬風本來是想去書房的，去了書房牠就可以開電腦，開了電腦牠就可以用兩隻貓爪子告訴藍衫現在他們面臨的緊急情況。然而，藍衫不准牠走進書房，原因是怕牠把書房弄亂，影響到喬風的工作。

打扮好之後，藍衫就要出門了。

喬風身體輕盈許多，一跳一跳跑到了她的前面。牠用身體擋著門，不准她開。

藍衫也不知道今天這小太監為什麼這麼黏人，她蹲下身，耐心地揉揉牠的腦袋，「乖哦，媽媽今天有事情，等下你去和爸爸玩。」坦白來說，一直以來她給予薛丁格的溫柔還要多過給喬風的。

喬風聽到此話，不滿地叫了一聲——什麼媽媽呀，妳是我老婆！

藍衫想把牠抱開，喬風只好祭出了撒嬌大法，牠用腦袋輕輕蹭她的腳踝，小心翼翼地喵喵叫，聲音又細又軟。

作為一個傲嬌的小太監，薛丁格很難得主動賣萌，每次賣萌都是一次絕殺，這次也不例外。藍衫很快被牠俘虜了，她把牠抱在懷裡柔聲問道，「你是想跟我出門嗎？」

喬風頭枕著藍衫的胸口，聽著她的溫聲細語，舒服得直呻吟，「喵……」做貓和做人果然是兩種體驗，如果可以一直這樣被她溫柔地抱著、哄著，那麼當個薛丁格也似乎蠻有前途的……

藍衫自然不知道此刻這張貓皮下那個靈魂的想法，她只是覺得，薛丁格突然很喜歡她、很黏她了呢，看牠如此賣力地撒嬌，她無論如何也不忍心丟下牠，於是收拾了一下，把牠也帶出門了。

上車時，喬風拒絕坐在座位上，牠爬到了藍衫的雙腿上，從現在開始，這裡是牠的專屬座位。喬風有些感慨，有時候他會把藍衫抱到自己的腿上坐著，但是他真的沒想到，自己也有坐在她腿上的一天。

而且，還蠻舒服的……

她穿著裙子，此刻坐下來露出膝蓋。喬風趴在她腿上，伸著小爪子輕輕拍她的膝蓋。貓咪的爪子又軟又彈，拍在人的皮膚上有種很神奇的舒服感，藍衫被牠拍得呵呵直笑。

喬風玩夠了，又翻了一下身體，面對著她的小腹。想到一早被她冷落時的淒涼，喬風惡向膽邊生，牠悄悄深出爪子，探進她的衣服，去按她的肚臍。

藍衫怪叫一聲，緊急踩了剎車。她氣得敲牠的腦袋，「小太監，我在開車呢！」

哎呦，玩過頭了。不過真的很不喜歡「小太監」這樣的稱呼啊……

為了防止胖貓再生事端，藍衫拿了細繩和項圈把牠拴在了門把手上，這樣牠只能蹲在副駕駛座上，不能再跑來搗亂。

喬風很憂傷，只好直起後腳，兩隻前爪趴在車窗上看風景，那背影，怎麼看怎麼憂鬱。

看了一會兒不過癮，牠一抬後腳，搖下了車窗。

藍衫：「……」

由於藍衫帶著一隻寵物，她和小油菜約定要去的商場禁止入內，所以她們也只能逛「街」了。小油菜還有些抱怨，藍衫怎麼突然心血來潮把這胖貓帶上了，她們又不是野餐。正說著，小油菜感受到了那胖貓扭臉投過來的視線，那種睥睨眾生的氣勢以及淡淡的冷漠，似乎在向小油菜說：「請妳閉嘴。」

於是小油菜立刻閉嘴了。她心虛地摸摸鼻子，覺得自己真是神經病，她怎麼會從一隻貓的身上感受到喬神的氣場呢，這一定是錯覺。

兩人逛街免不了試衣服，一開始，藍衫還能和小油菜輪流，一個試衣服另一個看東西，重點是看著薛丁格。到後來，兩個失去理智的女人就只想著雙管齊下都去試衣服了，薛丁格……哦不，應該說是喬風，就只能被拴在專用籃子上然後托店員照顧了。

喬風很鬱悶。牠無聊地蹲坐在籃子裡，左右看看，都是陪女朋友逛街的男人，只有牠一隻貓。在陪女人逛街這種事情上，當貓和當人的區別似乎並不大。

坐在牠右邊的先生正在用平板電腦玩遊戲，喬風百無聊賴地掃一眼，看到他在下圍棋。這位先生執白子，螢幕上已經填了不少棋子，喬風多掃了幾眼，看出局勢正在關鍵之處，可是執白的這位老哥卻一直盯著螢幕無動於衷，像是被困住了。喬風無聊死了，看到他總是一動不動，於是牠動了……

牠伸出爪子，啪地一下拍在螢幕某處。

下棋男被突然伸過來的一個毛茸茸爪子嚇了一跳，他驚訝地轉頭，看到一個貓臉。

「啊！」他嚇得驚叫。

那貓咪輕輕掃了他一眼，又坐回到自己漂亮的籃子裡。

下棋男簡直不敢相信，看那貓咪的眼神，他這是被一隻貓鄙視了？這怎麼可能！他覺得怪異至極，便揚聲問道，「這是誰家的貓？」

這時，藍衫和小油菜走過來，兩人剛試完衣服，不怎麼滿意，恰好遇到下棋男的質問。她們兩個以為薛丁格闖禍了，於是不好意思地道歉，下棋男見是兩個美女，也不好意思怎樣。

他的注意力又回到自己的棋局上，突然發現，困擾他好久的棋局終於解開了。他猛地抬頭，看著那兩人一貓離去的背影，忍不住臉上露出驚恐的表情……

藍衫對此一無所知，她們逛完了街，坐在一家咖啡店裡休息。一開始店員是不放寵物進門的，喬風勉為其難地賣了個萌，店員才捧著臉把他們放進去。

她們點單的時候，喬風端坐在籃子裡，伸爪子指了指玻璃櫃裡的草莓慕斯，藍衫便幫牠點了一個。

小油菜感嘆道，「不愧是喬神養的貓啊，智商都能碾壓普通貓。」

藍衫偷偷對小油菜說，「我覺得薛丁格要成精了，牠今天好像一直能聽懂人話，智商也變高了。」

「那怎麼辦，成精是要被雷劈的，這幾天天氣預報有雷陣雨，說不定就是衝著牠來的呢！」

小油菜一臉的認真，藍衫也忍不住嚴肅起來，甚至認真考慮了「成精被雷劈」的可能性，接著她發覺自己真是傻了，怎麼會相信這種事情，果然跟小油菜在一起玩智商是會變低的。

小油菜又誠懇地建議，「不然妳把薛丁格放在避雷針下面？那樣估計就能逃過這一劫了。」正說著，突然發現薛丁格用眼風冷冷地掃她，她立刻識相地閉嘴，閉完嘴又糾結，她為什麼要怕一隻貓啊！

兩人坐下來連了店裡的無線網路，一邊聊天一邊玩手機。藍衫怕薛丁格無聊，用平板電腦播放影片給牠看，影片裡都是薛丁格牠自己，牠很愛看的。

聊了一會兒天，藍衫瞥一眼薛丁格，然後她赫然發現，那平板電腦裡已經沒有在播放影片了，而是開著一個遊戲，叫做保衛蘿蔔。

不僅如此，她們家的小太監，此刻正移動著毛茸茸的爪子，飛快又有條理地種著衛兵，做到了身體力行的保衛蘿蔔。

藍衫：「……」

小油菜：「……」

藍衫回家時，小油菜陪著她。兩個人都是驚魂未定又憂心忡忡，唯獨喬風，躺在藍衫腿上舒舒服服地睡著了。

藍衫和小油菜對視一眼，兩人都看出了對方的意思——一定要認真考慮把薛丁格放到避雷針底下。

回到家，藍衫抱著剛剛睡醒的喬風，小油菜幫她開了門。一走進去，藍衫以為自己家裡進賊了，因為屋裡簡直太亂了。

喬風頓感不妙，家裡有個名義上的大活人，其實那很可能是一隻貓！

果然，再看第二眼時，兩人一貓都發現了客廳裡的那個大活人。

那位在小油菜眼中冷冰冰又高高在上、在藍衫眼中有潔癖又龜毛、在喬風自己眼中有條理又自律，那風一樣的男子「喬風」，此刻正毫無形象地坐在地上。

他只穿著睡衣，扣子扣得都不齊全，他懷裡抱著個飯盆，那是獨屬於薛丁格的飯盆，飯盆裡空空如也。而根據那位男子嘴邊沾著的殘渣，不難推測這飯盆中貓糧的去向。

藍衫張大嘴巴，簡直不敢相信自己看到的一切，她本來還在想，有什麼能比薛丁格玩保衛蘿蔔更讓人震驚，而現在，她看到了。

她低頭看看懷中的薛丁格，發現牠正兩隻前爪捣著眼睛，似乎很是不忍直視，牠悲傷的叫著，「喵喵喵喵，喵喵喵喵！」

一世英名，毀於一旦！

番外五　吳文和小油菜

1

吳文這個人，生活經歷很多彩多姿，豐富到可以寫一本厚厚自傳的地步。如果真的要寫一本自傳，他覺得，其中至少要有三分之一的篇幅去介紹他神奇的父母、神奇的弟弟，另外有三分之一的篇幅來介紹他神奇的妻子，最後才是介紹他的創業經歷。

當然，他還希望留一塊地方，來進行深刻的自我反省，反省自己到底是怎麼愛上肖采薇那個神經病的。

他的弟弟喬風說，所有成年的感情世界裡，都能找到童年的影子。

吳文的童年是什麼樣的呢？

他從小就天不怕、地不怕，四歲的時候已經稱霸幼稚園了。那年，他媽媽又懷了寶寶，她高興地告訴他，要生一個妹妹。

自此之後，全家都在期待這個妹妹的到來。

吳文五歲時，他多了一個「妹妹」。他守著那個皺巴巴的小孩子叫「妹妹妹妹妹妹」，可是妹妹都不理他。

吳爸爸和藹地摸著吳文的小腦瓜笑道，「以後要保護妹妹。」

小小男子漢挺起胸膛，嚴肅地點了點頭。

這就是他的爸媽，就因為夫妻二人想要女兒，等到生出來一個小兒子，他們堅定地把小娃娃當女兒打扮，還誤導吳文叫他妹妹。

整整一年，吳文一直以為，女孩子和男孩子一樣，是有小雞雞的，男女之間的區別呢，主要是穿的衣服不一樣，另外女孩子要梳小辮。

六歲那年，這個巨大的謊言被吳文親自粉碎了。他終於發現，男孩和女孩的區別不在於頭上的小辮，而在於撒尿的方式。

爸爸、媽媽在面對他的質問時，很真誠地和他道了歉。

雖然看起來是自己勝利了，但吳文依然很失望，他已經把喬風當可愛的妹妹保護了，可是他為什麼不是個妹妹啊！

更可怕的是，這個弟弟愈長愈好看，比女孩子都好看。面對這麼漂亮精緻的弟弟，吳文總忍不住把他當妹妹。

這個時候他終於有點理解爸爸、媽媽的心情了。

喬風在上小學之前，在家庭中一直被迫扮演著「女兒」和「妹妹」的角色，儘管他自己或許並沒有意識到。上了小學之後，喬風性格中的性別特點漸漸顯示出來，吳文再也不能愉快地把他當妹妹了。

不過，他是多麼希望真的有一個可愛的妹妹呀！這樣的怨念在喬風時不時地挑戰他作為兄長的權威時，尤其明顯。

少年時代的吳文保護欲過剩，而他的神奇弟弟消化不了這麼多的保護欲，剩下的一部分自然而然地轉化為一種隱約的執念埋在心底，只等成年以後被激發出來。

根據喬風的理論，這恰好能解釋為什麼吳文在成年之後對異性的偏好只有一種，可愛、俏麗、會撒嬌、需要保護的這種妹妹類型的女生。

好吧，至少從外表上看，肖采薇符合這些特點。

當然，吳文是個有品味的人，不可能因為外表就對她有想法。事實上，自從肖采薇在溫泉度假村把他按在地上差一點強上之後，吳文就漸漸地看這個女人不太順眼了，之後他發現了她神經病的本質，自然各種鄙視。

六月二十八號晚上七點多在郊區的農家院裡，吳文對小油菜的反感達到了頂點。

他發現藍衫和小油菜嚴重誤會了他們兄弟二人的關係，而閱人無數的吳文，直覺認為小油菜與這種誤會有莫大關係，當下把小油菜拉出去在外面的小樹林裡一通盤問外加恐嚇。

小油菜全招了，她那個心虛啊，低著頭，肩膀縮著，恨不得把自己縮成小小的一團，然後圓潤地滾開。

吳文看著她歪脖子槐樹一樣的身姿，認為這是態度的直接體現，於是怒道，「妳給我站好！」

小油菜嚇得一抖，慌忙站直。

「頭抬起來，看著我。」

她抬起頭，目光平視，由於高度差的問題，只能看到他的胸口。為了和他對視，她只好仰起頭，天太黑，兩人離得近，這直接導致她仰頭的幅度很大，才得以看到他的臉。

從下巴往上看，仰角太大，他睥睨的意味十足。

小油菜的脖子有點酸，忍不住抱怨道，「吳總，您能站遠一點嗎……」

吳文氣樂了，這渾蛋，還敢嫌棄他！他故意往前邁一步，兩人距離更近，幾乎貼在一起。吳文感覺他只要稍微探一下頭，他的下巴就能蹭到她柔軟的瀏海。

小油菜身體一僵，操你媽，黑燈瞎火的，這位大哥突然靠這麼近，難道是想非禮她？

啊啊啊，來吧！

吳文突然說道，「妳這個人敗壞老闆名聲，留不得了。」

大爺的，這是要滅口！小油菜反應飛快，轉身就跑，「救命啊！殺人啦！」

吳文的手很長，一把將她拽回來。他一手撈著她的腰，一手摀著她的嘴怒道，「妳幹什麼！」

「唔唔唔……」她一邊奮力掙扎，一邊去掰摀在嘴上的手。

她那點力道，在吳文眼中跟撓癢癢似的，他在她耳邊說道，「放開妳可以，不要再胡說了！」

她猛點頭。

吳文便鬆開了她，小油菜摀著胸口咳嗽了一會兒，順回了氣，於是大著膽子問道，「吳總，您剛才說不能留我了，是什麼意思？」

「明天自己遞辭呈。」

這話猶如一個驚天霹靂打下來，小油菜哭喪著臉告饒，「嗚嗚嗚、吳總您不要辭掉我，我上有老、下有小，沒有工作會全家挨餓的，您就當日行一善，把我當個屁給放了吧……」

吳文狐疑地看她，「上有老，下有小？」

「啊？……啊。」

這下輪到吳文被雷劈了，他問道，「妳有小孩了？」

「沒。」

「那妳下有什麼小？」

「小、小烏龜，我養了個小烏龜，牠叫文文，非常可愛。吳總我的烏龜只吃蝦仁，我要是失業了牠就會斷糧了，您就可憐可憐牠吧……」

吳文的聲音突然冷下來，「妳的烏龜叫什麼名字？」

小油菜恨不得給自己一巴掌，怎麼這個時候了還在拉仇恨，她連忙改口道，「叫『問問』啊，『問世間情為何物』那個問，我失戀的時候收養的，呵呵呵……」

吳文捏了捏額角，他有點無語。他把她拉出來是教訓人的，怎麼發展成現在兩人一起討論她寵物的名字？這關他屁事啊！

於是他擺擺手，「停，明天交辭呈，走吧。」

小油菜一頭紮進他懷裡，死死地抱著他，「不要啊！吳總您就放過我這一次吧！從今往後我保證當牛當馬、任勞任怨！」她摟著他，往他懷裡蹭著，心想，老娘這次就算丟了工作，也要吃夠豆腐討回本。

吳文推了她好幾下，結果她跟黏在他身上似的，他只好說道，「這樣吧，我給妳一個申辯的機會，妳講一個理由，讓我能夠不解僱妳。」

小油菜鬆開他，擦了擦嘴角，醞釀了有一分多鐘，最後說道，「吳總，我知道我這樣亂猜測是不對，其實主要原因是我有陰影。我、那個，我前男友，就是被男人搶走的……」

她這輩子的智商都用在編故事上了。吳文聽此，莫名的有點幸災樂禍，「妳也太不長眼了吧？」

「嗯，」她點點頭，一臉沉痛，「所以我風聲鶴唳，草木皆兵，我對男人充滿了惡意，看到帥哥時總忍不住亂猜他們的關係。我錯了，我有罪，對不起！」

「妳愛他嗎？」

「啊？」小油菜驚了一下，但很快反應過來，「我……還挺喜歡他的。」

「大學同學？」

「對哦。」

「跟妳一樣，學行政管理？這科系男生不多見吧，你們班女生那麼多，不說別人，光藍衫就比妳漂亮，他怎麼會看上妳？」

「他……」我怎麼知道啊！

「哦、也對，他不喜歡女生，看上妳是因為妳智商低，好騙。」吳文自己把這個謊言順理成章，幫虛構的人物豐富了形象。

小油菜忙不迭地點頭。

吳文又問，「他叫什麼名字？」

小油菜：「王大錘。」

吳文：「操，還真的有人叫這個名字的，哪裡人？」

小油菜：「本地人。」

吳文：「本地人？哪個國中畢業的？」

小油菜順口說道：「ＡＡ中學。」

吳文：「我也是ＡＡ中學的，晚點我查查這個人。」

小油菜連忙又搖頭：「不是、不是，他是ＡＡ中學隔壁那個ＤＤ中學的，我高中校友。」

吳文點點頭，「來，講講你們的事。」

「往事不堪回首，不提也罷。」

「就是因為不堪回首我才要聽，來、說說他是怎麼騙妳的，讓我開心一下。」

小油菜只好硬著頭皮繼續編，她編了一個纏綿悱惻又蕩氣迴腸的愛情故事，可惜吳文不斷提問，導致她不停地幫自己的故事圓謊，講到後來她的思路都錯亂了。

此時兩人已經坐在林中小路的旁邊，樹木稀疏，漏下來點點星光，夜色有些暗，吳文深邃的五官看起來有些模糊，但小油菜能感覺到他的不悅。

他突然說道，「趴下。」

「幹嘛？」

他又吩咐了一遍，「趴下。」

小油菜小心翼翼地趴在地面上。

吳文按著她的腿，抬起手對著她的屁股就是狠狠一抽，小油菜吃痛慘叫。

「背地裡說我壞話，還撒謊騙我，妳當我傻嗎！」吳文一邊說著，一邊又打了一下。

小油菜疼得哇哇亂叫，「吳總我錯了，我不是想讓你開心一下嗎？」

吳文不管不顧，又打了她好幾下。

小油菜疼得哭了出來，嗚嗚地一邊慘叫一邊求饒。

打了一會兒，吳文停下來，小油菜哭得沒了力氣，正趴在地上小聲啜泣。吳文問道，「妳好好想想，我打妳打錯了嗎？」

「壞蛋！」

吳文笑了，「我就是壞蛋，妳能把我怎樣？」

這時，不遠處傳來簌簌的動作聲，以及男女的交談聲。

女：「不要！」

男：「怕什麼，親愛的，來吧！」

女：「嗯……附近有人！」

男：「他們比我們狠，人家玩SM呢，沒聽那女的叫那麼大聲？」

女：「不要，你……唔……嗯……啊……」

S你大爺、M你個頭啊！

小油菜的臉倏地紅起來，她又氣又惱又羞又怒，壯著膽子揚聲道，「閉嘴！」

那個女人似乎把這理解為一種挑釁了，於是叫得更大聲。

小油菜好不尷尬。

吳文也很尷尬。附近的喘息聲很明顯，而且那個女人很會叫，還叫得那麼賣命……漆黑的夜，小樹林，他剛打了一個女孩的屁股，現在耳邊聽的是某個女人的叫床聲，太刺激了。

吳文一不小心回想起剛才打小油菜屁股時手上的觸感，打人時並沒有什麼邪念，現在卻覺得手上沾的是揮甩不掉的曖昧，他想得身體漸漸發熱，很自然而然地有了反應。

我操！這都是什麼事啊！

當男人就是這點不好，不管你願不願意，被誘惑和挑逗時總是容易著道。

吳文忍不住把打人的那隻手按在大腿上猛搓，希望自己冷靜下來。可惜那兩野鴛鴦現在是真的嗨起來了，不管不顧外界的情況，他耳根子清淨不下來，心緒自然也不好平靜。

小油菜帶著哭腔說道，「我們走吧？」說著要起身。

吳文連忙轉過身去，「妳先走，到前面路口等我。」

「為什麼呀？」

「不要問為什麼，妳還想挨打嗎？」

小油菜只好抱怨了一句，爬起來捣著屁股先走了。

吳文從來不在乎自己的節操幾斤幾兩重，這下小油菜走了，他覺得與其找個地方試圖讓自己冷靜——還不知道什麼時候能冷靜下來，不如就地解決一下，然後趕快回去。

於是他坐在地上，背靠著一棵樹，開始撫摸自家小弟弟。

他做這件事時喜歡閉著眼睛，然後會產生一些幻想。由於接二連三地被小油菜衝擊到，於是這次他幻想的美妙畫面裡出現了肖采薇那個神經病。她穿著泳裝搓著手，淫笑著撲過來。

吳文嚇得睜大眼睛，恰好看到不遠處站的小油菜，他驚得差點痿掉，「啊！」

夜色太暗，小油菜沒看清吳文在做什麼，她問道，「吳總你怎麼了？」說著，就要走近。

「妳別過來！」吳文慌忙從褲子裡抽出手，裝出一副很鎮定的樣子。

小油菜停止不前，她一手摀著屁股，疑惑地又問了一句，「吳總，你到底怎麼了，是不是哪裡不舒服？」

此時，隔壁那個女人在咿咿呀呀地叫，「好舒服……」

吳文有氣無力地問，「妳為什麼回來？」

「我怕……」小油菜說著又哽咽了，她不是裝的，是真怕。

今天的月亮一點也不亮，附近也沒有路燈，小樹林裡黑黑的，她都不敢走出去，就又折返回來了。

吳文怒道，「騙誰？妳連蛇都不怕，會怕黑？」

「蛇有什麼好怕的……我就是怕黑啊，我怕遇到壞人，我屁股還痛著呢！」

「別跟我提屁股！」

就像是故意配合他們的談話，隔壁傳來打屁股的聲響。

吳文已經無法形容現在的心情了，他無奈地吐了口氣，「妳站在那裡，不要動。」

小油菜很聽話地站著，一邊又問，「吳總我們什麼時候回去？」

「閉嘴！」

小油菜聽話地閉了嘴，站在那裡看著吳文。

吳文像是被她看穿了一般，有一點心虛，但又有一點興奮，這種感覺有點複雜，加之隔壁那對野鴛鴦的刺激，於是他的小弟弟還在興頭上。

「妳轉過身去。」他突然說道。

小油菜遲疑地轉身，一邊不放心地說道，「吳總你不要偷跑丟下我。」

「……放心！」這是操的哪門子心！

小油菜轉過身去之後，吳文又把手伸進了自己的褲子裡。他不敢鬧出太大動靜，怕驚動她，好在有別人的聲音做掩護。他也不敢閉著眼睛了，於是全程睜大眼睛。

他的視線裡就這麼一個活人。

她個子不算高，身材纖細，表面看著有點乾癟，實際上脫了衣服要什麼、有什麼，而且身子骨很柔軟——他親自鑒定過。

吳文盯著她的背影，小心地動作，總算度過了這場煎熬。

這輩子都不想再做這種事了……

2

回到公司之後，小油菜裝傻賴著不走，賊賊地窩在總裁辦公室裡儘量不出門，減少和總裁大人的正面接觸，加上吳文的弟弟又病了，他一操心，就把小油菜暫時拋諸腦後。

等他閒下來終於想要料理她時，這女孩已經低調了幾天，見他時也總是一臉諂笑，恨不得在身後安個尾巴左右搖擺以示忠心。

吳文一時動了惻隱之心，也就沒趕走她。

不過嘛，總歸是看她不順眼的。

吳文認為，既然她這麼閒，閒得可以到處聊別人的八卦，那不如多派點工作給她幹吧。

於是小油菜的日常工作突然加重，會議紀錄要她來寫，部門考核要她來整理，媒體聯繫要她去跑，不僅如此，由於她穩穩地拉住了仇恨，總裁辦的工作出現問題時，最後的矛頭總是能準確地指向她，這使得辦公室其他成員都覺得幸福感直線上升。

真是……苦不堪言。

這天離下班還有一個小時，總裁助理拿了些資料給小油菜，笑道，「吳總需要妳草擬一份重要文件，內容和要求都寫清楚了，電子版的資料直接 mail 到妳的信箱啦。嗯，吳總希望妳今天就能把資料給他。」

言外之意，今天弄不完就不用下班了。

小油菜握緊拳頭按著資料，兩眼放光，恨恨地磨牙。

助理總覺得她的眼睛在冒綠光，而且他聽到了她的磨牙聲。於是他問道，「妳怎麼了？」

小油菜笑得甚是鬼畜，「早晚把你給睡了！」

助理內心：我操！

他趕緊跑了。助理沒想到自己也有被潛規則的時候，對方還是個女孩……啊不對，這什麼話，當然是個女孩！不不不、這不是重點，重點是他是有老婆的人，他對老婆很忠心的好不好！

媽蛋有點凌亂了……

小油菜並不知自己無意中造成了一個好男人的恐慌，她磨完牙，想像一下自己把吳文睡了，而他哭哭啼啼求負責的畫面……想著想著她不生氣了，開始傻樂。

意淫完畢，一看時間，我的媽呀、還剩半個小時！

好吧，反正她下班之前做不完了，今天鐵定加班，想到這裡她又冷靜了下來，於是開始仔細地看資料。

小油菜這個人吧，沒什麼天分，還笨。她也知道自己笨，就只好用勤奮來彌補，工作態度很端正，認認真真、兢兢業業，從來不偷雞摸狗、混水摸魚。因此她的工作能力雖然不是最突出的，但也一直都不錯。

晚上八點半，小油菜把檔案又檢查了一遍，確認無誤，mail到了吳文的工作信箱。她伸了個懶腰，收拾好東西，把桌上吃剩下的外送便當盒也拎起來。天氣熱，剩飯剩菜如果扔到辦公室垃圾筒裡，容易產生怪味，所以她一般是扔到外面的垃圾筒裡。

她一手拿包，一手拎著外送餐盒，踩著高跟鞋嗒嗒嗒地走出辦公室。

吳文從辦公室出來時，正好看到小油菜的背影。他放輕腳步跟上去，想嚇唬她一下。

也不知道是為什麼，他面對肖采薇這個神經病時總是容易惡趣味橫生，大概是替天行道的正義感使然吧。

吳文走近時，低著頭，在她後腦勺處用氣聲緩慢叫她，「肖——采——薇——」

他的聲音飄忽，聽起來涼颼颼的。小油菜身體一僵，嚇得汗毛倒豎，剛要回頭，她立刻又警告自己，不能回頭！

傳聞人有三盞燈，頭上一盞，兩肩各一盞，燈火就是陽火，燈亮時鬼怪不敢靠近，但要是人一旦回頭，就會把肩上燈火熄滅，到時候那些孤魂野鬼就高興大發了……

所以鬼在害人時總是在背後叫那個人的名字，騙他回頭，偶爾還會拍人的肩膀，目的也是一樣。

這樣的腦補讓小油菜渾身冒冷汗，她僵直著脖子，腳步不停。終於、終於，她感覺到後面那個東西真的拍了一下她的肩膀。

啊啊啊啊！！！

她拔腿就跑。

她左手拿包、右手拎外送餐盒，小臂不自覺地向兩邊張開，踩著高跟鞋搖搖擺擺地，看起來像個暴躁的企鵝。吳文沒想到她動靜這麼大，剛要開口喊住她，卻看到她的腳一扭，身體斜斜地倒下去，他立刻改口，「小心！」

小油菜已經和吳文拉開了距離，吳文衝過去時，她早就已經慘烈地與地面接觸，趴在地上一動不動，像塊人形水泥似的。

吳文蹲下身扶起她，「沒事吧？」

小油菜坐起來，看到是吳文，頓時知道剛才那個東西也是他。她又羞又惱，又憤怒又委屈，氣呼呼道，「你幹什麼呀！」

吳文心虛，聲音有些弱，「開個玩笑而已，誰知道妳膽子那麼小。」

小油菜氣得扭頭不理他。她看到不遠處有個垃圾筒，於是把外送餐盒對著垃圾筒的入口一扔。毫無意外地，沒中。那個外送餐盒碰了垃圾筒一下，然後反彈到地上。

吳文嘆一口氣，站起身走過去，彎腰撿起盒子，扔進垃圾筒。他真的沒想到自己還有幫別人撿垃圾的時候。

他扔垃圾時，小油菜看著他的身影，眼睛滴溜溜地轉著。

等吳文走回來時，她捣著腳腕呻吟，「哎呀，好疼！」

吳文皺眉，拿開她的手，檢查她的腳腕，「妳剛才扭的不是這隻腳吧？」

「……」真的嗎？

小油菜騎虎難下，繼續慘叫，「兩個都扭到啦，我穿那麼高的鞋子。」

吳文哼了一聲，「妳也知道自己鞋跟高？有需要嗎，長得矮又不是妳的錯。」

小油菜有些不服氣，「我不矮……」

吳文不想跟她抬槓，他扶著她的腳輕輕動了一下，「疼嗎？」

「疼，你看，都腫了。」

「哪裡腫了，我怎麼看不出來。」

「好嘛，你看不出來，沒有腫，那你可以走了，不要管我。」

吳文有點無奈，「我送妳去醫院。」

「不用去醫院了，塗點紅花油休息一天就能好，不過……」小油菜指指自己的鞋子，「我的鞋好像壞了，你得賠我一雙。」

「好，多少錢？」

「不要現金，你陪我去商場買。」

吳文有點蛋疼了，「妳有完沒完了？」

「好哦，那算了，你走吧，我自己可以爬回家的。」

「……」

最後，吳文還是妥協了。小油菜對對手指，小聲說道，「我現在腳痛走不了，你只能抱著我去逛商場了，如果你不願意就算了。」

「閉嘴。」他說著，彎腰把她打橫抱起來。

啊啊啊啊被男神公主抱了！好幸福！

小油菜窩在他懷裡，她的頭溫順地靠在他胸前，額頭抵著他的鎖骨。她從來沒有與他如此接近過，此刻幸福得冒泡，小心肝噗通噗通狂跳。

吳文只覺懷中人的份量很輕，她骨架小，也不胖，身體軟軟的，此刻沉默地偎依著他，像個聽話的小動物。

他心想，女孩要是表裡如一該有多好啊！誰能想到，看起來這麼溫順可愛的女孩子，實際上是個神經病……

吳文抱著小油菜，心情複雜地進了電梯到地下停車場，然後開車帶她去了離公司最近的一個商場。

他抱著她進了商場，一路上無數人側目。吳文目不斜視，把小油菜帶到了一個女裝專櫃，抱著她站在鞋櫃前，「說吧，要那一雙？」

小油菜被鞋子的價錢標籤震撼到了，「好貴！不要這裡的。」

吳文有些不耐煩，「別給老子裝。」

「不是這樣的，」小油菜搖搖頭，「吳總，如果是你被我的美色迷惑了，那麼你送我多貴的鞋子都沒關係，但現在是你賠償我的損失，所以應該照價來，如果太貴，我不就是變相的敲詐勒索了嗎？」

吳文笑了，「妳？美色？呵呵。」

小油菜鬱悶地低下頭，「我也常被人叫美女的好不好！」

「那是別人客氣，妳還當真了。」

她生氣了，「你放我下來，我要爬回家！」

「好了、好了，再鬧把妳扔出去。」

吳文發現自己的忍耐力太好了，他忍了她一路，現在又忍著抱她換地方，直到找到一個她滿意的專賣店。

小油菜挑了幾雙順眼的，吳文嫌鞋跟太高，不准她買。最後她坐在沙發凳上，雙手一攤，「那你說我買哪一雙？」

吳文選了一雙粉藍色帶蝴蝶結的中跟鞋。

小油菜有些嫌棄，「不要，太幼稚了，我可是要成為職場女王的。」

吳文嗤笑，「我求求妳，妳放過女王吧，馬上給老子換鞋。」

她坐著不動，「我腳痛，你幫我。」

他深吸一口氣……忍！

於是吳文握著鞋子蹲下來，真的幫她換鞋了。他感覺蹲著不舒服，於是換了個更方便的姿勢，半跪在地上。他握著她的腳踝，輕輕脫她的鞋子。

嗷嗷嗷！男神幫我換鞋了！好幸福好幸福好幸福！

小油菜甜蜜地捧起臉。

就連一旁的服務員也是眼冒紅心，微笑地看著他們。

吳文低著頭問道，「妳腳臭不臭呀？」

小油菜：「不臭，不信你聞聞。」

吳文氣得翻白眼，「妳給我去死。」

服務員心碎地轉過身去。說好的浪漫呢？這個時候談這種話題你們是在逗我吧？

換好了鞋、付完了款，總算完成這個煩心的任務了。吳文長吁一口氣，開車送小油菜回家。

路上，小油菜穿著男神買給她的鞋子，心情棒棒噠，她忍不住唱起了歌。

吳文對她的歌聲已經產生陰影了，他勒令她閉嘴。

閉了一會兒嘴，小油菜弱弱地說道，「吳總啊，我求您一件事。」

「說。」

「能不能以後不要讓我每天加班呀？你看，我都累瘦了。」

「哼。」

「吳總，我知道您是想栽培我、重用我。」

吳文：呵呵，你想多了。

小油菜繼續說道，「可是呢，凡事都要循序漸進，不可操之過急。您現在這樣做呢，無異於殺精取卵——」

吳文只覺得襠部涼颼颼的，他怒斥，「殺雞取卵！雞！雞！」

……我操好像也不對？

小油菜點著頭，「哦哦，不好意思有點大舌頭，吳總你不要激動嘛！我國文成績很好的。」

吳文還沉浸在一些不太好的聯想中，他沉聲道，「妳給我閉嘴。」

好嘛，就知道說不通。小油菜撇撇嘴，沉默下來。

吳文把小油菜送到她家樓下時，小油菜道了謝、說再見，然後下了車，踩著男神買的鞋子高興地上樓了。

吳文在車上看著她小兔子一樣的背影，總覺得哪裡不對勁。眼看著那身影愈來愈遠，他突然明白過來——他媽的說好的扭傷腳呢！

3

小油菜是個騷包，雖然嫌棄男神買的鞋子幼稚，但是第二天上班她依然義無反顧地穿了。為了搭配這雙鞋子，她今天穿了淡粉色短裙，脖子上戴一條項鍊，墜子上一顆小小的淺藍色人造寶石，和鞋子相呼應。柔軟的中長頭髮也放下來，髮尾燙著俏皮的微卷，垂在臉側微微收攏，襯得臉蛋更小了。

她整個人像一支清涼甜美的冰淇淋，從一進公司就引得許多男同事頻頻側目。小油菜本人職位不算太高，不過由於身居總裁辦，是公司裡最接近總裁的那一撮人之一，加上她本人是一朵奇女子，因此她的知名度還蠻高，公司大部分人都認識她。

時值上班的高峰期，電梯門口聚了不少人。有人看到小油菜便笑道，「肖主任，今天這一身真漂亮。」

小油菜眨眨眼睛，指指自己的臉蛋，「看臉。」

她這份自誇俏皮又不倨傲，逗得周圍人笑了起來。又有人看到她的鞋子便問，「這鞋是新買的吧？真漂亮。」

小油菜今天就等著別人誇她鞋子呢，這會兒笑成了一朵花，低著頭又有點小羞澀。

那人也會察言觀色，立刻又問道，「男朋友買的吧？哎喲，真幸福啊，羨慕嫉妒恨！」

小油菜沒有否認，她不指望吳文能成為她男朋友，但是呢，她又希望給自己保留點意淫的樂趣。

這時，有人插上來一句，「這鞋看著像十八、九歲的小孩穿的，肖姊，妳心態真年輕。」

這話看起來挺動聽，實際上就兩字——裝嫩！

小油菜摸了摸臉，看著她，「妳為什麼叫我姊呀？」

她笑了，「妳不是比我大嗎？還是我記錯了？」

女人嘛，對年齡都多少有點忌諱。小油菜一聽這，知道她故意嗆聲，於是笑了，「真的嗎？我今年二十八了，妳看起來應該比我大吧，三十幾了？」

那女孩氣道，「我二十六！我比妳小兩歲！」

小油菜同情地看著她，「好可憐，這皮膚……妳二十六歲都這樣了，那等到三十六歲時會是什麼樣子啊？」

周圍人都在忍笑，有些人忍不住，只好抬手掩嘴。

那女孩氣得鼻子都歪了。

吳文站在不遠處，心想，得，又被她逼瘋一個。

他有自己的專屬電梯，不用跟他們擠電梯，不過今天看到小油菜跟一群人嘰嘰喳喳，其中還涉及到他昨天幫她挑的鞋子，吳文也想聽聽別人對他審美的肯定，於是停了那麼一下。

這時候，小油菜意味深長地來了一句，「不是每一種年輕都算資本。」

雖然很看不上此人，不過吳文不得不承認，她這句話還算有道理，可惜被她用來跟女人吵架。

那女孩無法在年齡上博得成就，只好又把注意力轉向小油菜的鞋子。她笑道，「這鞋子是達芙妮的吧？三、四百？你男朋友真會過日子。」

其實就是想說她男朋友窮唄。

吳文聽到這話很不是滋味啊，雖然這鞋是肖采薇自己買的，但花錢的還是他，這種嘲諷必然有他的份。

小油菜點點頭，「是哦，他非要幫我買香奈兒，但是我沒有要啦，我就喜歡達芙妮。」

這話倒是比真金還真，可惜沒人信。

這時候電梯終於到了，小油菜要跟隨眾人擠進電梯，哪知身後有人喊她，「肖采薇。」

小油菜扭頭，看到了BOSS的身影。

吳文面無表情，「妳過來。」

小油菜很聽話，邁著小碎步跑過去，嗒嗒嗒的，像是一隻歡快的企鵝。

吳文等她跑到面前時，什麼也沒說，轉身走向自己的專屬電梯，而小油菜就跟在他屁股後面，像條小尾巴。

那一邊電梯終於滿了，裡面的人在電梯關門的時候，無一例外地都在看外面的吳總和他的小尾巴。

小油菜跟著吳文上了電梯，在電梯裡，吳文用眼角睨了她一眼，看到她春風得意的樣子，於是問道，「妳不生氣？」

「生氣？我為什麼要生氣？哦哦，」小油菜拍了拍腦袋，醒悟過來，「吳總你剛才聽到我們說話啦？」

吳文沒理她，算是默認。

小油菜一攤手，「我有什麼好生氣的，她就一傻逼，我跟傻逼生氣，難道我也傻嗎？」

吳文沒忍住，淡淡地哼了一聲，「妳傻得都快成精了。」

「吳總您這是誇我呢，還是罵我呢？」

吳文不答，反問道，「那個人跟妳有仇？」

那個人叫伍琴琴，跟小油菜並沒有深仇大恨。兩個人結梁子是因為伍琴琴申請過一次內部調職，想往總裁辦調，小油菜作為總裁辦副主任，參與了對伍琴琴的考核，結果是沒達標。

伍琴琴其實是靠關係進公司的，本人沒什麼才華，一直在行政部底層工作，再高層一點的事情她又做不了。就是因為有靠山，所以她倒也不怕跟小油菜唱反調。

現在小油菜看著吳文一臉八卦地求解釋，她把眼睛一瞪，「吳總您看我像是在老闆面前說人壞話的人嗎？我跟她就是點私人恩怨。」

吳文笑得有些不屑，「還挺會做人。」

「那是當然！」小油菜驕傲地挺起胸膛。不過她今天的鞋跟只有五公分，所以儘管身體挺得再直，和吳文也還是差了一大截。她仰頭看看他，然後心塞地撇過臉去。

吳文又問道，「妳剛才怎麼不說清楚？」

「說什麼？」

「妳的鞋……我可不是你男朋友。」

「好哦，」她點點頭，「等一下我就去告訴他們，這雙鞋是吳總買給我的，打完折三百八十八。」

「算了。」他無力地擺擺手。

上午，吳文看到了小油菜昨天加班寫的那份文件。總體來說還不錯，雖然有些地方不太好，不過不是太大的問題，改改就好了。最關鍵的是，他能夠看出來，她寫得很用心。

根據這些天的觀察，他也看出來了，這女孩雖然沒個正經，但工作上很踏實，知道努力上進也不浮躁。他讓她連著加班那麼多天，她背地裡有沒有怨言他不清楚，至少從結果上看，她一直是一絲不苟地做事情，即使加班也不例外。

也就是看在她工作做得還不錯，不然憑她那把人逼瘋的個性，他早讓她滾蛋了。

小油菜被吳總叫到辦公室，她以為他又要找麻煩，沒想到他誇了她一番，表揚她最近的工作表現，還說她這次擬稿的文件寫得不錯。

她非常受寵若驚，搓著手嘿嘿傻笑。

吳文總覺得她笑得有些淫蕩，他清了清嗓子說道，「這個檔案上的問題我都標出來了，妳等等再改一次，改好後列印出來給湯助理。」

小油菜心情飄飄然地湊過去，「哪裡有問題呀？吳總你先大致上跟我說說唄？」

吳文也不知道自己哪根神經又抽風了，她走上來問，他就給她看，於是打開一個文檔，指著裡面的註解，簡單地跟她講解。

小油菜一手扶著桌面，一手扶著他辦公椅的靠背，彎腰傾身。他的肩很寬，她的手又不夠長，剛剛好只能環到他的肩膀。她湊近一些，臉幾乎貼到他的臉，注意力完全不在電腦螢幕上。

——沒錯，她就是在抓住一切機會吃老闆豆腐。

吳文講了幾句，感覺脖子旁邊有小香風在吹，他奇怪地側一下頭，我操操操這他媽的是什麼情況啊！

這個神經病幾乎要把他圍起來了，好像下一步就能把他圈進懷裡。

……到底誰才是霸道總裁啊！

吳文有一種被調戲的感覺，可是他一個大男人又不能像小媳婦似的控訴她，他剛要讓她滾遠一點，哪知她先一步開口了。

小油菜盯著電腦螢幕，說道，「繼續說。」

吳文：「……」一定是他想太多了。

於是他就在這種稍微一歪腦袋就能紮進她懷裡的距離下把問題簡單說了。他是一個身心健康的異性戀，如此接近一個女孩的心胸，難免讓他心緒不平靜。

聽完之後，小油菜直起腰，眼巴巴地看著吳文。

齊瀏海、大眼睛、小臉蛋，像個洋娃娃似的，吳文對上這樣的外表，防禦力總是要降一、兩成的。他摸了摸鼻子問道，「妳還有什麼事？」

小油菜眨眨眼睛，「吳總，您說我最近工作表現那麼好，您不打算獎勵我點什麼嗎？」

吳文移開眼不看她，問道，「妳想要什麼？」

「我想要你陪我一晚上，」小油菜說完這話，清楚地看到吳文的瞳孔大了兩圈，這是受到驚嚇的表現。她笑嘻嘻地說，「哎呀，吳總您怎麼這麼經不起挑逗呢？」

吳文瞪了她一眼。

小油菜解釋，「我是從一部電影上學來的臺詞，感覺挺好玩的。」

他有些不高興，「妳一個女孩怎麼能亂學這些話。行了，趕緊回去工作。」

小油菜還有些依依不捨，「吳總您到底打算獎勵我什麼呀？」

吳文似笑非笑地看她，「我看妳是又想加班了。」

她一聽這話，跑得比兔子都快。

小油菜走後，吳文抱著手臂想了一下，覺得自己確實可以賞她一些東西，一切為了員工的積極性嘛。不過說實話，那個神經病是全公司上下第一個敢跟他當面要獎勵的，也算有幾分膽色了。

不過賞她什麼呢？這倒是個問題。

吳文送女人東西時一般有兩種可能，要麼這女人是他老媽，要麼這女人是他想泡的，但顯然肖采薇不屬於任何一種情況。他不能送她衣服、鞋子、首飾、香水之類的東西引起她關於自己美色的多慮，也不想送她太高大上有內涵的藝術品——那絕對是糟蹋物品。

而且，由於肖采薇這個人太奇葩，吳文的思路也就跟著奇葩起來，居然沒想到幫她調薪這條捷徑。

最後，他突然想到，那神經病養了一隻叫「問問」的烏龜，這個烏龜只吃蝦仁。

OK，就你了。

於是吳文讓湯助理在網上訂購了一大箱蝦仁，收貨人直接填肖采薇。蝦仁是用當配寄送的，到下午的時候就送來了。

那是多麼大的一箱蝦仁啊！小油菜自己搬著太費力，還容易走光，她只好讓送快遞的小哥幫忙送到她的辦公室。

然後她打開公司內部的通訊軟體，發了個笑臉給吳文。

過了二十幾分鐘，吳文才回了她一個問號。只是一個標點符號，小油菜卻像是能夠順著網路線看到他一臉不耐煩的樣子，她撇撇嘴，反正也不指望他對她怎樣。一個男人但凡對一個女人有一丁點的想法，也不會在第一次送禮物時選擇蝦仁。

肖采薇：『謝謝吳總\(^o^)/~』

吳文：『不是給妳的，是給烏龜的。』

肖采薇：『~~~~(>_<)~~~~』

吳文：『烏龜吃剩下的妳可以吃。』

肖采薇：『我可以把烏龜吃了。』

吳文：『= =』

肖采薇：『吳總，這麼大一個箱子，我搬不動！』

吳文：『吃菠菜。』

肖采薇：『-_-|||』

肖采薇：『吳總幫幫忙好不好……』

吳文：『得寸進尺是吧？我一個公司總裁，妳把我當保全使喚？』

肖采薇：『不是，我已經請人搬上來了，那個、下班的時候吳總能拜託你順路載我一程嗎？反正我們順路的。』

吳文：『既然下班的時候要搬下去，那妳為什麼還搬上來？』

肖采薇：『-_-|||忘了……』

吳文：『妳的智商太可怕了。』

肖采薇：『QAQ……所以吳總您到底能不能送我一下呀？』

吳文：『不能。』

肖采薇：『吳總～～～』

吳文：『想加班了？』

肖采薇：『Σ(°△°|||)～～』

肖采薇：『吳總您忙！小的可以自己扛回去的！我是美少女壯士，哦耶！』

「還少女，呿。」吳文自言自語著，心想做人能不能要點臉，裝嫩也要有個限度。

不過加班大法一祭出，小油菜果然銷聲匿跡了。

晚上下班後，吳文拿著車鑰匙往外走，走出自己的辦公室，本來應該直接向電梯走，但是他突然掉了個頭，轉向總裁辦。

就當日行一善了，他這樣想著，走進總裁辦。

本以為會看到守著蝦仁愁眉不展的小油菜，沒想到的是，她根本就不在。

辦公室裡還有幾個人沒走，看到總裁大駕光臨，紛紛和他問好。

吳文問道，「肖采薇呢？」

「走了。」一個人回答。

「她箱子是自己扛走的？」

「不是，是市場部的董立冬幫她搬走的，兩人順路，就一起走了。」

吳文淡淡地哼了一聲，自語道，「順路順路，她跟誰都順路。」

4

晚上，吳文看到了小油菜的朋友圈。她在三十八分鐘之前新發了一則動態，內容有些驚悚：「養不起啦，只好把你煮囉。來，拍張遺照。」

吳文點開配圖，看到裡面是一隻小烏龜。小烏龜此刻正仰著頭，無辜地看著鏡頭。操，這個神經病，真的要吃烏龜了！這麼可愛的小烏龜，她也下得了手！

吳文都不知道自己跟著急什麼，按照道理說別人的閒事輪不到他管，不過他今天不是才送她一箱蝦仁嗎？結果她轉頭就要把烏龜給燉了。如果她是由於貪圖那一箱蝦仁而把烏龜吃了，那他豈不是間接害了一條小生命？

於是吳文打了個電話給小油菜。

小油菜晚上接到來自男神的電話，心裡那個美啊，「吳總，您找我有事嗎？」

吳文耐著心，勸她，「肖采薇，妳的烏龜那麼可愛，妳忍心吃牠嗎？」

小油菜那頭一陣沉默。

吳文又道，「妳是嫌牠吃蝦仁嗎？我今天不是才送妳一箱嗎？不然我再送妳一箱好了，真是的。」

「不是啊，吳總……」

「不是什麼？難道妳已經把牠吃了？」

「不是，吳總你是不是傻了啊？我就隨便開個玩笑，您怎麼就信了呢？」小油菜覺得非常、非常不可思議。

吳文發現自己果然是智障了，他怎麼會信這種鬼話呢？

真是的，一定是被肖采薇那個神經病帶得，導致他每每面對她時，思路總是能夠準確地避開正常模式，向詭異的方向狂奔。

這個理由讓吳文挽回了一點自尊，他命令小油菜把此事忘記，接著掛了電話。

第二天中午，小油菜打算請董立冬吃個午餐表示答謝。小白領們吃午飯一般比較簡單，公司地處熱鬧的辦公區，附近有一個超級大的美食廣場，許多在這邊上班的人都愛去那裡吃飯，價位也比較低，一般二、三十塊錢一餐。如果吃得樸素一些，十幾塊就能搞定，同事之間請小客一般就是去那裡了。

不過小油菜問董立冬要吃什麼的時候，他說去泰國餐廳。這個泰國餐廳啊，它是東南亞菜，定位客層比較高，價位也比較高。小油菜有那麼一點點肉疼，不過還是答應了。

然後董立冬又告訴她，他有那裡的禮券，快到期了，不花可惜。

啊，原來是這樣，小油菜心想，董立冬還真是一個不錯的人。

兩人在泰國餐廳裡剛坐下，就看到吳文走進來。他們有模有樣地跟總裁大人打招呼，客氣一下，於是吳文也很客氣——他客客氣氣地坐在了小油菜身邊。

小油菜：「……」

董立冬也有點愣住，不過他很快反應過來，笑著招呼服務生添了一副餐具。小油菜總覺得吳總從昨晚到現在都疑神疑鬼的，不知道這位大哥發什麼神經，於是她局促地往旁邊挪了挪。

吳文斜睨她，「請客？」

「是啊。」小油菜點點頭，其實有些不好意思。董立冬的禮券挺多的，估計這一餐下來，她花的錢跟去美食廣場差不多。

「難得難得。」吳文說著，並沒有離開的意思。

小油菜困窘地看著他，這位該不會是想蹭飯吧？

喂喂喂、你可是BOSS啊，能不能稍微矜持一點？

這時，服務生遞上精美的菜單，吳文接過來，完全不把自己當外人，點了兩個菜，然後把菜單遞給小油菜。

小油菜點完，又遞給董立冬。

吳文這時才正眼看了一眼董立冬。年輕人，不到三十歲，斯文白淨，鷹鉤鼻，鼻梁上架著一副無框眼鏡。嘴角掛著三分笑，面部肌肉就跟定了型似的，對誰都是這副笑模樣。

就這個人，看起來友好又無害的，但吳文的直覺告訴他，這不是什麼好鳥。

直覺這玩意時準時不準，姑且信它一次吧。

菜上得挺快，三人一邊吃一邊聊天。有BOSS鎮桌，不好意思說公司壞話，小油菜只好和董立冬扯些有的沒的。哪個學校畢業的、家在哪裡、喜歡做什麼呀、有沒有女朋友呀……

吳文停下筷子，似笑非笑地看著小油菜，「妳這是在相親吧？」

「咳咳咳。」董立冬有些尷尬，慌忙抽衛生紙擦嘴巴。

小油菜看看董立冬，又看看吳文，她坐直身體，偏頭湊過去。本來她是打算附到他耳邊說話的，奈何她太嬌小，他太龐大，於是搆不著……

還好吳文比較配合，主動傾身送上耳朵。

小油菜低聲說道，「吳總，您是不是生理期到了？」

吳文沒答，而是扭頭對服務生說道，「把你們這最貴的酒拿出來，來一瓶。」

小油菜，卒。

總體來說，小油菜這個人，渾身都是嘲諷技；吳文這個人，渾身都是必殺技。現在小油菜的錢包裡飄起冤魂無數，她除了默默在一旁咬牙，別無他法。值得一提的是，這家泰國餐廳裡最貴的酒竟然是國產的茅臺。

大中午的，吳文也不可能喝多少，只喝了一小杯，小油菜和董立冬都沒喝。於是那瓶茅臺還剩一半多，小油菜肉疼不已，到結帳時，堅定地把瓶子抱走了。

回公司時，小油菜覺得吳文都蹭她飯了，她蹭一下他的電梯也不算什麼，於是底氣十足地跟著他進了電梯。

吳文看她懷裡緊緊抱著的茅臺，問道，「妳也愛喝酒？」

小油菜搖了搖頭。

「那妳拿它做什麼？澆花嗎？」

「拿回去給我爸喝。」

吳文聽到這話，伸手去拿她懷裡的茅臺，「給我吧。」

「不！」小油菜護得緊。

吳文：「妳不能給妳爸。」

小油菜：「為什麼？」

為什麼？她跟她爸親父女不見外，不代表他也可以不見外。在油菜爸面前，他再怎麼說也是晚輩，晚輩剩下的東西給長輩，這不適合。

於是他堅持去搶她寶貴的茅臺，小油菜那點力氣在他這裡不夠看的，吳文很快把茅臺搶過來了。

小油菜氣得腮幫子鼓鼓的，狠命瞪著他，眼睛像是要吃人。吳文不禁覺得好笑，他胡亂揉了揉她的頭，把她柔軟的頭髮揉得凌亂，「乖，下次我送妳爸一箱茅臺。」

小油菜拍開他的手，「『下次』是什麼時候？」

「今天。」

她撇頭，「騙人。」

「不騙人，」吳文耐心哄她，「我家裡多得是，等一下讓湯助理去拿一箱。」

「真的？你可不要用假茅臺騙我，我爸喝得出來。」

「我堂堂一個公司總裁，我能有假茅臺？」

「你堂堂一總裁，你還蹭飯呢！」

「我就蹭飯怎麼了？我是妳老闆，蹭妳飯是妳的榮幸。」

太無恥了，我真是瞎了眼才會喜歡這種人！小油菜真的好想自插雙目。

吳文提著他的戰利品回到自己辦公室，立刻吩咐湯助理去他家拿了一箱茅臺回來，接著吳文發了則簡訊給小油菜：『下班到我辦公室』。

小油菜模仿吳文，只回覆了一個問號，特別特別高冷。

然後吳文沒理她。

好吧，「高冷」這個東西不看氣質，純看位置，一個人只有站得高了，他才可以冷起來。

下班時，小油菜的氣早就消了，對於吳文，她又回到了「怎麼調戲他、占他便宜、吃他豆腐」的常規軌道上。她乖乖地敲響了吳文辦公室的門，然後推開一條門縫，探頭進去，「吳總？」

坐在辦公桌後的吳文抬頭，看到門口一個小腦袋擠進來，摸頭這種動作也是會上癮的，他現在特別想伸手過去揉揉她一頭狗毛。

吳文放下手中工作，拿起車鑰匙，「走吧。」

他走到門口時，小油菜直起腰仰頭看他，「吳總，您找我有什麼事？」

「忘了？那當我什麼都沒說。」

「別別別。」小油菜諂笑，扯住了他的袖角。

吳文垂眼，目光落在她的手上。

小油菜連忙鬆開他，「吳總您把東西藏哪了？」她一邊說著，一邊又往辦公室裡張望。

「別看了，當我和妳一樣傻嗎？我把它放在車裡沒拿上來。」他帶上門，晃了晃車鑰匙，轉身走向電梯。

小油菜跟在他身後，驚喜道，「您是要送我回家嗎？」

「妳說呢？」

小油菜突然站定不動了，低聲叫了他一聲，「吳總。」

吳文停下，轉身看她，「怎麼了？」

小油菜鼓足勇氣，問道，「吳總，你是不是對我有意思啊？」

「我？對妳有意思？」吳文像是聽到了什麼大笑話一樣，他把她從上到下又從下到上打量了一番，嘖嘖搖了搖頭答道，「就憑妳這種姿色，想要吸引我的注意力，妳還需要再長一對翅膀出來。」

太打擊人了，就不能委婉一點嘛！小油菜有點心塞，撇過臉去說道，「算了，你這姿色也很一般好不好，反正我是看不上。」

吳文突然邁開長腿，走向她。他走到她面前，離她非常近，低頭看她。

兩人間的距離有點危險，小油菜不自覺地退開一步。

他卻馬上又逼上來，她又後退，他又前進。就這樣退了幾步，小油菜終於靠在牆角，退無可退。

吳文一手撐著牆，低頭定定地看她。距離太近，他幾乎把她整個人圍起來，像一團雲一樣覆蓋住她。他的身形高大，極有壓迫感，逼得她一陣緊張，心跳加速。

她身體僵硬，後背緊緊地貼著牆壁，恨不得自己化成一張紙片，她低頭根本不敢看他。

吳文抬起另一隻手，托起她的下巴，逼她和他對視。

小油菜近距離看著他的面龐，他深邃的五官、他幽沉的眼睛，他眼睛裡她慌張的身影。

他們之間那麼遠，又這麼近，遠到她根本沒資格沾一片他的衣角，近到她能數清他的睫毛。她一陣恍惚，不知道哪一種才算真實。

吳文的視線在她的臉上輕掃，最後停留在她的唇上，他突然低了一下頭。

小油菜的心忽然高高地拋起來，他要親我了他要親我了他要親我了……

吳文的嘴唇卻停在半路，並無繼續動作。他撩眼盯著她的眼睛低聲問道，「說實話，我帥嗎？」

小油菜幾乎不曾思考便脫口而出，「帥……」

他低低地笑起來，笑聲醇厚如酒，又有一種春風盎然的得意。他直起腰，擰了一把她的臉蛋，「跟我鬥？呵呵。」

5

吳文得意之時，小油菜難免有些鬱鬱。他稍微動之以美色，她就完全沒有抵抗力，這使她顯得無比被動，感覺自己像是刀板上的魚肉，任人宰割。最令她沮喪的是，就算她心甘情願地躺在刀板上，吳文還未必樂意看她一眼呢……

這些鬱結無處宣洩，憋在肚子裡又轉變成一團怒氣，氣吳文太壞，氣她自己沒出息。所以在吳文開車送她回家的路上，她塌著臉一言不發，而且為了表示自己的抵觸，她還故意坐在了後面，沒有坐副駕駛座。

但凡人，尤其是男人，都多少有那麼點賤骨頭。一旦適應了一個人的聒噪，當這個人突然安靜下來時，反而讓人不太放心。

吳文一邊開車，一邊在後視鏡裡看小油菜，看到她低垂著腦袋，彷彿從一把又鮮又嫩的小油菜突然變成失水過多的蔫菜葉，他不以為然地笑著，語氣卻是緩和下來，有商有量的，「我說妳有必要這樣嗎？這麼禁不起逗？」

小油菜的聲音硬梆梆的，「吳總，請你下次不要跟我開這樣的玩笑了，我好歹是一個女孩，男女有別。」

吳文難得看到神經病變得如此一本正經，他又賤賤地想要撩撥她，「喲，講得好像妳沒摸過我的樣子？」

小油菜氣呼呼道，「我那是認錯人了，難道你也認錯人了？」說著說著，聲音抬高，帶著點責問的意思。

她氣焰如此囂張，他竟然沒有反唇相譏，而只是滯了一下，突然問道，「我長得真的像妳前男友嗎？」

小油菜張了張嘴巴，竟不知如何作答。這個「前男友」是她虛構出來的啊……但她又不願被他戳破，想了想便冷笑，「長得確實像，不過他可比你帥多了！」

吳文也莫名地有些不高興，「我就不信了，有照片嗎？」

小油菜扭臉看車窗外飛速變換過的景象，「沒有，都被我刪了。」

吳文似笑非笑，「這麼帥的人怎麼可能看上妳呢？」

一而再、再而三地被喜歡的人鄙視，小油菜又委屈又難過又自卑，她氣得呼吸不平，太陽穴突突直跳，衝口反駁道：「我又溫柔又漂亮又聽話又善解人意，最重要是老娘床上功夫了得！行了吧！」

說完這話，轎車驟然急停，小油菜冷不防身體向前衝，撞到了前面的座位。她扶著額頭怒道，「你幹嘛呀！」

吳文此刻臉上烏雲密布，也不管這個地方能不能停車，直接踩了剎車——他發現自己那點涵養不夠用了，生怕一怒之下把汽車當飛機開，這裡是市區，下班尖峰時段不是鬧著玩的。

他回頭看她，神色陰鬱，目光逼人，「妳一個女孩怎麼這樣說話啊，妳還是不是女人了？」

小油菜揉著額頭反問，「我哪裡說錯了？」

「妳……一個女孩，說什麼床上功夫……」吳文說到這裡也有些不自在，移開目光不看她。

小油菜現在早就吵得不顧理智了，反唇相譏，「吳總你這麼忌諱這幾個字，是不是你自己不行呀？」

「妳妳妳！」吳文快氣死了，「妳給我下車！」

下車就下車！小油菜推開車門，自己先下去，然後彎腰把座位上那箱茅臺搬走。這箱茅臺在他們吵架之前就已經屬於她了，所以她拿走屬於自己的物品，理所應當。

一箱茅臺比那一箱子蝦仁輕得多，雖然吃力，小油菜倒也能搬動。她抱著箱子，飛起一腳把車門踢上，乾淨的車門上留下一個淺淺的腳印。

外面的車喇叭早就按得此起彼伏，被擋道的司機紛紛向車窗外伸出中指，爆出一陣陣國罵，甚至有交通警察向這邊走來。

吳文顧不上這些，他下了車，大步上去攔住小油菜，「妳怎麼突然有骨氣了啊，讓妳下車妳就下車？妳裝模作樣了啊妳？」

「走開！」

吳文偏不走開。不過這個地方也不是說理的地方，他祖宗十八代都被問候遍了。他一著急，集中生智，把小油菜直接攔腰抱起來。小油菜懷裡還壓著一箱子酒，導致她不好掙扎，只能拚命地蹬腿，「你神經病啊！放我下來！」

後面司機見狀也不罵街了，紛紛拍手叫好，還有人吹口哨，一幫人看熱鬧不嫌事大。

交警已經走過來，他拍了拍吳文的車，吸引他們的注意力，然後說道，「你們小倆口能不能換個有情調的地方吵架？就把車停這裡？」

吳文看到交警，笑呵呵道，「警察先生，勞駕您幫我開一下車門。」

交警拉開車門，吳文把小油菜扔進去，飛快地鎖好車門，然後是開罰單、交罰款，辦完這些，吳文回到車上。

他開著車，頭也不回地說道，「得了，我服了行嗎？妳能不能跟我說說，妳為什麼發這麼大火啊？我非常好奇。」

小油菜反問：「你不也發火了嗎？」

「那能一樣嗎？任何一個男人被質疑性能力的時候都會發火，妳懂不懂。」

「任何一個女人被貶低美貌的時候也都會發火，你懂不懂。」

吳文笑了，「我發現妳一生氣就戰鬥力飆升啊，簡直是從炸彈進化成原子彈。」

小油菜翻了個白眼，「過獎。」

吳文還是覺得不可思議，「原來剛才就是因為我說妳不漂亮妳才發火的？行行行，妳漂亮，非常漂亮，天下第一美女，行了吧？」

「也沒有，」小油菜搖了搖頭，「我只是心情不好。」

其實站在吳文的立場上，他又做錯什麼了呢，只不過是嘴巴賤一點而已。錯的是她自己，她不該喜歡他，不該為他癡迷，不該念念不忘，真的是太不應該了……

吳文看到後視鏡裡她的目光暗淡，莫名的他也有點替她難過。他問道，「到底怎麼了？有人欺負妳了？說來聽聽，敢欺負我的辦公室副主任，那就是打我的臉。」

小油菜搖搖頭，又嘆了口氣。

幫人幫到底，送佛送到西，吳文把小油菜送到樓下時，又親自幫她把酒搬了上去。油菜爸和油菜媽看到今天又有帥哥幫自家女兒搬東西回來，而且今天這個比昨天那個更加器宇不凡。倆口子只當這個和昨天一樣是幫忙的同事，於是客氣地和這個叫吳文的年輕人道了謝，還邀請他留下來吃飯。

聽女兒說今天的酒還是老闆送的，油菜媽說道，「你們老闆人怎麼老是送東西給妳，是不是看上妳了？」

小油菜臉一紅，「怎麼可能！」

油菜媽點點頭，「我也覺得不可能。」

小油菜有點無語了。不過反正今天她的自信已經被吳文給打擊得灰飛煙滅了，現在已經沒有遭受二次打擊的憂患了。

吳文聽到油菜媽這麼說，卻是忍不住笑了，他看小油菜一眼，眼神頗為無辜。那意思還挺明顯——妳看吧，我只是表現得跟平常人一樣，妳就跟我發火。

油菜爸是識貨的，看到那樣一箱酒，覺得挺珍貴，於是說道，「你們老闆太客氣了，送這麼多東西，下次還要和他當面道謝才好。」

吳文笑道，「不用了。」

老倆口覺得有些莫名其妙，小油菜解釋道，「忘了介紹了，這個就是我們老闆。」

吳文迎著他們驚訝的目光，從容笑道，「伯父、伯母你們好。」

老倆口反應過來，互相看一眼，油菜媽笑道，「原來你就是薇薇的老闆啊？沒想到這麼年輕，真是年少有為。來、坐著不要客氣，我們薇薇在公司多虧了你的照顧和擔待，真不知道該怎麼感謝才好。今天留下來吃飯吧，我再去炒兩個菜。」

油菜爸也點頭稱是。

盛情難卻，吳文真的就留下來吃晚飯了。油菜媽做的都是家常菜，手藝不錯，吳文從大餐廳到五星級餐廳都吃過，並不挑食。他幾乎沒吃過自家老媽做的家常菜，吃了兩口油菜媽做的，他心內默默慨嘆，別人家的媽媽啊……

油菜爸本來想跟吳文喝一杯，不過聽說他等一下要開車也就算了。這個年輕人舉止得體，有禮貌又健談，而且看起來很愛吃油菜媽做的飯……總之這一切看在人眼裡分外順眼。

夫妻兩人便動了點心思。

吃過晚飯，吳文也不便多留，小油菜把他送到樓下時，吳文胡亂揉了揉她的腦袋，「還氣呢？」

小油菜背著手，右腳尖輕輕點著地，低頭答道，「沒有啊。」

「好了，妳回去吧。說實話整個公司敢跟我發火的，妳是蠍子水兒獨一份，妳也就仗著我寬宏大量不跟妳計較。」

「對不起。」

「我又不要妳道歉，回去吧。」

小油菜回到家後，爸媽把她拉到沙發上一通盤問。他們對女兒的工作瞭解得不太多，自然對她的老闆就知之更少，但是今天看到吳文，難免就操心起女兒的終身大事。

老倆口也是有底氣的，幾年前拆遷分到過一套房子，地段不錯，可以作為寶貝女兒的嫁妝，這樣一來，單從經濟上來看，一般的小老闆他們女兒也能配得上了，於是他們問起吳文的身家。

小油菜對自己所在公司的市值必然瞭解，於是說了一個數字。

她爸媽聽到這個數字之後，便沉默下來。兩個人家世差得太遠了，門不當、戶不對，絕非良配啊。

小油菜當然明白爸媽的心思，反正說開了他們也輕鬆，不用總掛念著這件事。說實話，小油菜現在都有點懷疑自己對吳文到底是真喜歡，還是只是源於青春年少的一場執念。考慮到自己如此執迷不悟又毫無理由，她現在愈來愈傾向於後者，而如果真的只是一場虛無的執念，那她何必還要堅持呢……她腦子不夠用，想這種事情就需要比平常人更多的時間才能釐清。一直到睡前，她也理不清頭緒，唯一慶幸的是自己有自知之明，不會異想天開。

睡前，她把自己的社交平臺都逛了一遍，微信上收到好多讚，點開一看，全來自一個人。

吳文把她發自拍照的微信都按了一遍讚。

6

小油菜天生沒什麼出息，生完氣之後很快把這件事拋諸腦後，又變回一隻快樂的小逗比。不過吳文還是察覺到她微妙的變化，具體哪裡變了，他又說不清楚。

這天，忙於追女孩的喬風打了哥哥的場外求助電話，希望吳文能夠幫忙提供一匹馬。吳文聽了事情緣由，二話不說把自己的馬讓給了他。吳文不放心，還要親自跑去看看，順便決定把小油菜也拎過去，以為策應。

他把事情定下來，才假惺惺地去徵求小油菜的意見。小油菜一聽到要騎馬，苦著臉搖頭，「吳總我不能騎馬啊，騎馬屁股疼。」

一句話堅定了吳文的決定。這幾天他養成了一個習慣，凡是小油菜反對的，都是他吳文支持的。他就像一個處於青春期的過動症少年，無時無刻地招貓鬥狗來刷存在感，對此吳文的解釋有二，一是閒得蛋疼，二是剛好小油菜那個神經病欠扁。

總之聽說了小油菜會屁股疼，吳文樂得帶著她去馬場折磨她的屁股了。

殊不知小油菜自己心中也有自己的小算盤。四人一起出遊，簡直天賜良機，她隨身攜帶著邪惡的小藥丸，打算尋找機會和藍衫兩人聯手把那兄弟二人推了，當然，各推各的。

她和吳文一起來的，比另外兩人到得早。吳文看到小油菜一見馬就噤若寒蟬，他哪裡肯放過她，笑瞇瞇地拉著她同乘一騎。小油菜在馬上顛簸得像是簸箕裡的湯圓，沒有一分鐘是安穩的，這個時候雖然被男神摟在懷裡，她也沒有半分旖念了，哎哎呦呦地慘叫著。

吳文摟著她，惡趣味地在她耳邊哈哈大笑。

她骨架小，身體纖細，現在在他寬大的懷中倍顯柔弱。吳文的臉擦著她柔軟的髮絲，他笑著，低頭看到她痛苦得泫然欲泣，他突然有些於心不忍，於是放慢了速度，不再折磨她。

然後他鬆開攬在她腰間的手，抬起來揉了揉她的腦袋，「怕成這樣？」

小油菜想也不想，拉下他的手重重咬了一口。

吳文疼得倒吸涼氣，「反了妳了！」

小油菜咬他也是因為氣急了，實際並沒有多大膽量，現在被他呵斥，她縮了一下肩膀，牙關一鬆。柔軟濡濕的雙唇擦過他的皮膚，那觸感讓吳文心頭有種異樣的感覺，接著她不經意間用舌頭頂了一下他的手背，這一下卻使他像是突然觸了電，電流順著皮膚鑽進骨肉筋脈，直達心尖上。

吳文呼吸一滯，很快反應過來，他猛地一下抽回手。

小油菜只當他是生氣，她也氣呼呼地，學著他的語氣說道，「我咬你一下你委屈啊？你把我屁股弄得這麼疼，我咬你一下怎麼了？」

你、把、我、屁、股、弄、疼……

吳文剛剛才被她挑起那麼一點曖昧又彆扭的心緒，現在乍聽到這種話，難免又想歪。他覺得自己真是太齷齪了，故意沉著聲音掩飾心虛，「妳給我閉嘴！」

對於他這種只許州官放火、不准百姓點燈的無恥行為，小油菜只能在心裡罵他無恥，表面上還是不敢反抗，她怕他又折磨她。

兩人很快回到跑馬場的入口，遇到藍衫和喬風二人，在馬上搭訕兩句，就各自分開，然後吳文和小油菜去了河邊休息。

下馬時，小油菜犯了難。

吳文選了一匹非常高的馬，比她的個子都高，她自己真的不敢貿然往下跳……

偏偏吳文就站在一旁看熱鬧，抱著手臂等她求他。

小油菜只好硬著頭皮說道，「你能不能接我一下呀？」

「好吧。」他勉為其難地張開手臂，卻還是在笑。

小油菜跳進他懷裡時，嘩啦啦，地上撒了好多東西。

吳文放下小油菜，好奇地看從她口袋裡掉出來的東西，那是許多五顏六色的小糖果，吳文撿起一顆，嘲笑她，「妳多大了還吃糖果？裝嫩上癮了是吧？」

小油菜大驚失色，慌慌張張地撿起那些「糖果」。

吳文從她的神色中看出了問題，他把糖果放在鼻子底下聞了聞，又舔了一下，一點也不甜。他怒從心中起，抓起小油菜的衣領，「這該不會是搖頭丸吧？肖采薇妳本事大了是吧！老子要報警！」說要報警也只是嚇一嚇她，但好好一個女孩，身上竟然帶這種東西，吳文覺得非常痛心。更何況這個人還是肖采薇，這就使他痛心之外，又覺得失望和憤怒。

小油菜一聽說他要報警，也嚇得夠嗆，「不是啊！不是搖頭丸！」

「那是什麼！」

「是那個……你放開我，聽我解釋。」

計畫還沒執行就先被識破，小油菜這時候也只好先把藍衫招出來了：「是這樣的，藍衫她喜歡喬大神啊，但是喬大神不喜歡她。我想幫她，就想著先把喬大神給迷暈了，然後，嗯、就那個……」

「妳說藍衫喜歡我弟？」

「對啊，可惜喬大神不喜歡她。」

「我操！誰說喬風不喜歡她的？喬風很喜歡她！」

「啊？」

兩人這才發現事情繞了大圈子，他們把各自知道的資訊招出來，互通有無，然後兩人都很高興，總算這件事算有著落。

吳文幫小油菜把地上的藥丸撿乾淨了，避免被人畜誤食。兩人坐在河邊，吳文看著那一堆藥丸搖頭，「說實話我就沒見過妳這麼笨的人！妳給男人吃這種東西，暈是暈了，可是他暈了之後還能硬起來嗎？除非藍衫對我弟的菊花感興趣……」

小油菜臉紅得不行，「你閉嘴。」

「現在害羞是不是晚了點啊？妳之前強男人的氣魄到哪去了？」

「你閉嘴，再說話就把你迷暈了爆菊！」她也硬氣了一次。

吳文頓時色變，「我操！妳這個變態！」

小油菜笑瞇瞇地摸了一把他的臉，「乖哦。」

吳文哪是任人調戲的人，他扣著她的手用力一拉，把她扯進懷裡。然後他反絞她的雙手，把她按在腿上，抬手對著她臀部輕輕拍了一下，「讓妳不老實。」

小油菜本來就屁股疼，現在被打一下，忍不住痛叫，「疼！」

吳文的第二下終於沒落下去，他按著她笑問，「聽不聽話？」

「聽。」

「到底誰乖了？」

「我乖，我乖。」

吳文得意地胡亂揉她腦袋，把她的髮型揉得比秋草還凌亂，小油菜坐起身，面無表情地整理頭髮。

吳文點了一根菸，對著水光山色碧草藍天，悠閒地吞雲吐霧。他看一眼身旁的小油菜，「我說妳這個女孩怎麼什麼都敢說啊？」

小油菜翻個白眼，「還不是因為你氣我。」

他側眼打量她，試探著問，「那妳上次說的也只是氣話？」

小油菜不明所以，「哪次？」

吳文咬著菸，似笑非笑的沒有回答。有些事，他介意得莫名其妙，大概也只是好奇吧，好奇這個看似清純的女人是不是真的如自稱的一樣「床上功夫了得」。不過是真是假又怎樣呢，與他有什麼關係？

而且，隱隱的他雖然有些想知道答案，更多的卻是不願知道。這是人們自我保護的本能，一個人總是會對可能牽動自己痛神經的事情刻意迴避，儘管連吳文自己都沒意識到這一點。

小油菜見他不答，便好奇地追問，「吳總你指的是哪次啊？其實我說的話大多數都是真知灼見，只有很少量的氣話。」

吳文突然張嘴朝她吐了一口煙，看著她嗆得直咳嗽，他笑得幸災樂禍。

「神經病！」小油菜咳嗽完，給了他這樣一個評價。

合照。

「看風景吧。」吳文說道。

小油菜看風景時，總是不甘寂寞地喀擦喀擦拍照，把風景拍一遍然後自拍，還讓吳文幫她和馬拍合照。

吳文耐心地幫她拍了幾張，小油菜看完之後，環視一周，最後把目光定在吳文身上。

吳文警惕地挑了一下眉。

小油菜笑嘻嘻地湊過去，「吳總，我們拍張合照唄？」

「好吧。」他矜持地點了點頭。

現場除了他們兩個，唯一的活物就是那匹馬，因此這張合照只能自拍了。小油菜坐在吳文身邊，舉起手機，自拍的視角比較窄，為了把兩人都拍進去，他們必須靠得很近。這是光明正大親近男神的機會，小油菜豈能錯過，她一點點湊過去，腦袋幾乎要枕到他肩上。

吳文咬著煙，淡淡地掃了鏡頭一眼，小油菜按下快門，抓住他氣勢十足的一瞬間。

小油菜對這張照片很滿意，「吳總你好帥呀！」

吳文的嘴角微微彎起來。

小油菜低著頭，問道，「我能把這張照片發微信嗎？」

「可以。」

小油菜很高興。吳文也比較好奇，如果公司員工看到肖采薇發了她和他的照片，他們會想些什麼，說些什麼。因此過了一會兒，他掏出手機查看小油菜的微信，順便想幫她的自拍照按個讚。

微信照片被PS過了，方式簡單粗暴直接——小油菜身旁那個男人的臉上，直接蓋上一個大嘴猴。

他看過她之前發的照片，偶爾會出現大嘴猴這個東西，有些人被蓋了、有些人沒被蓋，而他顯然屬於被蓋的行列中。

吳文也說不清楚自己心中是什麼滋味，總之不是高興。他看了小油菜一眼，發現她神態自若。

吳文這次沒有給她的照片按讚，他點開留言看了一下，因為男人身分不明，留言十分冷清，只有董立冬一個人留了言：『男朋友？』

再刷新一下，吳文看到小油菜給董立冬的回覆：『不是。』

吳文又掃了小油菜一眼，看到她低著頭，笑吟吟的，也不知道跟董立冬說句話能有什麼好高興的，笑成這樣，吳文淡淡地哼了一聲。

他再次收回視線，繼續看他們兩人的談話。

董立冬：『那就好。』

這話說的意圖太明顯了。

吳文清了清嗓子說道，「肖采薇，我必須提醒妳，本公司是不允許公司內部戀愛的。」

小油菜上揚的嘴角向下壓了壓，「放心吧，我是不會看上你的。」

吳文的心沉了沉，像是被強行按在鹽水裡泡，十分不是個滋味。他嗤笑，「我說我了嗎？我說的是董立冬！妳看看這傢伙說的話，他對妳有意思。」

「是嗎？」小油菜看到董立冬的回覆也有點疑惑，「我問問他。」她說著，點開董立冬的微信。

吳文非常好奇小油菜會怎麼問，於是偏頭湊過來。

肖采薇：『董立冬，你是不是對我有意思呀？』

吳文幾乎要昏倒，原來這女孩跟誰都是這樣問啊？太直接了，她到底有沒有談過戀愛！

那邊董立冬很快回覆了。

董立冬：『是啊，妳怕不怕～^_^』

7

突然就被告白了，小油菜腦袋有點短路。她想來想去也不知道該怎麼回覆董立冬，最後只好把手機一鎖，假裝沒看到。

吳文冷笑，「妳現在裝傻是不是有點晚了啊？」

小油菜低頭不語。

吳文卻覺得，她沒有立刻拒絕董立冬，說明她很有可能也有這方面的意思，這個想法讓他有些惱怒。身為一個公司的管理者，他制定的規則被她公然無視，他感覺自己的權威受到了挑戰。

然後小油菜就變成了一個沉默的小綿羊，吳文挖苦她，她也不回嘴，讓他頓時覺得無趣。

小油菜實際上是在認真地思考。

她對於吳文的喜歡，像空中樓閣，像海市蜃樓，遠遠地看著挺美好，但其實根本觸碰不到。因此，她也不抱什麼希望，暗戀得毫無壓力。可是呢，她又老大不小了，還沒談過戀愛呢，總不能一輩子就這樣暗戀著度過吧？多空虛寂寞冷啊！她得抓緊時間尋找另一半，也不指望兩個人有多麼相愛，但至少可以互相陪伴，可以平等地站在一起，可以不用靠著幻想度日。

總之一句話——她要談戀愛！

現在有人跟她告白了，這個人看起來還不錯，完全可以進一步觀察。而且等她真的談了戀愛，也就該移情別戀了，就能把吳文丟開了，她就能結束倒楣的暗戀歲月了……想想還有點小激動呢。

小油菜想著想著，咧開嘴笑了，一臉的癡呆相。

吳文戳了一下她的臉蛋，語帶譏誚，「我說妳有需要這樣嗎？樂成這樣，沒被人追過嗎？」

小油菜拍開他的手，「追我的人多得是。」

吳文當然不信，他警告她，「妳好自為之，如果膽敢違反公司規定，我可不知道什麼叫手下留情。」

「知道了、知道了。」小油菜有些不屑。

規定是死的，人是活的，她也就是觀察一下，又沒有說要立刻跟董立冬交往。況且兩個人是否在談戀愛，這個東西要怎麼定性？普通的朋友之間也可以逛街、看電影、一起吃飯啊，除非被捉姦在床，否則你憑什麼說我們談戀愛啊？再說了，捉姦在床就一定是在談戀愛嗎？還可以只是炮友好不……

小油菜和董立冬其實不算特別熟，不過她是個人才，跟天橋上拉二胡的瞎子都能聊上一個多小時，所以在她這裡基本上不存在冷場的情況。她對董立冬的觀察無非就是一起吃個飯啊、看個電影什麼的，從聊天中瞭解對方更多。

這種模式和相親差不多。

觀察了幾次，小油菜慢慢覺得董立冬這個人不錯。他脾氣溫和、進退有度，雖然已經告白了，但是從來不催促她的回答，舉止中也不會過度親暱而引起她的不適。

唯一遺憾的就是，她還是沒有喜歡上他。

不過感情嘛，可以慢慢培養的，小油菜決定努力發掘他的亮點，爭取早日對他動心。

這個週末，小油菜在北京的大學同學舉辦了一次聚會，舉辦的人是她們班的王美美。王美美前年嫁了個土豪，從此過上了揮金如土的日子，非常喜歡在微博和微信上曬各種奢侈品。這次聚會就是她請客，地點定在一個五星級餐廳，小油菜很高興，為了蹭吃蹭喝她也一定要去。

可惜藍衫有事不能去，王美美對此有點慶幸又有點遺憾。藍衫大學時就是個大美女，畢業之後會打扮了，愈來愈漂亮，除了肖采薇那個沒心眼的，一般的女生都不想和藍衫站在一起，怕被人比較之下顯得自己醜。

王美美當然也不希望藍衫過來用美貌碾壓她，可是呢，她又希望欣賞到藍衫看她變富婆時的羨慕嫉妒恨——女人嘛，學得好不如長得好，長得好不如嫁得好。

小油菜也有她的憂愁——她們班有個男生在追她，每次同學聚會都來纏她。此君和小油菜的三觀嚴重不符，所以小油菜拒絕過很多次，可是他臉皮特別特別厚，一見面就湊上來，怎麼趕都趕不走。兩人三觀不合，他說的話在小油菜耳裡聽來也特別刺耳，嚴重影響食欲。

為了愉快地蹭吃蹭喝，小油菜決定帶上董立冬，反正王美美財大氣粗，不介意多一張嘴來吃飯。

聚會這天她到得很準時，王美美只告訴了她包廂號碼，沒有下來迎接她，因此她和董立冬自己上去了。站在包廂門口，小油菜剛要推開門，董立冬卻突然握住了她的手。

她有些訝異，抬頭看他。

他笑了笑，目光柔和，「妳不是要我假扮妳的男朋友嗎？總要裝得像一些。」

對哦。小油菜於是也反握住他的手。

她深吸一口氣，調整好精神面貌，接著猛地推開門，用足以吸引所有人注意力的分貝喊道，「我來啦！哈哈哈哈哈！」

包廂內眾人的談笑聲戛然而止，所有人都驚訝地看向門口。

小油菜看到當中唯一一張熟面孔，頓時像是被五彩神雷劈中，張大嘴巴一動不動。

那張熟面孔正是吳文。

他坐在主位上，陪坐的有六、七個人。吳文左邊是個禿頂的中年人，右邊是個漂亮女孩，女孩穿一身粉白相間的裙子，妝容甜美，此刻正嫌棄地看著突然闖進來的二人，語氣不善，「你們是誰呀？」

吳文的目光從小油菜的臉上移開，視線向下滑，落在他們交握的手上。

他瞇了瞇眼。

小油菜一緊張就犯結巴，呆呆地回答那個女孩，「我我我我我……」

董立冬反應比她快，他拽了一下小油菜的手打斷她，然後賠笑道，「對不起，我們走錯包廂了。」

小油菜：「對對對對不起。」

吳文輕輕皺了一下眉，臉色變得陰沉。

那女孩有意戲弄小油菜，於是笑道，「沒事，你們走吧，順便把這兩個不用的盤子帶出去。」

小油菜一時沒反應過來，董立冬卻是聽懂了。他握著小油菜的手，沉著臉答道，「不好意思，我們是來吃飯的，一不端盤，二不陪酒。」

最後那兩個字顯然是在譏諷那女孩，於是她的臉也黑了。

董立冬畢竟是個男人，不可能跟女人吵架，他不等她說話，拉著小油菜轉身走出包廂。

包廂裡那女孩氣得咬牙切齒。

吳文反倒是笑了笑，笑完之後看著中年人，「劉總，令千金好像被人誤會了。」

中年人的臉上也掛不住，卻還要強笑，「小蕾，還不坐回來。」

女孩低頭，噘著嘴不說話。聽爸爸說今天要和著名的青年才俊吳文吃飯，她央求著爸爸跟來了，本來坐在爸爸身邊，席間大家開玩笑起鬨，她就順理成章坐在了吳文旁邊。吳文也沒有反對，飯桌上氣氛很好，沒想到卻被那兩個冒失鬼闖進來打斷了。

這時候有人岔開話題，吳文當然也不會太給人下不來臺，於是說起別的。那中年人卻覺得，吳文變得有點心不在焉了。

包廂外，小油菜不緊張了，也就反應過來董立冬說的話有些得罪人，她很擔憂。

董立冬安慰她，「沒關係的，她又不認識我。」

「那如果她來頭很大呢？」

「她的來頭不會大過吳總，除非吳總想幫她出氣，否則我不會有問題的。」

小油菜想了想，答道，「吳總不會吧？」

「誰知道呢，英雄難過美人關嘛。」

小油菜有些難過，又有些沮喪，「對不起，是我連累了你。」

「沒關係，」董立冬笑了笑，「妳在吳總面前多幫我美言幾句就好了。」

「一定！」

兩人收拾好心情，轉而找到對的包廂。聚會的人大部分都到了，王美美看到小油菜，很熱絡地上來和她寒暄，小油菜跟他們介紹了董立冬，果然這次沒有受到糾纏。

然後就是一邊吃飯一邊聽王美美吹牛了，她老公的產業做得多麼多麼大，認識哪些牛逼人物，最近正準備和文風集團合作。

小油菜把臉從盤子上抬起來，「我就在文風集團啊，怎麼沒聽說這件事呢？」

「大概是妳的層級比較低吧。」王美美不以為意。

小油菜點了點頭，又問，「怎麼今天妳老公沒來呢。」說實話，她從來沒見過王美美的老公，每次聚會她老公都有事情。

王美美笑答，「他正在隔壁和吳文談事情，談完了估計會過來喝一杯。」

和吳文吃飯是一件很值得炫耀的事情，她用一種驕傲的口吻講出來，果然引起大家的興趣。

咦，看來王美美這次沒有吹牛？小油菜回想了一下剛才的情形，也想不出哪一個像是王美美的老公。如果說再回去看看，她又沒膽量，只好按下好奇心。

過了一會兒，有兩個人結伴去洗手間，回來時，她們推開門進來，小油菜不經意間抬頭看了一眼，恰好看到吳文從門外走過。

……這也能遇上。

她趕緊低下頭。

吳文已經發現了她，及時掉頭走過來，推開關了一半的門。

關門的女孩看到是一個超級大帥哥，一下愣住了。

吳文扶著門，冷冷地看著小油菜。他長得帥，氣場又強，幾乎所有人的目光都投向了他，除了小油菜——她正低頭奮力地啃東西，把一個黑腦袋對著他。

「肖采薇。」他只好叫她。

眾人齊刷刷地看向小油菜。

小油菜不得已抬起頭，舔了一下嘴角的肉渣，「吳、吳總。」

「妳給我出來。」

小油菜抽衛生紙擦了擦手和嘴巴，緊張兮兮地跟上去。董立冬起身想跟上，吳文背後像是長了眼睛，回頭掃了他一眼，「沒你的事。」

小油菜被吳文帶到了電梯間，兩人站在窗前交談。他們這個樓層太高，向窗外望一眼，地上的汽車彷彿爬行的金龜子，看著一陣心慌。

她有點怕高。

吳文深吸一口氣說道，「把我的話當耳邊風了是吧？我說過，妳敢跟董立冬談戀愛，我就敢開除妳。」

小油菜趕緊搖頭，「吳總你誤會了，我們沒有談戀愛。」

吳文嗤笑，「沒談？沒談你們手牽著手，騙鬼呢？」

「誰說手牽手就是在談戀愛呀，又不是小學生。」

「狡辯。妳真讓我開眼，平常笨得都快開花了，怎麼一到這種事情上就這麼能——」他突然頓住，垂了下眼睛。

他的手被一雙小手握著，她兩隻手才能把他的大手包裹住。

第N次吃豆腐成功的小油菜心情有些雀躍，她眼巴巴地望著他，「吳總，現在我們牽手了，你能說我們在談戀愛嗎？」

吳文垂著眼睛，定定地看著他們握在一起的手，沒有回答。

他的心緒突然有點亂。

8

吳文正不知該作何反應，凌亂的思緒突然被一個遲疑的聲音打斷，「文哥？」

他扭頭看，發現劉小蕾出現在樓梯口，劉小蕾訝異地看著他們，臉色不是很好。

小油菜連忙抽回手，還此地無銀三百兩地在裙子上輕輕蹭了一下，這種疑似嫌棄的動作讓吳文一陣不滿。

劉小蕾走過來，站在他們旁邊，「文哥，這位是？」

吳文單手插兜，滿不在乎地看一眼小油菜答道，「公司員工。」他連名字都懶得介紹。

劉小蕾笑著向小油菜伸出手，「妳好哦，我叫劉小蕾。」

「我叫肖采薇。」小油菜友好地回握了她的手。

劉小蕾挪了一步，站得離小油菜更近了。兩人一並肩站著，身高差距更明顯了。小油菜身高是一百六十二公分，今天的鞋跟只有三公分，但是劉小蕾至少有一百六十七公分，還穿了十公分以上的細高跟鞋，一下子就把身高差距拉大了。

小油菜看看劉小蕾，再看看吳文，悲哀地發現，至少從身高上來看，劉小蕾和吳文更加登對一些。她不自在地向後退了兩步，「你們有事情要談嗎？那我就不打擾了。」

吳文轉身，「有事也不會在這談，走吧。」

劉小蕾跟在他身邊，「文哥」長「文哥」短地叫著。

小油菜和他們始終保持著兩步的距離，聽到劉小蕾稱呼得那樣親熱，她不滿地扯嘴角，哼道，「文哥文哥，我還文革呢！這麼反抗的稱呼……」

吳文突然停下，轉身看了她一眼，眼神不善，顯然他聽到了她的挖苦。

「等回去饒不了妳。」他警告道。

小油菜感覺自己今天得罪他夠多了，反正肯定討不到好，現在她也不怕再得罪他了，於是翻著白眼朝他吐了吐舌頭。

吳文輕輕哼一聲，嘴角卻是忍不住勾起來。

小油菜回到包廂，終於看到了王小美的老公。這位傳說中的土豪正趁著吳文離開的空檔從一個包廂串到另一個包廂跟大家敬酒，小油菜回來時恰好看到他在仰脖子灌。

有人走進來時，那位土豪掃了一眼門口，看到了站在小油菜身後的吳文，土豪一驚之下，差一點嗆死，拍著胸膛拚命地咳嗽，王小美緊張地遞衛生紙給他。

劉小蕾擔憂地走進來，「爸，你沒事吧？」

土豪順了順氣，笑呵呵地看著吳文，「吳總，不好意思啊，老婆在這邊吃飯，我來看看。」

吳文點了一下頭，沒說話。

小油菜用了差不多二十秒鐘來釐清眼前的人物關係，等她理順之後，發現她的同學們都用一種矜持又熱烈、神往又敬畏的眼神注視著她……身後的吳文。

吳文不認識他們，也不打算認識，他轉身回了自己的包廂。

小油菜坐回來繼續吃，席間的話題自然變成了對吳文的討論，讚美之詞絡繹不絕，小油菜豎著耳朵聽，與有榮焉。

董立冬本來想問問小油菜有沒有被刁難，不過看她吃得這麼開心，應該是心情不錯吧。

一群人吃完飯又想去唱歌，身為麥霸，小油菜必然跟進，唱得盡興而歸。晚上兩人吃了點簡單的東西，又去看了場電影。

董立冬把她送到家門口，突然說道，「采薇，我不想再做假的男朋友了。」

小油菜當然明白他的意思，但是對於眼前這個人，她突然覺得無比內疚。他對她那麼好，她卻在喜歡別人。在這之前，她也確實考慮過要確定關係，可是現在，她突然想，如果真的確定，這對他公平嗎？

董立冬看著手足無措的小油菜，嘆氣問道，「妳是不是心裡有別人？」

小油菜驚訝道，「你怎麼知道？」

他無奈看著她，「還要猜嗎？如果不是喜歡著別人，妳應該早就接受我了。」

她低頭，「對不起，我也在努力喜歡你，真的。」

「你喜歡的那個人，你們不能在一起嗎？」

她搖了搖頭。

「那麼，妳也不要勉強，我們就這樣順其自然吧。如果妳無法喜歡上我，也請告訴我，不要讓我傻等。」

小油菜重重點了點頭。

週一上午，公司有個高層會議，小油菜負責做會議紀錄。散會時，吳文把市場部總監留了下來，小油菜順手整理著會議室，賴在這裡不走。

她的直覺告訴他，市場總監留下來的原因和董立冬有關，反正吳文不趕她走，她就聽唄。

吳文掃了一眼小油菜，也沒說什麼。他轉而看向市場總監，簡短地交代了一句，「留意一下你們部門的董立冬。」

市場總監一時之間沒聽懂吳總的意思，追問道，「董立冬的工作表現挺好的，吳總您讓我留意他什麼？」

吳文一臉的高深莫測，也沒解釋。主要原因是他也不知道該留意董立冬什麼，反正就是覺得這個人不順眼。

市場總監離開後，小油菜湊上來，「吳總，您還在生氣呢？」

吳文斜了她一眼，「我有什麼好氣的？」

小油菜覺得，這是個心照不宣的事。董立冬得罪了劉小蕾，劉小蕾的爸爸是吳文的合作夥伴，那麼吳文完全有可能為了幫劉小蕾出氣而找董立冬的麻煩。想到這裡，小油菜的心裡酸溜溜的，劉小蕾長得很漂亮啊……

吳文戳了戳她的臉，「傻了？」

小油菜回過神來，董立冬得罪劉小蕾也是為了她，她不能不仗義，於是說道，「吳總，不然您放過董立冬吧，這件事的主要責任在我，而且我覺得劉小蕾也不是小肚雞腸的女孩。」

吳文點了根菸，他抽了幾口，在一片煙霧繚繞裡靜靜地看著小油菜，輕聲問她，「就這麼護著他？你們倆發展到哪一步了？」

小油菜摸了摸鼻子，「吳總您放心吧，我絕對不會違反公司規定的。」

「是嗎？」

「我跟董立冬，我們兩個……哎、我跟您說這件事也說不清楚呀。總之董立冬真挺無辜的，吳總您把他當個屁給放——」

吳文突然火了，這火氣來得迅猛而突然，無論如何也壓不下去。他打斷她，「董立冬、董立冬，妳滿腦子都是董立冬！妳到底有沒有把我放在眼裡！」

小油菜愣住了，看到他的臉色突然就黑雲罩頂，她有點緊張了，「我、我那個……」她靈機一動笑道，「吳總，我當然沒有把你放在眼裡啦！」

這麼毫不客氣的話，讓吳文快要暴走了，他冷冷地看著她，指間用力，幾乎要將香菸夾斷，「肖采薇，妳再給我說一遍。」

「我是把您放在心裡的。」小油菜說著，抬手指了指自己的心口，笑嘻嘻地看著他。她雖然笑得沒心沒肺，心中卻有些酸楚，這是玩笑話，也是真心話。

有那麼一瞬間，吳文神情發怔，心口悸動得要命，那裡像是突然出現了一個漩渦，牽動著他全身的神經，以至於他夾著菸的手指輕輕顫了一下，無意間抖落下一點煙灰，簌簌落在乾淨的會議桌上。

但是很快，他冷靜下來。他默默地看著她，看她沒心沒肺地笑，她說的甜言蜜語一點也不真心。

吳文垂下眼眸不再看她，他的眉角低垂著，看起來有些悲哀。

是啊，他怎能不悲哀呢，有些事情真他媽諷刺——她只不過說句拍馬屁的玩笑話，他卻要當真了。

9

小油菜問董立冬，他們總監有沒有為難他，董立冬回答沒有，還奇怪地問小油菜怎麼回事。

小油菜差一點就把吳文對市場總監的叮囑告訴董立冬了，不過話到嘴邊又被她吞了回去。她是一個有職業操守的人，吳文和市場總監之間的對話也可以列入高層談話之列，所以她習慣性地會對此守口如瓶。

於是她答道，「沒什麼，就是擔心吳總為難你，你得罪的那個劉小蕾，你也看到了，她爸爸馬上會成為我們新的合作夥伴。」

合作這件事，即使那天沒有在場的人，大部分也能猜到。因為那個劉小蕾，三天兩頭往這邊跑，有時候是自己來，送個文件、傳個話什麼的，有時候是跟著老爸的員工來——她自己並不熟悉公司業務，往文風集團跑也是醉翁之意不在酒。

是的，劉小蕾看上吳總了，傻子都能看出來。

比如他們要交接的事務基本上不用吳文去關心，但每次劉小蕾忙完正事都會直接上去問候吳文，還喜歡賴在他的辦公室不走。這女孩也是個自來熟，乾脆豁出去厚臉皮一些，吳文顧忌著留點面子給老劉，也不好硬把她往外轟。

有時候小油菜會在吳文的辦公室看到劉小蕾，女人的直覺通常很準，在沒有意識到的情況下，兩人都把對方擺在了情敵的位置上。

考慮到劉小蕾的身分，小油菜不好當面和她作對，頂多背後默默腹誹一下。不過劉小蕾就沒什麼顧忌了，她嬌生慣養的，脾氣有些衝，從來不怕得罪一個普通的員工，並且她也不傻，能看出來吳文對小油菜總是沒什麼好臉色，這說明文哥也不喜歡那個女人。

所以劉小蕾就放心大膽地挑釁小油菜了。她的挑釁方式也簡單，無非就是冷嘲熱諷打擊小油菜的自信心，如果當著吳文的面，嘲諷就會變得非常含蓄，但當事人依然能領會其深意。

小油菜很生氣。

這天，劉小蕾又來了。

小油菜去吳文的辦公室時沒敲門，沒錯，她就是故意不敲門，就是想突擊圍觀一下裡面的情況。

劉小蕾正坐在沙發上翻看雜誌，吳文低頭辦公，室內很安靜，沒人說話。

小油菜推門進來時，兩人都把目光投向她。

劉小蕾不悅地皺了一下眉頭，「妳怎麼不敲門啊？」

吳文看著小油菜，「有事嗎？」

小油菜答道，「吳總，我有重要的事要向您報告，」她笑著看劉小蕾，「劉大小姐，能不能請您先去趟洗手間呀？」

劉小蕾看了吳文一眼，發現他不打算給她撐腰，於是起身出去了。她的包還留在沙發上，說明她真的只是暫時迴避一下而已——今天軟磨硬泡才讓文哥答應和她一起吃晚餐，打死也不能錯過良機！

等劉小蕾出去，吳文又問了一遍，「到底什麼事？」

「是一份重要的文件，」小油菜走過去，把文件放在他桌上，「吳總您忙著，我不打擾您了。」說著走開。

吳文有些摸不著頭腦，他盯著她的背影，眼神複雜。

小油菜走到沙發旁邊，突然轉身看他，吳文心虛地低頭，假裝翻看文件。小油菜彎腰拿起茶几上的杯子，飛快地朝沙發的坐墊一潑，半杯水全倒在了米白色的沙發上。

然後她放下茶杯，若無其事地離開了。

這一系列動作全落在吳文眼中，他苦笑著搖了搖頭。

過了一會兒，劉小蕾回來了，她走進辦公室後發現吳文在看她，一時有些受寵若驚，也含情脈脈地回望他，一邊走向沙發。

吳文不知道自己出於何種動機，竟然沒有提醒劉小蕾，而是眼睜睜地看著她坐了下去。然後劉小蕾感覺到臀部一片冰涼潮濕，她「啊」的一聲驚叫，立刻從沙發上彈起來，然而為時已晚，臀部早已浸濕了大片。偏偏她今天穿的裙子是淺色包臀裙，這時候真是苦不堪言。

小油菜一直在外面豎著耳朵聽動靜，聽到裡面隱隱傳來女人的慘叫聲，她一馬當先地衝進去，正看到劉小蕾捣著屁股，俏臉爆紅，幾乎要哭了。

「怎麼了怎麼了怎麼了？」小油菜看熱鬧不嫌事大的湊過去。

那一片水漬不是兩手就能蓋住的，小油菜看到後，嘖嘖稱奇，摸著下巴一個勁兒搖頭，「妳這人怎麼隨地大小便啊……」

劉小蕾恨不得找個地縫鑽進去，然而電光石火之間，她突然明白了這一切，「是妳！」說著狠狠地指著她，但一時想起後面的尷尬，又趕緊收回手。

「我怎麼了？」小油菜無辜地看著她。

「是妳故意在沙發上灑了水！妳、妳這個女人，太陰險！」

想她小油菜終於也有被人罵「陰險」的一天了，小油菜純粹把這個詞當讚美了，笑呵呵答道，「妳不要隨便誣賴好人，證據呢？妳親眼看到我灑水了？」

劉小蕾氣得胸口劇烈起伏，她看向吳文，「文哥，你說怎麼辦嘛……」

吳文揉了揉額角，打了個電話給湯助理。救火隊員湯助理就在外面，不過沒有吳文的傳喚他是不會輕易進來的，現下接到電話，湯助理便走進來，「吳總，什麼事？」

「你把小蕾送回家吧。嗯，幫她買兩件衣服，記在我帳上。」

湯助理脫下自己的外套讓劉小蕾繫在腰上，吳文安慰了劉小蕾幾句，劉小蕾臉色才稍有緩和，然後湯助理就帶著劉小蕾離開了。

吳文站在門口，不知道在想些什麼。小油菜看夠了熱鬧，想偷偷摸摸地溜了，吳文卻突然把門關上，背靠著門，抱著手臂看她。

小油菜摸了摸鼻子，「吳總，既然沒我的事，我就回去工作了。」

吳文面無表情，只是一雙眼睛犀利如刀，直勾勾地盯著她。這目光太有壓迫感，小油菜本來就心虛，這下子被他盯得兩腿直發軟。

「為什麼這樣做？」吳文突然問道。

「啊？」她偏頭看著他，打算裝傻。

「不用裝傻，妳已經夠傻了，」吳文毫不留情地道出這個事實，「現在老實告訴我，妳為什麼和劉小蕾作對，是不是因為嫉妒？」

小油菜愣了一下，「……是啊。」

吳文的眼睛突然亮了一下，他追問道，「為什麼嫉妒？」他這樣問著，心中卻隱隱浮現出一個期待的答案。

小油菜是不會承認自己在吃醋的，她低著頭，「嫉妒的事情可多了去了，不過我主要是嫉妒她不用上班就能吃飽飯。」

「嗯。」吳文應了一聲，不置可否。

小油菜其實非常想在吳文面前進點讒言說些壞話，但她怕偷雞不成蝕把米，想一想也就算了。此刻，她壯起膽子打探老闆的隱私，「吳總，您會不會娶劉小蕾呀？」

吳文莫名其妙地看她一眼，「我為什麼要娶她？腦子進水了嗎？」

「你們做生意的不都喜歡聯姻嗎？強強聯手。」

「一碼歸一碼，我不可能為了賺錢出賣自己的肉體，老子又不是牛郎。」吳文說著，還意味深長地看她一眼。

小油菜眨眨眼睛，「那你會娶一個什麼樣的人呢？」

他突然有些彆扭，「當然是我喜歡的人了。」

小油菜追問道，「那你喜歡什麼樣的人呢？」

妳這樣的。

吳文差一點就脫口而出了，但話到嘴邊又吞了回去。

小油菜像個好奇寶寶一樣看著他，眼底一片坦蕩，一點痕跡不露。

這種看似毫無雜念的坦蕩讓吳文感到失望，他也不知該如何作答。正在這時，突兀的電話鈴聲響起來，打破了這微妙的尷尬。

他走過去接起電話，聽了一會兒，臉色漸漸陰沉下來。

10

小油菜看到吳文那烏雲密布的臉，雖然她也十分好奇發生了什麼事，不過現在她更怕被他遷怒，於是悄悄去開門想溜。

吳文突然一聲怒喝，「讓他滾蛋！」

小油菜嚇得一抖，轉身望他。

哪知吳文雖然在聽電話，目光卻一直落在她身上，此刻兩人對視，小油菜禁不住他灼灼目光的逼視，硬著頭皮道，「那個，吳總我先走了……」

吳文放下電話，挑眉看著她，「妳不好奇是什麼事嗎？」

「呃……什麼事？」

「妳過來。」

小油菜關上門走過去，有些局促地站在吳文的辦公桌前。吳文盯著她的臉看了一會兒，不知道在想些什麼，然後突然說道，「妳有沒有對董立冬說過什麼事情？關於公司的。」

小油菜撓了撓後腦勺。這個……員工之間當然會吐槽一下公司了，她不可能沒提過。不過吳文突然問這些做什麼，難道她在背地裡說公司的壞話被發現了？

吳文知道她想歪了，又道，「我是指，關於公司的商業機密，不該讓他知道的。妳到底有沒有透露過？」

小油菜慌忙搖頭，「那肯定是沒有，我這點職業操守還是有的。」

吳文神色緩和，點點頭，「我就怕妳笨，被人利用。」

「吳總，到底怎麼了？」

「董立冬是我們競爭對手派來的商業間諜。」

「啊？」小油菜驚得下巴差點掉下來。

吳文冷哼，「妳不信？不信的話自己去問市場總監，不要以為是我故意要手段陷害他，我沒那麼下作。」

「我不是這個意思，我只是太過震驚。」商業間諜啊，她只聽說過，這次見到活的了。而且竟然是董立冬……小油菜艱難地回憶和董立冬的相處，最後茫然道，「董立冬那個人，看起來一點也不像商業間諜啊！」

「壞人是都會把這兩個字刻在臉上是吧？如果連妳都能看出來，那他也就別混了。」

又被男神鄙視了。小油菜低頭假裝沉思，掩飾自己的難過。

小油菜的沉默讓吳文心中感到不舒服，不知道這個傢伙是否會為董立冬辯白。由於小油菜和董立冬本來就走得近，他現在遷怒她是再正常不過。除此之外，他還隱隱地有些快意，為這個傢伙看走眼而幸災樂禍，她的曖昧對象其實是一個商業間諜，呵呵……

小油菜想了一會兒問道，「吳總，那他有沒有給公司造成損失呢？」

她這話一出，讓吳文悄悄鬆了口氣。很好，看來這傻丫頭還知道孰輕孰重，她對董立冬的感情不過如此。這樣想著，吳文的語氣緩和下來，「沒有，還沒得手呢。就被我們的市場總監發現了。」

說來那個市場總監也是個人才，得知總裁大人讓他注意董立冬，他竟然暗暗查了這小子的通話紀錄，查出可疑的線索之後，總監大人一不做、二不休，想辦法監聽了董立冬的電話，終於發現了這個祕密。

小油菜點點頭，放下心來，不過她還是有些情緒低落，為了董立冬。平心而論，他對她挺好的，她都已經在制定好方針以期能儘快喜歡他了。但是現在這個人突然成了商業間諜，讓她不由想得有點多。她是總裁辦副主任，工作中有比較多的機會接觸到公司的高層決議，那麼董立冬接近她，到底是單純地喜歡他，還是另有目的？

這種猜測讓她有些沮喪。

偏偏吳文還火上澆油地說，「我看董立冬接近妳純粹就是故意的，妳可別想瞎想，覺得自己魅力有多大。」

「不用你提醒。」小油菜沒好氣道。

「生氣了？膽子不小啊，不過妳有資格跟我生氣嗎？我勸妳以後把眼睛擦亮一點，這世界上長得帥又事業有成的男人多得是，用不著在一個猥瑣的商業間諜身上浪費感情。」他說得興起，就差毛遂自薦了。

小油菜譏誚地一牽嘴角，「長得帥又事業有成的男人哪裡看得上我呢！」

「那不一定，萬一他瞎呢。」

小油菜氣呼呼地走了。

她離開之後，吳文坐下來，抹了一把臉，仰頭看著屋頂悠悠嘆道，「我他媽的就是瞎啊！」

他又不是白癡，自己看到董立冬就吃醋，然後被她隨便撩撥兩句就心裡頭的小鹿亂撞，像少女懷春一樣，這根本就是動了凡心了。

只不過，為什麼會是肖采薇那個神經病呢！

喜歡這個女人，使吳文對自己的品味產生了懷疑。而且他多多少少有點不服氣，他這麼玉樹臨風英明神武有臉有身材又有錢的黃金單身漢，她竟然瞪大眼睛錯過了，轉而去和猥瑣的董立冬搞曖昧，真是瞎了狗眼！

這個想法讓吳文心裡頭不是滋味，這幾天看誰都不順眼，看小油菜尤其不順眼。

好吧，彆扭鬧夠了，他也該想想現實問題了——怎麼強勢霸道地占據她的芳心呢……

這一頭小油菜還不知道自己已經被男神盯上了，她回去之後打了個電話給董立冬，直截了當地問他是不是來竊取商業情報的，董立冬並沒有否認她的質問。

小油菜這才徹底失望，但她又不忍心罵他，畢竟就是算是裝出來的，他也對她挺好的。

兩人在電話裡沉默了一會兒，董立冬說道，「我現在就要走了。」

「嗯，你……保重。」

「妳不打算送一送我嗎？可能以後都見不到了呢。」

小油菜沒有反駁他，這算是變相承認了她和他到此為止，以後不存在深入交往的可能性。

董立冬微微嘆了口氣。

小油菜糾結了一下，終於還是去送了董立冬。他離開得很低調，帶的東西也少，小油菜跟著他來到地下室，她看到他把東西放到車上，然後關好車門轉身看她。

她撓了撓耳朵，不知道該和他說些什麼。這個人是來竊取商業情報的，現在站在她的對立面，他還有可能試圖利用她，而且這種利用是披著感情的外衣……這一切，使她對他已經無話可講。

董立冬扶了一下眼鏡，苦笑著看她，「如果我說，我從來沒有打算利用妳，妳會信嗎？」

小油菜愣愣地看著他。

「我是真的喜歡妳，肖采薇。」他說。

小油菜張了張嘴，不知道該如何回應。

他卻擺了一下手，「妳不用勉強，我知道妳不喜歡我。雖然不知道妳心底那個人是誰，但我希望妳能得償所願，和他在一起。采薇，我做的一切都有我自己的理由，為此付出代價我也無話可說，但我唯一不甘心的就是被妳誤會。我喜歡妳，喜歡到不捨得利用妳。」

說完這些，董立冬就離開了。

這個人飛快地消失在小油菜的生活裡，如果說她的生活為此有什麼變化，其實倒也不大，頂多是她失去了一種移情別戀的希望。

她想要擺脫對於吳文的迷戀，又全部捲土重來。

為此，她只好拚命地工作來迴避那甩脫不掉的暗戀，偶爾小心翼翼地吃吃老闆豆腐，就算心滿意足。也不知道是不是她的錯覺，她總感覺吳總似乎愈來愈配合她了……

這天晚上，小油菜又多忙了一會兒，到下班時，整個樓層已經沒什麼人了。

她在樓道裡遇到了吳文，這次是他在前、她在後。小油菜想起上次他的惡作劇，不由得惡向膽邊生，打算報復一下。於是她偷摸地走到他背後，剛要開口嚇他，哪知道他極其敏銳，反應也快，突然向後伸手拉住她，扯著她的胳膊一折一轉，拎小雞仔似的把她拎到身前，單憑一條手臂就將她整個人扣在懷裡，使她動彈不得。

小油菜哪見過這種陣仗，頓時嚇得屁滾尿流，大聲求饒，「別激動，是我！自己人！」

吳文似笑非笑的，「誰跟妳是自己人？說吧，鬼鬼祟祟的想幹什麼？」

「沒什麼，就打個招呼，」小油菜說著，用有得商量的口氣說道，「吳總，不然您先放開我？」

吳文沒說話。

小油菜又叫了他一聲，「吳總？」

她看不到的是，他此刻正閉著眼睛，小心翼翼地在她柔軟的頭髮上親了一下。那力氣很輕，像是一片羽毛落在她的頭上。親完之後，吳文睜開眼睛，勾了勾唇角，鬆開了她。

小油菜揉著手，嘿嘿傻笑。

吳文屈指在她額頭彈了一下，「傻樂什麼？」

小油菜狗腿地笑著，「吳總我今天又加班了。」

吳文矜持地點點頭，「嗯。」

小油菜：「你打算怎麼獎勵我呢？」

吳文：「以身相許要不要。」

要啊！要！！！

這種話她也只敢在心中吶喊，表面上還是裝得相當鎮定，「吳總你真會開玩笑。」

「哼哼，」吳文要笑不笑的，又敲了敲她的腦袋，「那妳想要什麼？」

「不然你請我吃宵夜吧？」

吳文莞爾，「好吧。」

吃夜宵的地方由小油菜點，最後兩人一起去了燒烤店。點菜時小油菜一邊點一邊問吳文，這個行不行、那個行不行，吳文無可、無不可，點完之後小油菜問吳文有沒有要加點的，吳文問服務員，「有小油菜嗎？」

「咳咳咳，」小油菜被嗆住了，她扶著水杯，無辜地看著吳文，「吳總……」

「怎麼了？」吳文笑瞇瞇地，「我就愛吃油菜。」

顧客愛吃油菜，服務員必定想盡辦法滿足需求，不過油菜不能炒，所以最後幫他們加了一盤清炒小油菜。

小油菜看著吳文吃那盤清炒小油菜，她總覺得怪怪的，大概是因為某個特定的稱謂容易引起人的聯想吧。

然後吳文還點了兩扎啤酒。小油菜也有心事，此時看到酒，沒有拒絕，捧著杯子一口一口地喝著。吳文老是勸她酒，於是等她喝完一扎，莫名其妙地又點了一扎，不過第二扎只喝了一半，剩下的被吳文解決掉了。

小油菜的酒量很有限，喝完一扎之後就有點神智不清了，另外的半扎下去時，她看人都是重疊的。吳文看她兩頰飛紅，醉眼朦朧，一時看得心跳怦然，春心蕩漾，真恨不得把她拉去找個飯店好好逍遙一下。

不過他也不是那麼浪的人，更何況肖采薇又不是那種搞一夜情的女人，他喜歡她，不會看輕她，更不會作踐她。

吃完飯，小油菜是被吳文架著離開的。吳文在她耳邊嘮叨，「妳說妳一個女孩，我讓妳喝酒妳就喝啊？還把自己喝這麼醉。今天這是遇到了我，要是別人呢？別人讓妳喝酒妳也喝？」

「別人……我不喝。」她吐字都不清楚了。

吳文像是被安慰到了，他有些得意，又問，「那我和別人有什麼不一樣？」

小油菜靠在他身上，「你就是不一樣啊。」

「那妳喜歡我嗎？」問出這句話，吳文的心跳突然加速起來。

小油菜毫不猶豫地答，「喜歡啊。」

吳文身體一震，像是被電擊了一下，他忍著滿心激動，又問道，「妳到底知不知道我是誰？」

小油菜搖頭晃腦的，「你是誰啊？」

吳文苦笑著搖了搖頭，心碎。

兩人喝了酒，雖然吳文並沒有喝醉，但車是不能開了。他這方面的家教很嚴，如果他媽知道他酒後駕車，一定會打斷他的腿。

因此吳文攔了輛計程車，他坐在計程車裡也是扶著小油菜，讓她靠在他懷裡。小油菜一點也不安分，晃悠著腦袋瓜，身體亂動，吳文按著她的肩膀低聲問她，「是哪裡不舒服嗎？」

她抬頭，眨著眼睛看他。醉後的眼睛更加水潤，在幽暗的夜色中反著瑩瑩亮光。

吳文輕輕揉了揉她的腦袋，「怎麼了？」

她扶著他的肩膀，直起腰。他只覺眼前突然一暗，唇上一瞬間的柔軟涼潤，竟已經猝不及防地被她親了一下。

吳文愣住，心口像是填了一把火。小油菜親完之後並不理會他的反應，而是靠進他懷裡，溫順地低著頭打瞌睡。

吳文摸了摸自己的唇，但隨即像是突然想到什麼，於是神色一暗。他輕輕推她的肩膀，「妳到底知不知道我是誰？」

「知道。」

「那妳說說，我叫什麼名字？」

「吳文。」

11

小油菜叫出他的名字時，吳文一陣狂喜。她親了他還認識他，這意味著什麼，不言而喻，但他還是明知故問地推了她一把說道，「那妳剛才到底是什麼意思？」

回答他的是平穩的呼吸聲——她竟然睡著了。

雖然就來過一次，但吳文已經記住了小油菜家的門牌號碼。油菜媽看著站在門口的吳文以及在他懷裡睡成死豬的小油菜，十分震驚。

吳文解釋了幾句，放下小油菜後不便久留，也就告辭了。

油菜媽總覺得這個小夥子好像一直在忍笑，忍得很辛苦的樣子，她家女兒該不會又出什麼洋相了吧？

這端吳文就一路笑著回了家，跟被點了笑穴一樣，止也止不住，路上那個計程車司機差點以為他是個神經病。

回到家後，吳文睡得比較晚，剛睡著又夢到小油菜跟他告白，他用實際行動證明了什麼叫「做夢都會笑醒」。

到第二天上班時，小油菜早就把昨天晚上酒醉後發生的事情忘得一乾二淨。吳文這時候已經冷靜下來了。愛情這東西，誰先主動了誰就會陷入被動，現在在吳文看來，小油菜已經成了他的囊中之物，他倒也不急。

正當吳文沉浸在怎樣把小油菜一步步啃掉的幻想之中時，劉小蕾又來騷擾他了。這個女孩的自癒能力特別強，昨天出那麼大糗，今天能量條立刻就滿了，還記著吳文欠她一頓飯呢。吳文怎麼好意思賴這種帳，於是答應中午還債請吃飯。劉小蕾覺得自己總算扳回來一城，沒想到的是，吳文立刻抄起電話打向總裁辦，問肖采薇要不要蹭飯。

蹭老闆的飯是每一個員工神聖的使命，更何況小油菜這種本來就是居心叵測的類型。

中午時分，吳文一個人帶著兩位美女出了門，一路上收穫無數豔羨的目光。

他們又去了那個叫「暹羅飯店」的泰國菜餐廳，服務生領著他們去找座位，小油菜和劉小蕾一左一右像是護法一樣圍著吳文。吳文特別紳士地拉開一張椅子，與此同時掃了小油菜一眼。小油菜本來想坐過去，哪知劉小蕾快了一步先坐了。

服務生多會察言觀色呀，立刻把劉小蕾對面的椅子拉開，禮貌地朝小油菜微笑。

小油菜悻悻坐下。此刻吳文本來站在劉小蕾身後，小油菜以為他會坐在劉小蕾身旁，沒想到他卻繞過來坐在了她的身邊。

小油菜沒來由地臉一紅，她局促地低下頭。

吳文坐在她旁邊，笑瞇瞇地欣賞她的表情。

劉小蕾氣得眼睛冒火，她也不知道這兩人到底是真的有什麼還是只是裝給她看，反正不管哪一種，她都不會輕易放棄的。她拿著菜單乾咳一聲，「點菜吧，文哥你想吃什麼？」

「隨便。」

小油菜也拿過一本菜單來看，掩飾自己那點心虛。她覺得應該是她想太多了，吳文今天的舉動很明顯只是想拒絕劉小蕾，不管怎麼說這算是一件好事。

但誰又能說這不算是一件壞事呢？如果吳文交了女朋友，她也可以徹底死心啊。

想到這裡，她又有些惆悵，點菜也心不在焉的。她點了個冬陰功湯，吳文在她耳邊低聲說，「嘿，這湯可是壯陽的。」

小油菜挺受不了他那個舉止輕浮的樣子，她轉臉看著他，「吳總你好像很興奮？終於可以補一補了嗎……」

吳文發現這個傢伙的害羞點跟正常人不一樣，剛才往她身邊一靠她就臉紅，純潔得像個高中生，現在倒好，又面不改色、心不跳地跟他討論這種問題。他把臉一板，「妳看我像是需要這東西的人嗎？」

「像。」

吳文咬牙，「妳給我等著。」

她自然聽不出這句話裡隱藏的深意，只當作是一句不痛不癢的威脅。不過他們兩個鬥嘴，看在別人眼中就有點打情罵俏的意思，劉小蕾的臉色已經很不好看了，等待點菜的服務生倒是笑呵呵的，像是沒看過癮。

過了一會兒菜陸續上齊了，小油菜暫時拋卻煩惱，全力以赴地吃飯。她吃飯的姿態談不上優雅，至少是不及劉小蕾的，但她吃東西很認真，近乎於虔誠，似乎放到她嘴裡的東西都特別特別好吃，讓旁人看著也覺得胃口大開。而且她咀嚼的速度比較快，閉著嘴，腮幫子鼓鼓的，像個快樂的小倉鼠。吳文扶著下巴在一旁看她，他覺得他也離神經病不遠了，竟然愈看她愈順眼……

不只吳文，連劉小蕾都覺得自己出問題了——對著小油菜這麼煩心的傢伙，劉小蕾竟然不知不覺吃了好多東西，那可全是熱量啊，令人絕望的熱量！

吃過午飯，劉小蕾心情不佳，沒有繼續騷擾吳文。小油菜跟在吳文身邊回了公司，她習慣性地去蹭吳文的電梯。

電梯門關之後，她伸手想按樓層，卻被吳文先一步蓋住了按鈕。

小油菜以為他想趕她走，畢竟這不是她的電梯。她默默地看著他，「吳總你不要那麼小氣嘛。」

吳文扶著電梯，傾身湊近，小油菜本能地往旁邊躲了一下，結果被他逼到了角落裡。

又是這樣危險的距離，她不敢看他。

吳文戳了一下她的臉蛋，笑道，「現在怎麼孬了，知不知道妳昨天幹了什麼？」

「我、我幹了什麼？」小油菜有點緊張，她真的不記得自己昨天幹了什麼，最後的記憶就是烤雞翅膀跟啤酒。

吳文開始興師問罪了，「妳占我便宜了妳知不知道？我，」他說著，指指自己胸口，「從上到下、從裡到外，都被妳摸遍了。又親又摸的，我說妳怎麼那麼飢渴呀？」

小油菜臉一下子就紅透了，「我我我我我……」

「妳怎麼了？妳還有什麼話好說？妳說妳是不是對我動了色心了？」他步步緊逼質問。如果小油菜不是因為心虛而低頭不敢看他，一定會發現他眼中流蕩的笑意。

小油菜還在試圖辯解，「我可能把你當前男友了。」前男友真是極好的一個擋箭牌。

吳文笑道，「怪不得妳還喊我名字呢，原來妳前男友也叫吳文啊？」

小油菜這次真的沒話可說了，只是低著頭，無地自容，臉漲成了豬肝色。

吳文胡亂揉她的腦袋，「妳害羞什麼呀，有需要這樣嗎？我長這麼帥，意淫我的女人可以從我們公司大門排到長安街去，妳對我想入非非也純屬正常，不用害羞。」

小油菜竟然覺得他說的有道理，於是她點了點頭。

太可愛了，這傻丫頭怎麼這麼可愛呢！

吳文根本控制不住渾身湧動的惡劣因子，愈是把她調戲得窘迫難當，他愈是有一種無恥的成就感。他忍著爆笑的衝動，捏了一下她俏紅的臉蛋勉勵道，「妳也不用絕望，精誠所至、金石為開，誰知道哪一天妳就感動我了呢，對吧？」

小油菜木然地站在那裡，也不反抗，任他調戲。

12

小油菜也曾經想過如果她向吳文告白了，他會是什麼反應。

她覺得他最有可能做的事情就是從此對她冷淡疏遠——這符合他的性格，不愛招惹過多麻煩。他也有可能坦白地告訴她，不要對她癡心妄想；她甚至想過，他會耐心地安慰她，他們不適合，有更好的人在等她……諸如這類假得不像話卻能夠給對方保留情面的話。

但是，以她有限的想像力，她實在沒料到，他會立刻開了嘲諷模式，看熱鬧一樣看著她突然大白於天下的暗戀。

出於意料，卻又在情理之中，以他自大又惡劣的性格，確實會做這樣的事。

這也是最傷人的事。

我喜歡你，喜歡得小心翼翼，如履薄冰，那樣迷戀、那樣狂熱，但這些在你看來，原來也不過是平添一些笑料而已。

小油菜一開始是緊張又無措的，到後來就感覺自己像是被一盆冰水澆了個透心涼，她難過得近乎麻木，像個小殭屍一樣站在那裡，對吳文的冷嘲熱諷和上下其手都沒有反應。

吳文玩了一會兒頓覺無趣，他拉開她，按了樓層，兩人很快各歸各位。

說實話，吳文有那麼一點擔心，自己是不是太過了？不過他很快想通了，這不是才剛開始嘛，以後有的是機會好好疼愛她。在與別人的互動關係中，吳文習慣掌握主導權，這也是為什麼他在一開始發覺自己對小油菜動心之後能夠強忍著按兵不動。忍得這麼辛苦，等的不就是現在自由調戲這小神經病時的快樂嗎？他又豈肯錯過。

小油菜回去之後，滿心的憋屈無處宣洩，只好找藍衫訴苦。某些心情隔著手機和電腦是無法交流清楚的，當晚，她和藍衫約了一起吃飯。

藍衫知道吳文早晚有知道的一天，但她和小油菜一樣，也沒想到他會是這樣的反應，這人也太不厚道了，同樣的爸媽，他跟他弟怎麼差這麼多呢！

「你沒看到他那得意的嘴臉，你說他賤不賤，賤不賤啊！」小油菜瘋狂地吐槽著。

「賤！」在未婚夫的哥哥和閨蜜之間，藍衫根本不用猶豫就做出了選擇。

小油菜滿意地點點頭，又問，「如果喬大神這樣對妳，妳會怎麼辦？」

「我打斷他的腿。」

小油菜打了個寒顫，朝她豎起大拇指，「得，妳才是最棒的。」

藍衫摸了摸鼻子，有點心虛。她敢口出狂言，是因為對喬風有信心，喬風的性格她太瞭解了，怎麼可能指望他嘲諷別人？

但藍衫這麼隨口一說，小油菜卻是記在心上了。長久以來，小油菜一直是那種沒主見、不敢冒頭的人，大事小事都喜歡學藍衫，以藍衫的行動準則為準則。所以藍衫這樣威武霸氣一下，小油菜就覺得士氣大振。

第二天，她以一種前所未有的高冷姿態去上班了。

吳文找藉口把她叫到辦公室，裝模作樣地討論了一下公事，又讓她幫他倒咖啡。本來這不是她分內的事，不過小油菜以前也幫他倒過咖啡，現在暫時忍了。她把咖啡端給他的時候，他伸手去接，兩人的指尖碰了一下。

也不知道是誰先抖的，總之咖啡杯晃了一下，濃香的液體灑了出來，還好有托盤接著。吳文把接過的托盤放在桌上，又開始不依不饒了，「什麼意思，又想趁機占我便宜是吧？不就是想摸手嗎？來來來，給妳摸。」

在小油菜眼中，他這副嘴臉簡直到了賤者無敵的境界，她大怒，一手扶著辦公桌，一手伸過去抓他。

可是辦公桌太大，她抓不到……

媽的！小油菜乾脆繞過辦公桌，走到吳文身邊，一手抓住他的領帶，用力向上提。

吳文不得不直起腰，仰頭看她，「妳幹嘛？想非禮我嗎？這裡可是辦公室，妳別亂來……妳至少先把門鎖上吧？」

小油菜咬牙，「再胡說八道，老娘打斷你的腿！」

「……」吳文像吃了蒼蠅似的，瞪著眼睛看她。

小油菜得意地鬆開他，拿起資料夾揚長而去。

吳文在她身後不滿地抱怨，「長本事了妳？」

她用力關上門，在外面握一握拳，嚇唬老闆的感覺簡直美妙至極了，爽呆！

裡面的吳文卻有些失神。這個小神經病又在發什麼瘋？怎麼突然就從抖M變成抖S了？這個畫風略顯不對啊……

不過剛才被她扯領帶時他真的有一種全身電流通過的感覺。

看來真的是愈陷愈深了，吳文摸著下巴，若有所思。

小油菜的抖S屬性像是一個強行吹起來的氣球，看著挺大其實裡頭空空如也，沒過多久這個氣球癟下去，她又變回了那個窩囊的肖采薇。

她很擔心，她今天大逆不道地威脅老闆，老闆會不會一怒之下開除她呢？

就算不開除她，估計也會想辦法為難她，找機會給她穿小鞋。

就算不在公事上為難她，他也完全可以在私事上嘲笑她呀……

說來說去，這件事還是堵在她的心頭上，並沒有因為她那一句話的揚眉吐氣而消散。她默默地鬱悶了一個下午，晚上一下班就跑了。

她前腳剛走，吳文後腳就跑到她辦公室找她，沒找到人，他問她的同事，「肖采薇呢？」

「吳總，采薇已經走了。」

吳文有些不滿，「跑得比兔子都快。」

小油菜下班之後沒有回家，路上看到一個酒吧，她一拐，走了進去。

她點了個三明治，喝了杯果汁，吃完之後就枯坐著喝啤酒。好吧，她來酒吧的目的就是為了藉酒澆愁。

小油菜喝得很慢——她知道自己有多少酒量。酒吧裡的人漸漸多了起來，有個歌手唱著不知名的歌曲，曲調緩慢憂傷。小油菜失神地聽了一會兒，愈聽愈難過。

她摸出手機，對著酒杯拍了張照片，然後發到微信朋友圈上，配了一句爛大街的話——舉杯消愁愁更愁啊愁白了頭。

這條略嫌做作的微信是發給誰看的，她心知肚明。

這杯酒喝完之後，還沒有人回覆她，一種可以稱之為孤獨寂寞的情緒隨著酒液流入她的身體，滲進了她的血管。她又點了一杯酒，發了則訊息給藍衫。

這個世界上真正能夠隨叫隨到的，不是男朋友而是閨蜜。

小油菜：『親愛滴，要不要來喝酒？』

小油菜：『我在XX路的YY酒吧，妳要不要來？』

可惜的是，她的閨蜜也沒有回覆她，小油菜不死心，又打了個電話給藍衫。電話嘟嘟聲響了好久，那邊才接起來，可是剛接了就又掛斷了。

她覺得莫名其妙，又打了過去。

這次倒是很快接了，不過接電話的是個男人。

喬風：「今天晚上不要再打電話過來。」

小油菜沒反應過來，傻傻地問道，「為什麼呀？」

手機裡喬風的聲音突然遠了，他像是把電話拿開，緊接著小油菜聽到他說，「寶貝，妳來告訴她為什麼。」

一聲「寶貝」，讓小油菜突然覺悟了。她有些尷尬，剛要說話，卻聽到電話那頭藍衫支支吾吾說道，「找姊有什麼事？嗯……你給我走開！不不不，不是說妳，我是說喬風呢……嗯……」

「沒事，拜拜！」小油菜紅著臉掛斷電話。

單身的人無法理解人家成雙成對的傢伙們夜生活啊！

她默默地感嘆，一時間又覺得無比孤獨寂寞冷。

她又喝了兩口酒，無所事事地東張西望，先後打發了兩個前來搭訕的男人，然後她接到了董立冬的電話。

董立冬：「妳在哪裡？」

小油菜只猶豫了一下，就報了自己的所在地。她太難受了，太想找一個人說說話了。

這一頭，藍衫跟喬風嘿咻完畢，兩人裸著身體貼在一起有一搭、沒一搭地聊天。這是喬風的習慣，他喜歡用這種方式來表示自己和她超越肉體關係的親暱，除此之外，他還喜歡摩娑和親吻。

雖然藍衫認為喬風精力太旺盛，但喬風本人從來不承認自己是一個容易精蟲上腦的人，他認為他和她之間的感情包含了性，但遠遠比性要牢固。

好吧，這種有點少女情懷又有點複雜的情感分析從來不是藍衫的專長，隨他去吧。

藍衫情緒平靜之後，血液開始往大腦裡回流，她想起小油菜今天打的兩通電話，於是摸過手機。剛才她對那通電話的反應激怒了喬風，導致這臭小子動作有點激烈，現在最好以不惹他為妙。藍衫靠在他懷裡，一手扣著他的手，另一隻手看訊息。

然後她看到了小油菜關於喝酒的邀請，喬風也看到了。

藍衫有點擔心，想回個電話給小油菜，但被喬風按住。喬風拿過電話，撥了他哥的號碼。

吳文：「藍衫，這麼晚打電話有事嗎？」

喬風：「是我。」

吳文樂了，「你們兩個連電話都共用了?真是不分彼此。」

喬風不想和吳文廢話，「肖采薇在ＸＸ路的ＹＹ酒吧喝酒，你要不要去看看？」

吳文低罵了一聲，「這神經病！」

「你到底去不去？」

「廢話！」

13

所謂「酒不醉人人自醉」，小油菜實際上沒有喝太多，不過她依然飄飄然，整個人有一種剛渡過天劫馬上要飛升的奇妙感覺。

董立冬找到她時，先把她未喝完的半杯酒推開。小油菜趴在吧檯上，手交叉枕著下巴，斜眼看著他笑。

董立冬皺眉看她，「妳怎麼了？」

她垂下眼睛，癟了癟嘴巴，泫然欲泣。

她扮可憐時總是格外招人疼，董立冬看著特別心疼，忍不住問道，「是不是因為吳文？」

小油菜意外地看他一眼，「你知道？」

董立冬心想，我怎麼會不知道，傻子都能看出來。他嘆了口氣。

小油菜控制不了自己內心那強烈的傾訴欲，就跟他吐槽了一下。董立冬一直安靜地聽著，話不多，反正小油菜也不指望他說什麼，她就是希望有個人能聽她說話。

等她吐槽完畢，董立冬說道，「他不喜歡妳。」

「唔。」小油菜有點受傷。

董立冬以為她不信，解釋道，「如果他喜歡妳，他一定捨不得妳難過。」

這話太有道理了，小油菜點了點頭，面帶譏誚，「他就跟貓逗老鼠似的逗我玩，這些我知道。哼哼哼，明天我就不喜歡他了。」

董立冬認真地看著她，「妳知道，我一直捨不得妳難過。」

突然再次遭遇告白，小油菜不知如何是好。

其實她何曾沒想過接受董立冬呢？可是感情總是不由人，她做不到。她搖了搖頭，「對不起，你……你其實挺好的。」

董立冬苦笑，「妳這是要發好人卡給我了？」

「我不是這個意思。你大概不知道，我曾經很努力地去喜歡你，結果是徒勞。你大概也不知道，我也曾想過不管不顧就那樣和你在一起，身在曹營心在漢。可是，你愈是喜歡我，我愈是無法欺騙你、傷害你。我怎麼能傷害你呢？明明心裡有別人，卻和你在一起，這對你不公平。」

「如果妳把這些話說出來，就不算欺騙我。采薇，我認為妳真的可以嘗試與我相處，我是說……戀人關係。妳和我在一起，慢慢忘記他，兩個人一起努力，不是更容易一些嗎？」他說著，扣住她的手，目光中盡是鼓勵。

小油菜真的有些被他鼓動了。她現在腦子有些亂，由於酒精的作用，思考的速度明顯降低，一些脫離理智掌控的衝動在她身體裡自由地左衝右突。她怔怔地看著他，心想，我到底是要不要答應他呢、答應他呢，還是不答應他呢……

兩人深情對視了一會兒，小油菜剛要開口說話，冷不防一個身影走過來，粗暴地扯開董立冬的手。

小油菜扭頭看去，正好對上吳文充滿怒火的眼睛。她以為自己看錯了，揉了揉眼睛——唔，真的是他。

吳文拉著小油菜往外走，走前威脅地看了董立冬一眼。董立冬老神在在地坐在椅子上，他端起桌上殘酒，仰頭一飲而盡。喝完酒，他看著離去那兩人的背影，苦笑著搖了搖頭。

得之我幸，失之我命。

吳文走得很急，因為腿太長，所以步伐相對小油菜來說很大。小油菜被他拽著一路小跑著跟上去，一直到走出酒吧，她被夜風一吹，腦子清醒了一點，頓時怒道，「你幹嘛！」

她站在原地不動，表示反抗。

吳文的臉色還是陰沉沉的，他掃了她一眼冷道，「我倒要問問妳呢——妳在幹嘛？大晚上跟男人在酒吧鬼混？妳還知不知道自己是個女孩子啊？喝兩杯酒就不知道自己姓什麼了？等一下喝完酒打算去幹嘛呀？妳以為人人都跟我一樣坐懷不亂嗎？」

他愈說愈氣，來之前一肚子的擔心，等在酒吧看到兩人坐在一起手牽手喝酒，那感覺真是……他憤怒、他不甘，除此之外他還隱隱有些焦慮。

她喜歡的是他吳文，她怎麼能跟別的男人喝酒？還牽手！

小油菜思緒遲鈍，根本沒有那個腦細胞來應付他一連串的責問，她只知道他語氣很不好，於是她的心情也很不好。她惱怒地掰他的手，「關你什麼事，你放開我。」

吳文不想逼她太緊，他鬆開她的手腕抱著手臂看她。他嗤笑，「怎麼不關我事？妳不是暗戀我嗎？前腳跟我告白了，後腳就跟董立冬去酒吧？妳行啊妳，把我當什麼了？」

這話正中她的痛處，她愣愣地看著他，眼眶發紅，淚水聚在眼眶中，要落不落。

吳文的底氣突然沒那麼足了。他這是在做什麼，怎麼把她逗哭了呢。他的憤怒像是退潮的海，潮水落去之後，露出了一地的懊悔，他張了張口，想出聲安慰她。

小油菜突然踮腳勾住了他的脖子。

吳文一愣，隨即會意。他心臟狂跳，呼吸發緊，考慮到兩人的身高差，他很順從地低頭配合她。

就這樣吧，親上去，等我們接吻了，就在一起了，讓那個董立冬去死吧。我不玩了，玩不起了，必須把她牢牢抓在手心裡才能安心啊……

那一瞬間，吳文腦子裡湧過無數的想法。

小油菜一手扣著他的後腦勺，她大大地仰著頭，然後對著他的額頭用力撞上去。

砰！

吳文一下子就懵了。他愣愣地睜開眼，目光呆滯了一下，才反應過來，自己這是被攻擊了。腦袋和別的地方不一樣，被撞了之後倒沒那麼疼，但是意識裡有點麻木，大腦皮層宛如經過一場地震，耳邊猶自嗡嗡作響。

小油菜的情況比他只差不好——他的腦袋比她硬多了。因此這樣的打擊手段對她來說，完全就是傷敵一百、自損八千。她捣著額頭，感覺本來就遲鈍的大腦現在根本就是完全停擺了。

吳文先反應過來，他擔憂地拉她的手，「妳沒事吧？」

小油菜甩開他，她抬頭看他，眼淚早已經奪眶而出。

吳文的心一陣揪疼，他有些慌神，「對、對不起……」

「吳文。」

「嗯。」

「我喜歡你。」

吳文心口一熱，「我知道，我也——」

然而他未及說完，她便打斷他，「但那並不是什麼錯誤，我也不想喜歡你，真的，我他媽的一點都不想喜歡你，」她的眼淚嘩啦啦地掉，她也不去管它，只是看著他的眼睛，「你可以不喜歡我，可是你為什麼要嘲笑我呢？是不是我喜歡你就代表我卑微，我低人一等，我活該被嘲笑嗎？」

吳文才發現這個誤會有夠深的，她的淚水讓他心慌，她的話更是讓他憋屈又自責，他一時間不知道該從哪裡開始解釋，只好先抬高聲音打斷她，「不是！」

「我瞎了眼才會喜歡你！」小油菜丟下這句話，轉身跑了，不過因為頭暈，她跑得跌跌撞撞的。

吳文連忙追上去。

本來他追她並不費力，不過說來也巧了，酒吧門口停著兩、三輛計程車等著接客人，其中一個司機看到小倆口吵架，知道有錢賺了，於是開著車緩慢經過，正好小油菜三兩下跑到這計程車旁邊，於是攔下來二話不說坐上去。

吳文被她擋在車後。

司機師傅見怪不怪，一踩油門馬上離開。

吳文對著計程車大喊大叫，車裡兩人都沒聽清楚他在喊什麼。

酒吧門口的路人看到一個高大的男人在對著空氣喊「我也喜歡妳」，都神情古怪，懷疑這個人精神不正常。

吳文見那輛車眼看著跑遠了，他連忙也攔了一輛計程車，打算追上去。

這裡司機還在安慰小油菜，「女孩，跟男朋友吵架了吧？這年頭的男人都得調教，就跟那個吊鐘似的，隔三差五就得上弦。女孩，千萬不要讓步，我們得寸土必爭。」

小油菜撝著額頭，帶著哭腔反駁他，「你不也是男人嗎？」

「我？我不一樣，我有覺悟。我說，你男朋友追上來了啊，我眼看著他上了那輛車。」

「他不是我男朋友——你能不能甩掉他？我現在不想看到他。」

司機自信地拍了一下方向盤，「好，只要妳有錢，讓我把妳載到塘沽去都沒問題。」

小油菜心想，這個司機有夠能吹的，塘沽在天津呢！

她揉了揉額頭，低罵了一聲，「頭有夠硬的！」

「什麼？」

「沒什麼。」

「女孩，妳要去哪兒？」

「你先把他甩掉，我要靜一靜。」

「好的！」

這位司機雖然是個話匣子，但駕駛技術倒不是蓋的，過沒多久果然把吳文那輛車給甩掉了。他一邊開著車一邊在後視鏡裡看她，可惜女孩一直掩著臉看不清。他問道，「現在妳想去哪裡？」

小油菜突然撝住嘴，「你能不能停一下？我……嘔……」

司機怕她把他車弄髒了，「妳忍一下、忍一下，我馬上找地方停車。」

下了車之後，小油菜彎腰站在路邊的綠化草地旁邊，很沒公德心地吐了一會。司機體貼地幫她拍拍後背，還遞上來衛生紙和礦泉水。

「謝謝你。」她說道。

「沒事，這水是收錢的，等一下結帳時一起算。」

小油菜點點頭。她直起腰，抹了一下額頭，竟然出了一頭虛汗。

司機看到她的臉，表情突然變得驚喜起來，「咦，是妳呀？」

小油菜有點迷茫，「是我，我……認識你嗎？」

「我！」司機高興地指指自己的胸口，接著又指指額頭，「印堂發青的那個，想起來了沒？」

小油菜摸了摸後腦勺，他一說「印堂發青」，她倒是有點印象，可是現在滿腦子混混沌沌的，根本也想不起那個人長什麼樣。她點了點頭，「你記性真好。」

司機笑道，「我也不是每個人都記得住，我們倆這不是很投緣嘛。」他還記得這女孩嘴皮子很溜，特好玩，沒想到還能再碰面，更沒想到的是，她現在竟然這麼狼狽。而且……司機古怪地看她一眼，「女孩，妳怎麼也印堂發青了？」

小油菜搖了搖頭，不想解釋。

司機感慨道，「我就說我跟妳有緣吧？」

兩人又回到車上，小油菜聽到她的手機不停地響，她掏出來看到是吳文，果斷掛掉。吳文又打了兩次，她又掛掉，然後直接設置成了黑名單。接著她一發不可收拾，把手機簡訊、微信、QQ等一切聯繫方式都封鎖了。

過了一會兒，一個陌生的號碼打了進來，小油菜接起來，吳文只來得及叫了一下她的名字，又被她給掛斷了。

掛了兩次陌生號碼，她就暫時把手機設定成陌生號碼拒接。

接著吳文又嘗試用陌生的號碼傳簡訊給她，小油菜也不知道自己哪來絕地反擊的勇氣，她看也不看一眼這些簡訊，拜託司機幫忙直接刪掉。

她想，她大概是真的絕望了。人絕望之後就新生了，她要新生。

司機幫她刪了幾則簡訊，感覺和她似乎建立了一點革命友誼，不過友誼歸友誼，生意還是要做的。他於是問道，「妹子，我們該走了。說吧，妳到底去哪裡？」

「送我回家吧。」她說著，報了自己家的住址。

司機於是開車掉頭，往她家的方向去。走了不到三分之一的路程，小油菜下車吐了三次，吐得胃裡都空了，她還在乾嘔。不僅如此，她還出虛汗，臉色慘白得跟鬼一樣。

司機有些擔心，「妳是不是暈車啊？還是中暑了？」

小油菜搖了搖頭。

司機不放心，建議小油菜去醫院看看。小油菜點點頭，於是兩人又去了醫院，在醫院裡做了個CT，醫生告訴她，她因為頭部受創而有輕微的腦震盪，需要住院觀察幾天。

小油菜欲哭無淚。

那位司機非常樂於助人，鞍前馬後幫忙安排住院事宜，小油菜過意不去，非要多給他兩百塊錢，算是誤工費。那司機不好意思收，兩人推託半天，小油菜說道，「我知道你是好人，可是我不能讓好人白做好事，就算不給你報酬，至少不能讓你有損失，不然我多過意不去呀！」

司機說不過她，收了一百塊。收完這一百塊錢，司機也不急著走了，他留下來打算照顧小油菜一下，順便幫她刪刪簡訊。

那個倒楣哥們夠執著的，到現在還在傳訊息給她。司機一邊看一邊刪，一個勁兒咧嘴笑，「妹子，妳真的不打算看看他都說了什麼？」

「不看，我恨死他了。」

「好，那我用我手機跟他說，告訴他不要騷擾妳了。」

「好。」

於是司機用自己的手機發了一則簡訊到吳文的手機：『哥們你別白忙了，這裡有專人幫忙刪簡訊呢，你發的垃圾簡訊到不了她眼裡。』

很快，吳文的電話打過來了，他的聲音冷得像冰，「你是誰？為什麼和她在一起？」

司機笑得賤兮兮的，「我是她的有緣人。」

14

吳文從來沒有這麼生氣過，感覺本屬於他的東西被別人無緣無故搶走了，可是他還發不了火，胸中那個悶得慌，就別提了。

他的心臟像是剛從醋缸裡撈出來，酸溜溜的，難過得要死。除此之外，他還很擔憂，小油菜落在別人手裡了，他連她的聲音都聽不到，也不知道她現在怎麼樣了，頭還疼不疼，那個男人是誰，這麼晚會不會對她起歹心……

她怎麼能這樣，她身邊怎麼總是有臭男人圍著，趕走一個又來一個！

吳文忍著沒跟那個男人在電話裡吵，他知道吵架不能解決問題。他火速掛斷電話，毫不猶豫地打了場外求助熱線。

喬風很暴躁，他少有暴躁的時候，但是今天，他真的很暴躁！

事情是這樣的。今天晚上這麼美好，他跟他親愛的未婚妻在床上翻雲覆雨，情到濃時被小油菜打斷了。好吧，那是藍衫的朋友，喬風不好意思發作，火速打發掉那個麻煩，兩人又辦起正事。

後來藍衫為了安慰他，他們一起洗了鴛鴦浴。

再後來喬風抱著藍衫回到臥室，他又來了興致，把她按在床上再次求歡。

情到濃時，電話又來了！

藍衫有了經驗，這次先是一腳踢開喬風，然後才摸過手機。她看了一眼來電顯示，有些奇怪地遞給喬風，「你哥。」

喬風黑著臉接了電話，語氣很不好，「這麼晚了打什麼電話，你都沒有性生活嗎？」

吳文覺得自己被鄙視了。他也想有性生活好不好！而且他很快就能有了！吳文沒心思跟他弟爭辯這些，只是弱弱地說道，「喬風啊，你能不能把電話給藍衫？我找她有點事。」

喬風的語氣更不好了，「現在幾點了？你大晚上的找我老婆有何貴幹？」

「咳，」吳文也覺得這個時間點打電話給弟妹不適合，不過他不能忍受對小油菜的情況一無所知，於是誠懇說道，「我想請她幫個忙，十萬火急。」

喬風只好把手機還給藍衫，「找妳的。」

藍衫猜吳文找她的原因只有可能是小油菜，果然，吳文說道，「藍衫，妳能打個電話給肖采薇嗎？

確認一下她是不是安全的。」

他的語氣太軟了，姿態放得很低，藍衫從沒聽過吳文這樣說話，她很詫異，愣了一會兒才答道，「到底怎麼回事？她不安全？你把她怎麼了？」

「這個一時半會解釋不清楚，妳現在打個電話給她吧。她可能在生氣，妳幫我安慰她兩句好嗎？順便，幫我跟她說聲對不起，還有——」

「大哥，」藍衫無奈地打斷他，自從跟喬風訂婚之後，她就隨著喬風稱呼吳文為哥了，她說道，「你讓我傳的話有點多，我覺得不管有什麼事還是你們兩個當面談比較好，我先打電話給她，看看情況。」

吳文覺得藍衫的話有道理，只好先如此了。

掛了吳文的電話，藍衫看到喬風正坐在她身邊。他和她一樣渾身一絲不掛，現在還勃起著，臉上因情而起的紅潮尚未退卻，目光渴望又幽怨，還有些委屈。

藍衫有些好笑，她怕他又撲過來，只好一手握住他的小弟弟安慰他，「你等一下，我打個電話。」

喬風被她抓到重要部位，輕輕吐了口氣，瞇眼繼續看她。

一手抓著雞雞一手抓手機，這件事藍衫也是第一次做，有種說不出來的彆扭，她低頭不看他了，迅速撥通小油菜的電話。

「喂，藍衫。」小油菜的聲音顯得很虛弱。

藍衫有些擔憂，「妳到底怎麼了？」

「沒事，就是……有點腦震盪。」

「啊？」

藍衫一著急，手上不自覺地用力，喬風被她弄得又疼又舒服，他倒吸了一口氣，輕聲說道，「妳輕一點……」

「哦、不好意思，」藍衫鬆了鬆手，接著注意力又回到小油菜那裡，「妳怎麼會腦震盪？」

小油菜的好奇心全被喬風剛才那一聲打斷給釣起來了。我操藍衫在對喬神做什麼？兩個人該不會一直圈圈叉叉到現在吧？這才是有意義的夜生活啊！想她小油菜，自己一個人喝悶酒不說，還吵架，腦震盪……人比人氣死人！

藍衫沒聽到小油菜的回答，又追問道，「肖采薇妳到底做了什麼？為什麼會腦震盪！」

「啊、我我我我沒事，」小油菜硬著頭皮解釋，「我在醫院，一切都很好，醫生說不算嚴重。」

「妳在醫院？哪個醫院，我現在去找妳。」

「不要過來！妳明天再過來吧，明天我跟妳解釋。現在晚了，我該睡覺了。還有哦，我剛才跟我爸媽說我在妳那裡，如果我媽媽問起，妳要幫我圓謊。」

「好吧。對了，是吳文讓我打電話給妳的，他似乎很擔心妳。」

「藍衫，我不想提這個人。」

「……好。」

第二天，藍衫去醫院探望了傳說中腦震盪的小油菜。小油菜身體狀況還不錯，休息了一晚上氣色就恢復不少，不像昨晚那麼嚇人。藍衫看到小油菜時，她正在啃蘋果，見藍衫進來，笑道，「哎呀、藍衫，我昨晚做夢夢到妳了。」

「是嗎，妳夢到我什麼了？」

「我夢到妳把喬大神綁在床上用小皮鞭抽，喬大神一直求饒。」

藍衫嘴角抽了抽，自己沒那麼重口味吧？

小油菜感嘆道，「藍衫，妳怎麼能那樣對待喬神呢！」

「我沒有！」藍衫哭笑不得，「倒是妳，妳給我說清楚昨晚到底發生了什麼事！」

小油菜於是跟她講了昨晚的經過。

聽罷，藍衫摸著下巴總結道，「也就是說，妳跟別人打架，結果把自己打成了腦震盪？」

小油菜不好意思地點點頭，她對吳文腦袋的硬度還有些耿耿於懷。

藍衫覺得小油菜太沒出息了，她想恨鐵不成鋼地拍一下小油菜的腦袋，又怕把她脆弱的腦袋拍壞，只好訕訕地中途收回手。然後藍衫問道，「吳文知道妳腦震盪了，想來看看妳。」

小油菜傲嬌地一扭脖子，「不見。」

「我知道妳暫時不想見他，」藍衫點了點頭，「所以我告訴他，妳不能再受到刺激。」

「藍衫，我已經決定跟他一刀兩斷了，」小油菜一本正經地看著藍衫，「我以前一直沒有勇氣，但我現在想通了，想得非常清楚，我要重新尋找真愛！」她說著，兩眼放光，握了握拳。

藍衫知道她可能鑽了牛角尖了，這個時候做決定容易偏激。當然，藍衫其實很希望小油菜以後不會再和吳文有所瓜葛，那樣就可以免受暗戀的煎熬了，不過話說回來……藍衫托著下巴沉思說道，「我覺得吳文挺在乎妳的，昨天打電話給我時非常著急，還蠻愧疚的，話說，妳真的不打算再和他談談？」

小油菜猶豫了那麼一下下，緊接著堅決搖頭，「不行，我好不容易下定決心，一見到他萬一再堅持不住怎麼辦？」

倒也是。藍衫不急著勸她了，反正眼下最重要的是讓這個活寶先把傷養好，別留什麼後遺症。

小油菜又跟藍衫聊了一會兒，拜託藍衫幫她去辭職，這樣她就徹底解脫了。藍衫是可靠的好隊友，答應小油菜之後，立刻親自操刀幫她寫了份辭呈讓小油菜簽名，然後出門直奔小油菜她們公司。

吳文在自己辦公室坐了半天，什麼都沒幹，菸倒是抽了不少。他昨天就沒睡好，眼下一片烏青，昨晚藍衫回了電話，告訴他小油菜腦震盪了，不宜再受刺激，他也就只好暫時按兵不動。

可是他愁啊，腦震盪是多難受的一件事，又疼又噁心又頭暈……他沒腦震盪過，但他能想像那種痛苦，一想到她吃苦，他就心疼。而且造成她吃苦的主要原因還是因為他，每每想到這裡，吳文都恨自己的腦袋不是一團棉花，同時又後悔不該惹她生氣。

而且，他不能接近她，不代表別人不能接近她。董立冬那個見縫插針的傢伙就不用說了，還有個莫名其妙半夜陪著她的「有緣人」，這兩個是他知道的，那麼他不知道的呢？

以前他總是鄙視她，現在才發現這臭丫頭還挺有市場的。吳文真的很沒有安全感，誰知道她會不會跟著別人走了呢，那麼傻、那麼笨，太好騙。

啊啊啊啊為什麼！他當初為什麼不直接撲倒她！為什麼要吊著她、逗著她！傻逼啊！

悔死了悔死了，吳文搖頭狠命地捶桌子，一遍又一遍地罵自己蠢。

他氣得又抽出一根菸點上，正吞雲吐霧著，手機響了。

吳文的心飄起來，滿懷希望地看一眼來電顯示，不是她。他有些失望，「喂，藍衫？」

「喂、大哥，我在你公司，找你有些事，前檯不讓我上去，你能跟她說一聲嗎？」

藍衫來之前忘了預約這次的事了，結果被擋在了前檯，吳文讓前檯放行，她才得以上樓。

小油菜那份辭職信沒有遞交給她的直屬主管，而是直接被藍衫放在了吳文的辦公桌上。

吳文憂傷地把那辭職信看了兩遍，最後說道，「這不是她寫的。」

藍衫覺得神奇，「這你都能看出來？」

吳文也是這個時候才發現，原來他對那個神經病的行文習慣已經很熟悉了，熟悉到一眼就能辨出真偽。也是，她草擬的那些檔案他都認真看過，都記在心上了。

原來他這麼早就對她留心了？在他自己根本沒有察覺的時候，他就對她動心了嗎？

那麼早就動心了，結果還是把人給氣跑了！吳文再次感嘆自己是個傻逼。

藍衫指了指簽名的地方，「報告是我幫她寫的，她腦子受傷不宜費神，不過名字是她自己簽的。」

吳文把報告放到一邊，「先不談這個，妳今天看到她了，她身體怎麼樣？」

「還可以。不過腦子受傷不是小事情，所以她還是要住院至少一星期。」

「都是我不好。」吳文自責地低下頭。

「是啊，當然是你不好，」藍衫為小油菜抱不平，自然也顧不上給吳文留面子了，她說道，「大哥，你覺得小油菜暗戀你是一件好玩的事，所以總是逗她、笑她，但我今天要告訴你另外一件事。」

吳文抬眼看她，「什麼？」

「你知道她喜歡你多久了嗎？」

「多久？」

「十二年。」

吳文被這個數字刺激得腦袋發脹，但他很快便覺得不可置信，「不對，十二年前我根本不認識她。」

「是真的。」說著，藍衫把小油菜埋在心底的祕密抖了出來。那時候聽小油菜說的時候，藍衫覺得這樣的暗戀一點也不浪漫，可是現在講出來，她莫名地替她感到心酸。

十二年，一個人最好的年華、心思都放在一個陌生人身上了，真他媽傻。

藍衫嘆道，「傻子才會把一個陌生人放在心裡十二年。」

初聽到小油菜對他十二年的癡迷，吳文的心猛烈地跳動，激動地像是要鼓出來，可是一想到自己對她的調笑，對她的感情刻意表現出漫不經心的輕視和譏誚，他又似是被一盆冷水兜頭潑下來。

她對他的喜歡有多深，他對她的傷害就有多深。

吳文的心臟像是被一個大手用力地緊抓著，疼得要命，又疼又悶。他吸了口氣，聲音發哽，「我……我他媽的就一個傻逼，禽獸不如。」

15

吳文自稱是禽獸時，藍衫心想，你知道就好。把小油菜一直藏在心裡的祕密告訴他了，她也鬆了口氣，拋出最後的話，「所以、大哥，看在小油菜默默喜歡你這麼多年的份上，如果你不喜歡她，就請和她斷個乾淨，她真的還挺不容易的。」

吳文擺擺手，「我不可能和她斷，我喜歡這丫頭，我還非她不可了。」

藍衫驚訝地看著他。雖然之前猜得到一些情況，不過聽到他親口承認，她依然有些吃驚。

吳文又道，「藍衫，妳能不能幫大哥一個忙……」

藍衫笑了，「告白這種事情不好代勞，而且小油菜正在氣頭上，你先不要急，等她身體好一些再說。」

吳文心裡著急，卻也只能先這樣。

藍衫實在是非常想把吳文這邊的消息透露給小油菜，可是轉念一想，她提前洩露了就沒驚喜了，於是在小油菜面前閉口不提吳文。小油菜鐵了心要玩快刀斬亂麻，因此也忍著不主動問起他。

小油菜在醫院裡待的這些天，很快成了病房之星。女孩精力旺盛，嘴皮子特別溜，一個人頂一個德雲相聲社，醫生、護士和病友們都很喜歡她，以至於醫生認為她可以出院時，幾個病友還建議她多住幾天，其人格魅力可見一斑。

小油菜惜命得很，本來腦子就不夠用，她很怕萬一真的撞壞了，就成了真的傻子了，於是她又留在醫院觀察了幾天。

吳文就是這個時候來醫院的。他把一束玫瑰背在身後，站在病房門口探頭往裡面望。隔了這麼多天，她應該消氣了吧？不管她怎樣，反正他是已經思念成災了……

而且，藍衫還透露說，小油菜的主治醫師是個特別溫柔的年輕醫生，溫柔！年輕！這兩個詞直接在吳文腦子裡報了警。

因此，他沒等到她出院就跑來了。

吳文走進病房，看到小油菜正在和病友一起吃火龍果，兩人一邊吃一邊評論，討論把火龍果的種子種下去能不能長出苗來。小油菜一邊說著，一抬頭，看到吳文正低頭看她。

他有些動容。幾天不見，真的就思念成這樣，乍看到，喉嚨甚至輕微哽咽。她的伙食想必很好，反正也不見瘦，可是現在穿著病服，病服是羸弱的象徵。總之吳文看到穿病服的小油菜，很心疼。

他張了張嘴，千言萬語卡在喉嚨裡，最後只是笑道，「嗨。」

小油菜眼眶紅紅，「你來幹什麼？你走，我不想看到你！」

吳文有些害羞地湊上去，「我是來跟妳道歉的，對不起。」

小油菜翻身躺到床上，用被子蓋著頭，「不需要你道歉，走吧。」

不能看到他，不能和他相處太久。小油菜悶在被子裡，不停地提醒自己，她要長點記性，忍了這麼久，不能前功盡棄！

吳文沒摸透她的心思，以為她只是在賭氣，他把身後那束嬌豔欲滴的玫瑰花遞到她床上，一邊輕輕拉她的被子，聲音儘量溫柔，「送給妳的，妳看看？」

玫瑰花的香氣順著被子的縫隙透過去，鑽進她的呼吸。小油菜突然掀開被子，奪過他手中的花使勁扔開，「你走啊！」

吳文神色一暗，「妳別生氣啊……」

他感覺身上有許多目光，於是四下一望，發現病房裡所有人都在憤怒地看著他，吳文無法理解，他怎麼就成了病房公敵了？

護士聽到動靜，也進來趕他，「你不能打擾病人休息，請你先出去，」說著，又小聲嘟囔，「長得帥了不起啊！」

吳文只好先出去了，也沒走多遠，他就背靠著病房門口的牆壁。

裡面病友們都開始關切地問候小油菜，小油菜大大咧咧說道，「我沒事啦，那就是個神經病，我跟神經病計較什麼呢。」

吳文終於體會到自己滿腔真意被人踐踏是怎麼樣的滋味了。他難過得要命，又衝回到病房，「我不是神經病，我喜歡妳、妳也喜歡我，我們為什麼不能在一起？」

所有人都愣住了，包括小油菜。她滿面震驚地看著他，他剛才說什麼，說喜歡她？

吳文鬱悶了，「我不說妳就感覺不到我喜歡妳嗎？」

小油菜搖了搖頭，「你說了我也感覺不到，我拜託你不要和我開這種玩笑，一點也不好笑。」

吳文十分內傷。他彎腰撿起那束玫瑰，緩緩走到她面前，認真地看著她。他說道，「我知道現在這個場合並不適合告白，但是我忍不了了。肖采薇，我不想再試探，不想再追逐，不想再受折磨了。我之前做錯了，錯得很離譜，我希望妳能原諒我。另外我想告訴妳，我喜歡妳，非常喜歡妳，我想當妳的男朋友，我能當妳的男朋友嗎？」

小油菜垂下眼眸不看他，她用力捏著被角，咬了咬牙，答道，「我知道了，你先走吧。」

她平淡的反應讓吳文一陣胸悶，不過他也不指望一下子就告白成功，畢竟他之前傷害了她。他嘆了口氣，把花放在桌上，「那妳先休息，我明天再來看妳。」她願意見他也是一種進步，對吧？

眼看著吳文走出去，小油菜用口型問站在門口的護士：「走了嗎？」

護士看到吳文上了電梯，於是朝小油菜點了點頭。

小油菜「唰」地一下掀開被子跳下床，赤腳踩著地板上揮舞著拳頭，「YES！！！」然後她又摀著肚子哈哈大笑。

病友們見狀也知道了她的心思，都為她高興。護士走進來笑道，「妳不要光腳站在地上。」

小油菜滾回到床上，躲在被子裡笑。今天發生的這一切就跟做夢似的，哎呀、不會真的是夢吧？她抬起手咬了一口，嗷！不是夢！

等小油菜情緒穩定之後，病友們紛紛八卦她和剛才那位帥哥的事情。小油菜也不扭捏，把一段故事講得蕩氣迴腸、催人淚下，講完之後大家都覺得不能就這麼放過吳文，他太可惡了，不能輕易原諒他！

「對哦，」小油菜摸了摸下巴，「我怎麼能那麼容易原諒他呢，我要矜持！」

第二天，吳文來探望小油菜，他又帶來一束花，這次不是玫瑰了，而是風信子。風信子的花語是道歉，他辛辛苦苦查的，多麼有內涵。

可惜了，小油菜不知道這些，她只說了一聲「謝謝」。

吳文也不敢奢求太多，反正她沒趕他走，他就賴著不走。哄女孩就是得慢慢磨，他以前沒耐心幹這種拖拖拉拉的事，現在不一樣了，他遇到剋星了。

他坐在她床邊，順手拿起桌上的一個蘋果。

小油菜看一眼蘋果，又掃了一眼水果刀，媽的，好想吃蘋果！

她的目光幾近於赤裸，吳文當然明白，她這是恩賜了他一個削蘋果的機會。

他於是摸過水果刀，拿著刀子比劃來比劃去，在小油菜期盼的眼神中，他一刀插在蘋果頂上。

小油菜的眉頭一跳，「你這是要碎屍呢？」

吳文有點不好意思。他從來沒幹過這種事，大老爺們吃蘋果都是洗乾淨後連皮一起吃，除了他弟那種會像小女孩似的削皮技巧。

但吳文不好意思說自己不會，他把刀尖拔出來，硬著頭皮開始削。他也不是很笨，削到最後還留了些果肉，只不過好好一個圓蘋果，被他給削成了異形，看著挺倒胃口。

小油菜有點嫌棄，拒絕吃這麼難看的蘋果。

然後吳文就灰頭土臉地離開了。他走之後，小油菜還是把異形蘋果吃掉了。

次日，吳文又來了，這次帶了一大籃蘋果。為了削起來方便，他特地買了個頭很大的蘋果。

不等小油菜吩咐，他就摸出一個大蘋果，舉著水果刀開削。這次他的動作很快，也熟練，削出來的蘋果還不錯，沒有變成異形。

小油菜驚訝地看著他的手。

吳文揚眉笑道，「哥是天才，就練了一天，妳看，這蘋果皮都沒有斷的。」

小油菜指指他的手指，那裡貼著一個防水貼，「你受傷了？」

吳文滿不在乎地答，「沒事，就一點小傷口。」

她眼眶紅紅的，「你怎麼那麼傻呀？」說著，眼淚啪地掉下來。

吳文連忙放下水果刀，抽衛生紙幫她擦眼淚，他皺眉說道，「妳才傻呢。我幫妳削個蘋果妳就感動成這樣，那我對妳做了那麼多壞事，妳都不記得了？」

他一提「壞事」，周圍豎著耳朵聽八卦的病友都精神一震。

小油菜眨眨眼睛，「對哦，我不能輕易原諒你。」

吳文：「……」自己挖坑埋自己，靠！

他嘆了口氣，「不原諒就不原諒，我們慢慢耗，不過妳能不能先答應和我在一起？先讓我安個心吧。」

小油菜為難地搖頭，「我得先原諒你，再答應你啊。」

吳文揉了揉她的腦袋，循循善誘，「妳這樣想也不是不對，不過呢，我覺得妳不用拘泥於固有想法，我們可以換個方向想。妳先答應我，當我名正言順的女朋友，這樣妳怎麼折磨我都可以，我保證一聲不吭，這樣不是更好嗎？」

小油菜有點動搖。

吳文湊近一些，看著她的眼睛，低聲誘哄，「妳親我一下，親我一下就算是答應了。」

她盯著他的嘴唇，第一次在清醒的情況下主動親他，還真是有點緊張啊。小油菜吞了一下口水，剛湊近一些，卻突然局促地左右張望。

病房裡的其他人都一動不動地盯著他們看，兩眼放光，她害羞地咳了一聲。

吳文清了清嗓子說道，「幾位能不能先把眼睛閉上？」

病友們連忙抓了東西來擋視線。

小油菜扭過臉來看吳文，吳文正扣著她的後腦，期待地看著她，「來吧。」

小油菜皺了一下眉，「我還是覺得唔……」

他突然襲擊，吻住了她。

他閉著眼睛，貼著她的嘴唇，微微翹起嘴角。

小神經病，妳總算落在我手裡了。

高寶書版集團
gobooks.com.tw

YH 016

隔壁那個飯桶（下）

作　　者　酒小七
責任編輯　高如玫
封面設計　Ancy Pi
內頁排版　賴姵均
企　　劃　鍾惠鈞

發 行 人　朱凱蕾
出　　版　英屬維京群島商高寶國際有限公司台灣分公司
　　　　　Global Group Holdings, Ltd.
地　　址　台北市內湖區洲子街88號3樓
網　　址　gobooks.com.tw
電　　話　(02) 27992788
電　　郵　readers@gobooks.com.tw（讀者服務部）
　　　　　pr@gobooks.com.tw（公關諮詢部）
傳　　真　出版部(02) 27990909　行銷部 (02) 27993088
郵政劃撥　19394552
戶　　名　英屬維京群島商高寶國際有限公司台灣分公司
發　　行　英屬維京群島商高寶國際有限公司台灣分公司
初　　版　2020年8月

國家圖書館出版品預行編目(CIP)資料

隔壁那個飯桶（下）／酒小七作; -- 初版. -- 臺北市：高寶國際出版：高寶國際發行, 2020.08
　面；　公分. --

ISBN 978-986-361-879-9（平裝）

857.7　　109008757